प्रेमचंद की विख्यात कहानियां

प्रेमचंद

प्रभाकर
प्रकाशन

प्रकाशक: **प्रभाकर प्रकाशन**

पता: प्लॉट न. 55, मेन मदर डेयरी रोड,
पांडव नगर, ईस्ट दिल्ली-110092

फोन: +91 011-40395855

व्हाट्स ऐप: +91 8447931000

ई-मेल: sales@pharosbooks.in

वेबसाइट: www.pharosbooks.in

संस्करण: 202

प्रेमचंद की विख्यात कहानियां
प्रेमचंद

भूमिका

उन्नीसवीं शताब्दी का अंत हो चुका था और देश औपनिवेशिक शासनकाल के दौर से गुज़र रहा था। अपने ही देश में गुलाम जनता एक ओर ज़मींदारी प्रथा से तथा दूसरी ओर अंग्रेजों के शोषण से बुरी तरह परेशान थी। इसी दौर में राजनीतिक पटल पर जहाँ एक ओर महात्मा गाँधी का आगमन होता है वहीं दूसरी ओर साहित्यिक पटल पर प्रेमचंद का। इसमें कोई दो राय नहीं कि तत्कालीन भारतीय समाज महात्मा गाँधी को अपना प्रतिनिधि मान चुका था और उनके द्वारा प्रतिपादित सिद्धांत - स्वराज्य, अहिंसा, हृदय परिवर्तन आदि का प्रभाव जनता पर पड़ने लगा था। यही कारण है कि प्रेमचंद के साहित्य में गाँधीवाद का प्रभाव स्पष्ट दिखलाई पड़ता है। हिंदी साहित्य के इतिहासकार रामस्वरूप चतुर्वेदी कहते भी हैं कि उनके (प्रेमचंद) के साहित्य में (यथार्थवाद और आदर्शवाद) मार्क्सवाद और गाँधीवाद का फैंटा दिखलाई पड़ता है। इसके पीछे कारण यह है कि अगर हम प्रेमचंद की शुरुआती कहानियों को ध्यान से देखेंगे तो हमें एक तरह का आदर्श दिखलाई पड़ता है लेकिन 1940 के दशक के शुरूआती समय में लिखी उनकी कहानियों को ध्यान से देखेंगे तो पायेंगे कि प्रेमचंद का रुझान यथार्थवाद की तरफ मुड़ा हुआ है। उदाहरण के तौर पर हम उनकी शुरूआती कहानी 'पंच परमेश्वर' और आखिरी दौर की कहानी 'कफ़न' को ले सकते हैं।

प्रेमचंद ने अपनी सरल एवं भावनात्मक रचनाओं की वजह से साहित्य जगत के सम्राट की उपाधि प्राप्त की है। उनकी रचनाओं में तत्कालीन समाज की झलक देखने को मिलती है। उन्होंने अपनी रचनाओं में जीवन की विविध समस्याओं का मार्मिक चित्रण प्रस्तुत किया है। वैसे तो प्रेमचंद की रचनाओं के पात्र जीवन के प्रत्येक क्षेत्र से हैं परंतु उनकी दृष्टि समाज के उपेक्षित वर्ग की ओर अधिक रही है। उनके पात्र अपने वर्ग के प्रतिनिधि के तौर पर सामने आते हैं। प्रेमचंद जिस समय लिख रहे थे वह एक तरह से खड़ी बोली (हिंदी) के बनने का समय भी था। अत: प्रेमचंद ने अपनी कथाओं के माध्यम से जहाँ गुलाम भारत के नागरिकों की समस्याओं को जनता के बीच रखने का काम किया है वहीं खड़ी बोली हिंदी को परिपक्व बनाने का काम भी किया है। इसीलिए प्रेमचंद हिंदी कहानी के आदर्श हैं।

यहाँ उनकी कुछ सर्वश्रेष्ठ कहानियों को पाठकों के सामने प्रस्तुत किया जा रहा है। उम्मीद है पाठकों को यह संकलन पसंद आएगा।

अनुक्रम

पंच-परमेश्वर

जुम्मन शेख और अलगू चौधरी में गाढ़ी मित्रता थी। साझे में खेती होती थी। कुछ लेन-देन में भी साझा था। एक को दूसरे पर अटल विश्वास था। जुम्मन जब हज करने गये थे, तब अपना घर अलगू को सौंप गये थे, और अलगू जब कभी बाहर जाते, तो जुम्मन पर अपना घर छोड़ देते थे। उनमें न खान-पान का व्यवहार था, न धर्म का नाता; केवल विचार मिलते थे। मित्रता का मूलमंत्र भी यही है।

इस मित्रता का जन्म उसी समय हुआ, जब दोनों मित्र बालक ही थे और जुम्मन के पूज्य पिता, जुमराती, उन्हें शिक्षा प्रदान करते थे। अलगू ने गुरु जी की बहुत सेवा की थी, खूब रकाबियाँ माँजी, खूब प्याले धोये। उनका हुक्का एक क्षण के लिए भी विश्राम न लेने पाता था; क्योंकि प्रत्येक चिलम अलगू को आध घंटे तक किताबों से अलग कर देती थी। अलगू के पिता पुराने विचारों के मनुष्य थे। उन्हें शिक्षा की अपेक्षा गुरु की सेवा-शुश्रूषा पर अधिक विश्वास था। वह कहते थे कि विद्या पढ़ने से नहीं आती; जो कुछ होता है, गुरु के आशीर्वाद से। बस, गुरु जी की कृपा-दृष्टि चाहिए। अतएव यदि अलगू पर जुमराती शेख के आशीर्वाद अथवा सत्संग का कुछ फल न हुआ, तो यह मानकर संतोष कर लेगा कि विद्योपार्जन में उसने यथाशक्ति कोई बात उठा नहीं रखी, विद्या उसके भाग्य ही में न थी, तो कैसे आती?

मगर जुमराती शेख स्वयं आशीर्वाद के कायल न थे। उन्हें अपने सोटे पर अधिक भरोसा था, और उसी सोटे के प्रताप से आज आस-पास के गाँवों में जुम्मन की पूजा होती थी। उनके लिखे हुए रेहननामे या बैनामे पर कचहरी का मुहर्रिर भी कलम न उठा सकता था। हलके का डाकिया, कांस्टेबिल और तहसील का चपरासी-सब उनकी कृपा की आकांक्षा रखते थे। अतएव अलगू का मान उनके धन के कारण था, तो जुम्मन शेख अपनी अनमोल विद्या से ही सबके आदरपात्र बने थे।

जुम्मन शेख की एक बूढ़ी खाला (मौसी) थी। उसके पास कुछ थोड़ी-सी मिलकियत थी; परन्तु उसके निकट संबंधियों में कोई न था। जुम्मन ने लम्बे-चौड़े वादे करके वह मिलकियत अपने नाम लिखवा ली थी। जब तक दानपत्र की रजिस्ट्री न हुई थी, तब तक खालाजान का खूब आदर-सत्कार किया गया। उन्हें खूब स्वादिष्ट पदार्थ खिलाये गये। हलवे-पुलाव की वर्षा-सी की गयी; पर रजिस्ट्री की मोहर ने इन खातिरदारियों पर भी मानो मुहर लगा दी। जुम्मन की पत्नी करीमन रोटियों के साथ कड़वी बातों के कुछ तेज, तीखे

सालन भी देने लगी। जुम्मन शेख भी निठुर हो गये। अब बेचारी खालाजान को प्राय: नित्य ही ऐसी बातें सुननी पड़ती थीं।

बुढ़िया न जाने कब तक जियेगी। दो-तीन बीघे ऊसर क्या दे दिया, मानो मोल ले लिया है! बघारी दाल के बिना रोटियाँ नहीं उतरतीं! जितना रुपया इसके पेट में झोंक चुके, उतने से तो अब तक गाँव मोल ले लेते।

कुछ दिन खालाजान ने सुना और सहा; पर जब न सहा गया तब जुम्मन से शिकायत की। जुम्मन ने स्थानीय कर्मचारी-गृहस्वामी के प्रबंध में दखल देना उचित न समझा। कुछ दिन तक और यों ही रो-धोकर काम चलता रहा। अंत में एक दिन खाला ने जुम्मन से कहा- बेटा! तुम्हारे साथ मेरा निर्वाह न होगा। तुम मुझे रुपये दे दिया करो, मैं अपना पका-खा लूँगी।

जुम्मन ने धृष्टता के साथ उत्तर दिया-रुपये क्या यहाँ फलते हैं?

खाला ने नम्रता से कहा- मुझे कुछ रूखा-सूखा चाहिए भी कि नहीं?

जुम्मन ने गम्भीर स्वर से जवाब दिया-तो कोई यह थोड़े ही समझा था कि तुम मौत से लड़कर आयी हो?

खाला बिगड़ गयीं, उन्होंने पंचायत करने की धमकी दी। जुम्मन हँसे, जिस तरह कोई शिकारी हिरन को जाल की तरफ जाते देखकर मन ही मन हँसता है। वह बोले-हाँ, जरूर पंचायत करो। फैसला हो जाए। मुझे भी यह रात-दिन की खटखट पसंद नहीं।

पंचायत में किसकी जीत होगी, इस विषय में जुम्मन को कुछ भी संदेह न था। आस-पास के गाँवों में ऐसा कौन था, जो उसके अनुग्रहों का ऋणी न हो; ऐसा कौन था, जो उसको शत्रु बनाने का साहस कर सके? किसमें इतना बल था, जो उसका सामना कर सके? आसमान के फरिश्ते तो पंचायत करने आवेंगे नहीं।

2

इसके बाद कई दिन तक बूढ़ी खाला हाथ में एक लकड़ी लिये आस-पास के गाँवों में दौड़ती रहीं। कमर झुककर कमान हो गयी थी। एक-एक पग चलना दूभर था; मगर बात आ पड़ी थी। उसका निर्णय करना जरूरी था।

बिरला ही कोई भला आदमी होगा, जिसके सामने बुढ़िया ने दु:ख के आँसू न बहाये हों। किसी ने तो यों ही ऊपरी मन से हूँ-हाँ करके टाल दिया, और किसी ने इस अन्याय पर जमाने को गालियाँ दीं! कहा- कब्र में पाँव लटके हुए हैं, आज मरे कल दूसरा दिन; पर हवस नहीं मानती। अब तुम्हें क्या चाहिए? रोटी खाओ और अल्लाह का नाम लो। तुम्हें अब खेती-बारी से क्या काम है? कुछ ऐसे सज्जन भी थे, जिन्हें हास्य-रस के रसास्वादन

का अच्छा अवसर मिला। झुकी हुई कमर, पोपला मुँह, सोने के-से बाल-इतनी सामग्री एकत्र हों, तब हँसी क्यों न आवे? ऐसे न्यायप्रिय, दयालु, दीन-वत्सल पुरुष बहुत कम थे जिन्होंने उस अबला के दुखड़े को गौर से सुना हो और उसको सांत्वना दी हो। चारों ओर से घूम-घामकर बेचारी अलगू चौधरी के पास आयी। लाठी पटक दी और दम लेकर बोली-बेटा, तुम भी दम भर के लिए मेरी पंचायत में चले आना।

अलगू-मुझे बुलाकर क्या करोगी? कई गाँव के आदमी तो आवेंगे ही।

खाला-अपनी विपद तो सबके आगे रो आयी। अब आने-न-आने का अख्तियार उनको है।

अलगू-यों आने को आ जाऊँगा; मगर पंचायत में मुँह न खोलूँगा।

खाला-क्यों बेटा?

अलगू-अब इसका क्या जवाब दूँ? अपनी खुशी। जुम्मन मेरा पुराना मित्र है। उससे बिगाड़ नहीं कर सकता।

खाला-बेटा, क्या बिगाड़ के डर से ईमान की बात न कहोगे?

हमारे सोये हुए धर्म-ज्ञान की सारी सम्पत्ति लुट जाए, तो उसे खबर नहीं होती, परन्तु ललकार सुनकर वह सचेत हो जाता है। फिर उसे कोई जीत नहीं सकता। अलगू इस सवाल का कोई उत्तर न दे सका, पर उसके हृदय में ये शब्द गूँज रहे थे-क्या बिगाड़ के डर से ईमान की बात न कहोगे?

3

संध्या समय एक पेड़ के नीचे पंचायत बैठी। शेख जुम्मन ने पहले से ही फर्श बिछा रखा था। उन्होंने पान, इलायची, हुक्के-तम्बाकू आदि का प्रबन्ध भी किया था। हाँ, वह स्वयं अलबत्ता अलगू चौधरी के साथ जरा दूर पर बैठे हुए थे। जब पंचायत में कोई आ जाता था, तब दबे हुए सलाम से उसका स्वागत करते थे। जब सूर्य अस्त हो गया और चिड़ियों की कलरवयुक्त पंचायत पेड़ों पर बैठी, तब यहाँ भी पंचायत शुरू हुई। फर्श की एक-एक अंगुल जमीन भर गयी; पर अधिकांश दर्शक ही थे। निमंत्रित महाशयों में से केवल वे ही लोग पधारे थे, जिन्हें जुम्मन से अपनी कुछ कसर निकालनी थी। एक कोने में आग सुलग रही थी। नाई ताबड़तोड़ चिलम भर रहा था। यह निर्णय करना असम्भव था कि सुलगते हुए उपलों से अधिक धुआँ निकलता था या चिलम के दमों से। लड़के इधर-उधर दौड़ रहे थे। कोई आपस में गाली-गलौज करते और कोई रोते थे। चारों तरफ कोलाहल मच रहा था। गाँव के कुत्ते इस जमाव को भोज समझकर झुंड के झुंड जमा हो गये थे।

पंच लोग बैठ गये, तो बूढ़ी खाला ने उनसे विनती की-

'पंचों, आज तीन साल हुए, मैंने अपनी सारी जायदाद अपने भांजे जुम्मन के नाम लिख दी थी। इसे आप लोग जानते ही होंगे। जुम्मन ने मुझे ता-हयात रोटी-कपड़ा देना कबूल किया। साल भर तो मैंने इसके साथ रो-धोकर काटा। पर अब रात-दिन का रोना नहीं सहा जाता। मुझे न पेट की रोटी मिलती है न तन का कपड़ा। बेकस बेवा हूँ। कचहरी-दरबार नहीं कर सकती। तुम्हारे सिवा और किसको अपना दु:ख सुनाऊँ? तुम लोग जो राह निकाल दो, उसी राह पर चलूँ। अगर मुझमें कोई ऐब देखो, तो मेरे मुँह पर थप्पड़ मारो। जुम्मन में बुराई देखो, तो उसे समझाओ, क्यों एक बेकस की आह लेता है! मैं पंचों का हुक्म सिर-माथे पर चढ़ाऊँगी।'

रामधन मिश्र, जिनके कई असामियों को जुम्मन ने अपने गाँव में बसा लिया था, बोले- जुम्मन मियाँ, किसे पंच बदते हो? अभी से इसका निपटारा कर लो। फिर जो कुछ पंच कहेंगे, वही मानना पड़ेगा।

जुम्मन को इस समय सदस्यों में विशेषकर वे ही लोग दीख पड़े, जिनसे किसी न किसी कारण उनका वैमनस्य था। जुम्मन बोले-पंचों का हुक्म अल्लाह का हुक्म है। खालाजान जिसे चाहें, उसे बदें। मुझे कोई उज्र नहीं।

खाला ने चिल्लाकर कहा- अरे अल्लाह के बन्दे! पंचों का नाम क्यों नहीं बता देता? कुछ मुझे भी तो मालूम हो।

जुम्मन ने क्रोध से कहा- अब इस वक्त मेरा मुँह न खुलवाओ। तुम्हारी बन पड़ी है, जिसे चाहो, पंच बदो।

खालाजान जुम्मन के आक्षेप को समझ गयीं, वह बोलीं-बेटा, खुदा से डरो, पंच न किसी के दोस्त होते हैं, न किसी के दुश्मन। कैसी बात कहते हो! और तुम्हारा किसी पर विश्वास न हो, तो जाने दो; अलगू चौधरी को तो मानते हो? लो, मैं उन्हीं को सरपंच बदती हूँ।

जुम्मन शेख आनंद से फूल उठे, परंतु भावों को छिपाकर बोले-अलगू ही सही, मेरे लिए जैसे रामधन वैसे अलगू।

अलगू इस झमेले में फँसना नहीं चाहते थे। वे कन्नी काटने लगे। बोले-खाला, तुम जानती हो कि मेरी जुम्मन से गाढ़ी दोस्ती है।

खाला ने गम्भीर स्वर में कहा- बेटा, दोस्ती के लिए कोई अपना ईमान नहीं बेचता। पंच के दिल में खुदा बसता है। पंचों के मुँह से जो बात निकलती है, वह खुदा की तरफ से निकलती है।

अलगू चौधरी सरपंच हुए। रामधन मिश्र और जुम्मन के दूसरे विरोधियों ने बुढ़िया को मन में बहुत कोसा।

अलगू चौधरी बोले-शेख जुम्मन! हम और तुम पुराने दोस्त हैं! जब काम पड़ा, तुमने हमारी मदद की है और हम भी जो कुछ बन पड़ा, तुम्हारी सेवा करते रहे हैं; मगर इस समय तुम और बूढ़ी खाला, दोनों हमारी निगाह में बराबर हो। तुमको पंचों से जो कुछ अर्ज करनी हो, करो।

जुम्मन को पूरा विश्वास था कि अब बाजी मेरी है। अलगू यह सब दिखावे की बातें कर रहा है। अतएव शांत-चित्त होकर बोले-पंचो, तीन साल हुए खालाजान ने अपनी जायदाद मेरे नाम हिब्बा कर दी थी। मैंने उन्हें ता-हयात खाना-कपड़ा देना कबूल किया था। खुदा गवाह है, आज तक मैंने खालाजान को कोई तकलीफ नहीं दी। मैं उन्हें अपनी माँ के समान समझता हूँ। उनकी खिदमत करना मेरा फर्ज है; मगर औरतों में जरा अनबन रहती है, उसमें मेरा क्या बस है? खालाजान मुझसे माहवार खर्च अलग माँगती हैं। जायदाद जितनी है, वह पंचों से छिपी नहीं। उससे इतना मुनाफा नहीं होता है कि माहवार खर्च दे सकूँ। इसके अलावा हिब्बानामे में माहवार खर्च का कोई जिक्र नहीं। नहीं तो मैं भूलकर भी इस झमेले में न पड़ता। बस, मुझे यही कहना है। आइंदा पंचों का अख्तियार है, जो फैसला चाहें, करें।

अलगू चौधरी को हमेशा कचहरी से काम पड़ता था। अतएव वह पूरा कानूनी आदमी था। उसने जुम्मन से जिरह शुरू की। एक-एक प्रश्न जुम्मन के हृदय पर हथौड़े की चोट की तरह पड़ता था। रामधन मिश्र इन प्रश्नों पर मुग्ध हुए जाते थे। जुम्मन चकित थे कि अलगू को क्या हो गया। अभी यह अलगू मेरे साथ बैठा हुआ कैसी-कैसी बातें कर रहा था! इतनी ही देर में ऐसी कायापलट हो गयी कि मेरी जड़ खोदने पर तुला हुआ है। न मालूम कब की कसर यह निकाल रहा है? क्या इतने दिनों की दोस्ती कुछ भी काम न आवेगी?

जुम्मन शेख तो इसी संकल्प-विकल्प में पड़े हुए थे कि इतने में अलगू ने फैसला सुनाया-

जुम्मन शेख! पंचो ने इस मामले पर विचार किया। उन्हें यह नीति-संगत मालूम होता है कि खालाजान को माहवार खर्च दिया जाय। हमारा विचार है कि खाला की जायदाद से इतना मुनाफा अवश्य होता है कि माहवार खर्च दिया जा सके। बस, यही हमारा फैसला है, अगर जुम्मन को खर्च देना मंजूर न हो, तो हिब्बानामा रद्द समझा जाय।

यह फैसला सुनते ही जुम्मन सन्नाटे में आ गये। जो अपना मित्र हो, वह शत्रु का व्यवहार करे और गले पर छुरी फेरे, इसे समय के हेर-फेर के सिवा और क्या कहें? जिस पर पूरा भरोसा था, उसने समय पड़ने पर धोखा दिया। ऐसे ही अवसरों पर झूठे-सच्चे मित्रों की परीक्षा की जाती है। यही कलियुग की दोस्ती है। अगर लोग ऐसे कपटी-धोखेबाज न होते, तो देश में आपत्तियों का प्रकोप क्यों होता? यह हैजा-प्लेग आदि व्याधियाँ दुष्कर्मों के ही दंड हैं।

मगर रामधन मिश्र और अन्य पंच अलगू चौधरी की इस नीति-परायणता की प्रशंसा जी खोलकर कर रहे थे। वे कहते थे-इसका नाम पंचायत है! दूध का दूध और पानी का पानी कर दिया। दोस्ती, दोस्ती की जगह है, किंतु धर्म का पालन करना मुख्य है। ऐसे ही सत्यवादियों के बल पर पृथ्वी ठहरी है, नहीं तो वह कब की रसातल को चली जाती।

इस फैसले ने अलगू और जुम्मन की दोस्ती की जड़ हिला दी। अब वे साथ-साथ बातें करते नहीं दिखायी देते। इतना पुराना मित्रता-रूपी वृक्ष सत्य का एक झोंका भी न सह सका। सचमुच वह बालू की ही जमीन पर खड़ा था।

उनमें अब शिष्टाचार का अधिक व्यवहार होने लगा। एक दूसरे की आवभगत ज्यादा करने लगा। वे मिलते-जुलते थे, मगर उसी तरह, जैसे तलवार से ढाल मिलती है।

जुम्मन के चित्त में मित्र की कुटिलता आठों पहर खटका करती थी। उसे हर घड़ी यही चिंता रहती थी कि किसी तरह बदला लेने का अवसर मिले।

4

अच्छे कामों की सिद्धि में बड़ी देर लगती है; पर बुरे कामों की सिद्धि में यह बात नहीं होती। जुम्मन को भी बदला लेने का अवसर जल्द ही मिल गया। पिछले साल अलगू चौधरी बटेसर से बैलों की एक बहुत अच्छी गोई मोल लाये थे। बैल पछाहीं जाति के सुंदर, बड़े-बड़े सींगोंवाले थे। महीनों तक आस-पास के गाँव के लोग दर्शन करते रहे। दैवयोग से जुम्मन की पंचायत के एक महीने के बाद इस जोड़ी का एक बैल मर गया। जुम्मन ने दोस्तों से कहा- यह दगाबाजी की सजा है। इन्सान सब्र भले ही कर जाय, पर खुदा नेक-बद सब देखता है। अलगू को संदेह हुआ कि जुम्मन ने बैल को विष दिला दिया है। चौधराइन ने भी जुम्मन पर ही इस दुर्घटना का दोषारोपण किया। उसने कहा- जुम्मन ने कुछ कर-करा दिया है। चौधराइन और करीमन में इस विषय पर एक दिन खूब ही वाद-विवाद हुआ। दोनों देवियों ने शब्द-बाहुल्य की नदी बहा दी। व्यंग्य, वक्रोक्ति, अन्योक्ति और उपमा आदि अलंकारों में बातें हुईं। जुम्मन ने किसी तरह शांति स्थापित की। उन्होंने अपनी पत्नी को डाँट-डपटकर समझा दिया। वह उसे उस रणभूमि से हटा भी ले गये। उधर अलगू चौधरी ने समझाने-बुझाने का काम अपने तर्क-पूर्ण सोंटे से लिया।

अब अकेला बैल किस काम का? उसका जोड़ बहुत ढूँढ़ा गया, पर न मिला। निदान यह सलाह ठहरी कि इसे बेच डालना चाहिए। गाँव में एक समझू साहु थे, वह इक्का-गाड़ी हाँकते थे। गाँव के गुड़-घी लादकर मंडी ले जाते, मंडी से तेल, नमक भर लाते, और गाँव में बेचते। इस बैल पर उनका मन लहराया। उन्होंने सोचा, यह बैल हाथ लगे तो दिन-भर में बेखटके तीन खेप हों। आजकल तो एक ही खेप में लाले पड़े रहते हैं। बैल देखा, गाड़ी में दौड़ाया, बाल-भौंरी की पहचान करायी, मोल-तोल किया और उसे लाकर द्वार पर बाँध ही

दिया। एक महीने में दाम चुकाने का वादा ठहरा। चौधरी को भी गरज थी ही, घाटे की परवा न की।

समझू साहु ने नया बैल पाया, तो लगे उसे रगेदने। वह दिन में तीन-तीन, चार-चार खेपें करने लगे। न चारे की फिक्र थी, न पानी की, बस खेपों से काम था। मंडी ले गये, वहाँ कुछ सूखा भूसा सामने डाल दिया। बेचारा जानवर अभी दम भी न लेने पाया था कि फिर जोत दिया। अलगू चौधरी के घर था तो चैन की बंशी बजती थी। बैलराम छठे-छमाहे कभी बहली में जोते जाते थे। खूब उछलते-कूदते और कोसों तक दौड़ते चले जाते थे। वहाँ बैलराम का रातिब था-साफ पानी, दली हुई अरहर की दाल और भूसे के साथ खली, और यही नहीं, कभी-कभी घी का स्वाद भी चखने को मिल जाता था। शाम-सबेरे एक आदमी खरहरे करता, पोंछता और सहलाता था। कहाँ वह सुख-चैन, कहाँ यह आठों पहर की खपत! महीने भर ही में वह पिस-सा गया। इक्के का जुआ देखते ही उसका लहू सूख जाता था। एक-एक पग चलना दूभर था। हड्डियाँ निकल आयी थीं; पर था वह पानीदार, मार की बरदाश्त न थी।

एक दिन चौथी खेप में साहु जी ने दूना बोझ लादा। दिन-भर का थका जानवर, पैर न उठते थे। पर साहु जी कोड़े फटकारने लगे। बस, फिर क्या था, बैल कलेजा तोड़कर चला। कुछ दूर दौड़ा और चाहा कि जरा दम ले लूँ; पर साहु जी को जल्द पहुँचने की फिक्र थी; अतएव उन्होंने कई कोड़े बड़ी निर्दयता से फटकारे। बैल ने एक बार फिर जोर लगाया; पर अबकी बार शक्ति ने जवाब दे दिया। वह धरती पर गिर पड़ा, और ऐसा गिरा कि फिर न उठा। साहु जी ने बहुत पीटा, टाँग पकड़कर खींचा, नथनों में लकड़ी ठूँस दी; पर कहीं मृतक भी उठ सकता है? तब साहु जी को कुछ शक हुआ। उन्होंने बैल को गौर से देखा, खोलकर अलग किया; और सोचने लगे कि गाड़ी कैसे घर पहुँचे। बहुत चीखे-चिल्लाये; पर देहात का रास्ता बच्चों की आँख की तरह साँझ होते ही बंद हो जाता है। कोई नजर न आया। आस-पास कोई गाँव भी न था। मारे क्रोध के उन्होंने मरे हुए बैल पर और दुर्रे लगाये और कोसने लगे-अभागे। तुझे मरना ही था, तो घर पहुँचकर मरता! ससुरा बीच रास्ते ही में मर रहा! अब गाड़ी कौन खींचे? इस तरह साहु जी खूब जले-भुने। कई बोरे गुड़ और कई पीपे घी उन्होंने बेचे थे, दो-ढाई सौ रुपये कमर में बँधे थे। इसके सिवा गाड़ी पर कई बोरे नमक के थे; अतएव छोड़कर जा भी न सकते थे। लाचार बेचारे गाड़ी पर ही लेट गये। वहीं रतजगा करने की ठान ली। चिलम पी, गाया। फिर हुक्का पिया। इस तरह साहु जी आधी रात तक नींद को बहलाते रहे। अपनी जान में तो वह जागते ही रहे; पर पौ फटते ही जो नींद टूटी और कमर पर हाथ रखा, तो थैली गायब! घबराकर इधर-उधर देखा, तो कई कनस्तर तेल भी नदारत! अफसोस में बेचारे ने सिर पीट लिया और पछाड़ खाने लगा। प्रात:काल रोते-बिलखते घर पहुँचे। सहुआइन ने जब यह बुरी सुनावनी सुनी, तब पहले तो

रोयी, फिर अलगू चौधरी को गालियाँ देने लगी-निगोड़े ने ऐसा कुलच्छनी बैल दिया कि जन्म भर की कमाई लुट गयी।

इस घटना को हुए कई महीने बीत गये। अलगू जब अपने बैल के दाम माँगते तब साहु और सहुआइन, दोनों ही झल्लाये हुए कुत्ते की तरह चढ़ बैठते और अंड-बंड बकने लगते-वाह! यहाँ तो सारे जन्म की कमाई लुट गयी, सत्यानाश हो गया, इन्हें दामों की पड़ी है। मुर्दा बैल दिया था, उस पर दाम माँगने चले हैं! आँखों में धूल झोंक दी, सत्यानाशी बैल गले बाँध दिया, हमें निरा पोंगा ही समझ लिया है! हम भी बनिये के बच्चे हैं, ऐसे बुद्धू कहीं और होंगे। पहले जाकर किसी गड़हे में मुँह धो आओ, तब दाम लेना। न जी मानता हो, तो हमारा बैल खोल ले जाओ। महीना भर के बदले दो महीना जोत लो। और क्या लोगे?

चौधरी के अशुभचिंतकों की कमी न थी। ऐसे अवसरों पर वे भी एकत्र हो जाते और साहु जी के बर्राने की पुष्टि करते। परन्तु डेढ़ सौ रुपये से इस तरह हाथ धो लेना आसान न था। एक बार वह भी गरम पड़े। साहु जी बिगड़कर लाठी ढूँढ़ने घर में चले गये। अब सहुआइन ने मैदान लिया। प्रश्नोत्तर होते-होते हाथापाई की नौबत आ पहुँची। सहुआइन ने घर में घुसकर किवाड़ बंद कर लिये। शोरगुल सुनकर गाँव के भलेमानस जमा हो गये। उन्होंने दोनों को समझाया। साहु जी को दिलासा देकर घर से निकाला। वह परामर्श देने लगे कि इस तरह से काम न चलेगा। पंचायत कर लो। जो कुछ तय हो जाय, उसे स्वीकार कर लो। साहु जी राजी हो गये। अलगू ने भी हामी भर ली।

5

पंचायत की तैयारियाँ होने लगीं। दोनों पक्षों ने अपने-अपने दल बनाने शुरू किये। इसके बाद तीसरे दिन उसी वृक्ष के नीचे पंचायत बैठी। वही संध्या का समय था। खेतों में कौए पंचायत कर रहे थे। विवादग्रस्त विषय था यह कि मटर की फलियों पर उनका कोई स्वत्व है या नहीं; और जब तक यह प्रश्न हल न हो जाय, तब तक वे रखवाले की पुकार पर अपनी अप्रसन्नता प्रकट करना आवश्यक समझते थे। पेड़ की डालियों पर बैठी शुक-मंडली में यह प्रश्न छिड़ा हुआ था कि मनुष्यों को उन्हें बेमुरौवत कहने का क्या अधिकार है, जब उन्हें स्वयं अपने मित्रों से दगा करने में भी संकोच नहीं होता।

पंचायत बैठ गयी, तो रामधन मिश्र ने कहा- अब देरी क्या है? पंचों का चुनाव हो जाना चाहिए। बोलो चौधरी; किस-किस को पंच बदते हो।

अलगू ने दीन भाव से कहा- समझू साहु ही चुन लें।

समझू खड़े हुए और कड़ककर बोले-मेरी ओर से जुम्मन शेख।

जुम्मन का नाम सुनते ही अलगू चौधरी का कलेजा धक्-धक् करने लगा, मानो किसी ने अचानक थप्पड़ मार दिया हो। रामधन अलगू के मित्र थे। वह बात को ताड़ गये। पूछा-क्यों चौधरी तुम्हें कोई उज्र तो नहीं।

चौधरी ने निराशहोकर कहा- नहीं, मुझे क्या उज्र होगा?

6

अपने उत्तरदायित्व का ज्ञान बहुधा हमारे संकुचित व्यवहारों का सुधारक होता है। जब हम राह भूलकर भटकने लगते हैं तब यही ज्ञान हमारा विश्वसनीय पथ-प्रदर्शक बन जाता है।

पत्र-संपादक अपनी शांति कुटी में बैठा हुआ कितनी धृष्टता और स्वतंत्रता के साथ अपनी प्रबल लेखनी से मंत्रिमंडल पर आक्रमण करता है; परंतु ऐसे अवसर आते हैं, जब वह स्वयं मंत्रिमंडल में सम्मिलित होता है। मंडल के भवन में पग धरते ही उसकी लेखनी कितनी मर्मज्ञ, कितनी विचारशील, कितनी न्यायपरायण हो जाती है। इसका कारण उत्तरदायित्व का ज्ञान है। नवयुवक युवावस्था में कितना उद्दंड रहता है। माता-पिता उसकी ओर से कितने चिंतित रहते हैं! वे उसे कुल-कलंक समझते हैं; परन्तु थोड़े ही समय में परिवार का बोझ सिर पर पड़ते ही वह अव्यवस्थित-चित्त उन्मत्त युवक कितना धैर्यशील, कैसा शांतचित्त हो जाता है, यह भी उत्तरदायित्व के ज्ञान का फल है।

जुम्मन शेख के मन में भी सरपंच का उच्च स्थान ग्रहण करते ही अपनी जिम्मेदारी का भाव पैदा हुआ। उसने सोचा, मैं इस वक्त न्याय और धर्म के सर्वोच्च आसन पर बैठा हूँ। मेरे मुँह से इस समय जो कुछ निकलेगा, वह देववाणी के सदृश है-और देववाणी में मेरे मनोविकारों का कदापि समावेश न होना चाहिए। मुझे सत्य से जौ भर भी टलना उचित नहीं!

पंचों ने दोनों पक्षों से सवाल-जवाब करने शुरू किये। बहुत देर तक दोनों दल अपने-अपने पक्ष का समर्थन करते रहे। इस विषय में तो सब सहमत थे कि समझू को बैल का मूल्य देना चाहिए। परंतु दो महाशय इस कारण रियायत करना चाहते थे कि बैल के मर जाने से समझू को हानि हुई। इसके प्रतिकूल दो सभ्य मूल के अतिरिक्त समझू को दंड भी देना चाहते थे, जिससे फिर किसी को पशुओं के साथ ऐसी निर्दयता करने का साहस न हो। अंत में जुम्मन ने फैसला सुनाया-

अलगू चौधरी और समझू साहु! पंचों ने तुम्हारे मामले पर अच्छी तरह विचार किया। समझू को उचित है कि बैल का पूरा दाम दें। जिस वक्त उन्होंने बैल लिया, उसे कोई बीमारी न थी। अगर उसी समय दाम दे दिये जाते, तो आज समझू उसे फेर लेने का आग्रह न

करते। बैल की मृत्यु केवल इस कारण हुई कि उससे बड़ा कठिन परिश्रम लिया गया और उसके दाने-चारे का कोई अच्छा प्रबंध न किया गया।

रामधन मिश्र बोले-समझू ने बैल को जान-बूझकर मारा है, अतएव उससे दंड लेना चाहिए।

जुम्मन बोले-यह दूसरा सवाल है! हमको इससे कोई मतलब नहीं!

झगड़ू साहु ने कहा- समझू के साथ कुछ रियायत होनी चाहिए।

जुम्मन बोले-यह अलगू चौधरी की इच्छा पर निर्भर है। यह रियायत करें, तो उनकी भलमनसी।

अलगू चौधरी फूले न समाये। उठ खड़े हुए और जोर से बोले-पंच-परमेश्वर की जय!

इसके साथ ही चारों ओर से प्रतिध्वनि हुई-पंच-परमेश्वर की जय!

प्रत्येक मनुष्य जुम्मन की नीति को सराहता था-इसे कहते हैं न्याय! यह मनुष्य का काम नहीं, पंच में परमेश्वर वास करते हैं, यह उन्हीं की महिमा है। पंच के सामने खोटे को कौन खरा कह सकता है?

थोड़ी देर बाद जुम्मन अलगू के पास आये और उनके गले लिपटकर बोले-भैया, जब से तुमने मेरी पंचायत की तब से मैं तुम्हारा प्राण-घातक शत्रु बन गया था; पर आज मुझे ज्ञात हुआ कि पंच के पद पर बैठकर न कोई किसी का दोस्त होता है, न दुश्मन। न्याय के सिवा उसे और कुछ नहीं सूझता। आज मुझे विश्वास हो गया कि पंच की जबान से खुदा बोलता है। अलगू रोने लगे। इस पानी से दोनों के दिलों का मैल धुल गया। मित्रता की मुरझायी हुई लता फिर हरी हो गयी।

•••

नमक का दरोगा

जब नमक का नया विभाग बना और ईश्वरप्रदत्त वस्तु के व्यवहार करने का निषेध हो गया तो लोग चोरी-छिपे इसका व्यापार करने लगे। अनेक प्रकार के छल-प्रपंचों का सूत्रपात हुआ, कोई घूस से काम निकालता था, कोई चालाकी से। अधिकारियों के पौ-बारह थे। पटवारीगिरी का सर्वसम्मानित पद छोड़-छोड़कर लोग इस विभाग की बरकंदाजी करते थे। इसके दारोगा पद के लिए तो वकीलों का भी जी ललचाता था।

यह वह समय था जब अंग्रेज़ी शिक्षा और ईसाई मत को लोग एक ही वस्तु समझते थे। फारसी का प्राबल्य था। प्रेम की कथाएँ और शृंगार रस के काव्य पढ़क फारसीदाँ लोग सर्वोच्च पदों पर नियुक्त हो जाया करते थे।

मुंशी वंशीधर भी जुलेखा की विरह-कथा समाप्त करके सीरी और फरहाद के प्रेम-वृत्तांत को नल और नील की लड़ाई और अमेरिका के आविष्कार से अधिक महत्व की बातें समझते हुए रोजगार की खोज में निकले।

उनके पिता एक अनुभवी पुरुष थे। समझाने लगे, 'बेटा! घर की दुर्दशा देख रहे हो। ऋण के बोझ से दबे हुए हैं। लड़कियाँ हैं, वे घास-फूस की तरह बढ़ती चली जाती हैं। मैं कगारे पर का वृक्ष हो रहा हूँ, न मालूम कब गिर पड़ूँ, अब तुम्हीं घर के मालिक-मुख्तार हो।

'नौकरी में ओहदे की ओर ध्यान मत देना, यह तो पीर का मजार है। निगाह चढावे और चादर पर रखनी चाहिए। ऐसा काम ढूंढना जहाँ कुछ ऊपरी आय हो। मासिक वेतन तो पूर्णमासी का चाँद है, जो एक दिन दिखाई देता है और घटते-घटते लुप्त हो जाता है। ऊपरी आय बहता हुआ स्रोत है जिससे सदैव प्यास बुझती है। वेतन मनुष्य देता है, इसी से उसमें वृद्धि नहीं होती। ऊपरी आमदनी ईश्वर देता है, इसी से उसकी बरकत होती है, तुम स्वयं विद्वान हो, तुम्हें क्या समझाऊँ।'

इस विषय में विवेक की बड़ी आवश्यकता है। मनुष्य को देखो, उसकी आवश्यकता को देखो और अवसर को देखो, उसके उपरांत जो उचित समझो, करो। गरजवाले आदमी के साथ कठोरता करने में लाभ ही लाभ है। लेकिन बेगरज को दाँव पर पाना जरा कठिन है। इन बातों को निगाह में बाँध लो यह मेरी जन्म भर की कमाई है।

इस उपदेश के बाद पिताजी ने आशीर्वाद दिया। वंशीधर आज्ञाकारी पुत्र थे। ये बातें ध्यान से सुनीं और तब घर से चल खड़े हुए। इस विस्तृत संसार में उनके लिए धैर्य अपना मित्र, बुद्धि अपनी पथप्रदर्शक और आत्मावलम्बन ही अपना सहायक था। लेकिन अच्छे शकुन से

चले थे, जाते ही जाते नमक विभाग के दारोगा पद पर प्रतिष्ठित हो गए। वेतन अच्छा और ऊपरी आय का तो ठिकाना ही न था। वृद्ध मुंशीजी को सुख-संवाद मिला तो फूले न समाए। महाजन कुछ नरम पड़े, कलवार की आशालता लहलहाई। पड़ोसियों के हृदय में शूल उठने लगे।

जाड़े के दिन थे और रात का समय। नमक के सिपाही, चौकीदार नशे में मस्त थे। मुंशी वंशीधर को यहाँ आए अभी छह महीनों से अधिक न हुए थे, लेकिन इस थोड़े समय में ही उन्होंने अपनी कार्यकुशलता और उत्तम आचार से अफसरों को मोहित कर लिया था। अफसर लोग उन पर बहुत विश्वास करने लगे।

नमक के दफ्तर से एक मील पूर्व की ओर जमुना बहती थी, उस पर नावों का एक पुल बना हुआ था। दारोगाजी किवाड़ बंद किए मीठी नींद सो रहे थे। अचानक आँख खुली तो नदी के प्रवाह की जगह गाड़ियों की गड़गड़ाहट तथा मल्लाहों का कोलाहल सुनाई दिया। उठ बैठे।

इतनी रात गए गाड़ियां क्यों नदी के पार जाती हैं? अवश्य कुछ न कुछ गोलमाल है। तर्क ने भ्रम को पुष्ट किया। वरदी पहनी, तमंचा जेब में रखा और बात की बात में घोड़ा बढ़ाए हुए पुल पर आ पहुँचे। गाड़ियों की एक लम्बी कतार पुल के पार जाती देखी। डाँटकर पूछा, 'किसकी गाड़ियां हैं?'

थोड़ी देर तक सन्नाटा रहा। आदमियों में कुछ कानाफूसी हुई तब आगे वाले ने कहा- 'पंडित अलोपीदीन की।'

'कौन पंडित अलोपीदीन?'

'दातागंज के।'

मुंशी वंशीधर चौंके। पंडित अलोपीदीन इस इलाके के सबसे प्रतिष्ठित जमींदार थे। लाखों रुपए का लेन-देन करते थे, इधर छोटे से बड़े कौन ऐसे थे जो उनके ऋणी न हों। व्यापार भी बड़ा लम्बा-चौड़ा था। बड़े चलते-पुरजे आदमी थे। अंग्रेज़ अफसर उनके इलाके में शिकार खेलने आते और उनके मेहमान होते। बारहों मास सदाव्रत चलता था।

मुंशी ने पूछा, 'गाड़ियां कहाँ जाएँगी?' उत्तर मिला, 'कानपुर'। लेकिन इस प्रश्न पर कि इनमें क्या है, सन्नाटा छा गया। दारोगा साहब का संदेह और भी बढ़ा। कुछ देर तक उत्तर की बाट देखकर वह जोर से बोले, 'क्या तुम सब गूँगे हो गए हो?' हम पूछते हैं इनमें क्या लदा है?

जब इस बार भी कोई उत्तर न मिला तो उन्होंने घोड़े को एक गाड़ी से मिलाकर बोरे को टटोला। भ्रम दूर हो गया। यह नमक के डेले थे।

पंडित अलोपीदीन अपने सजीले रथ पर सवार, कुछ सोते, कुछ जागते चले आते थे। अचानक कई गतिवानों ने घबराए हुए आकर जगाया और बोले-'महाराज! दारोगा ने गाड़ियां रोक दी हैं और घाट पर खड़े आपको बुलाते हैं।'

पंडित अलोपीदीन का लक्ष्मीजी पर अखंड विश्वास था। वह कहा करते थे कि संसार का तो कहना ही क्या, स्वर्ग में भी लक्ष्मी का ही राज्य है। उनका यह कहना यथार्थ ही था। न्याय और नीति सब लक्ष्मी के ही खिलौने हैं, इन्हें वह जैसे चाहती हैं नचाती हैं। लेटे ही लेटे गर्व से बोले, चलो हम आते हैं। यह कहकर पंडितजी ने बड़ी निश्चिंतता से पान के बीड़े लगाकर खाए। फिर लिहाफ ओढ़े हुए दारोगा के पास आकर बोले, 'बाबूजी आशीर्वाद! कहिए, हमसे ऐसा कौन सा अपराध हुआ कि गाड़ियां रोक दी गईं। हम ब्राह्मणों पर तो आपकी कृपा-दृष्टि रहनी चाहिए।'

वंशीधर रुखाई से बोले, 'सरकारी हुक्म।'

पं. अलोपीदीन ने हँसकर कहा, 'हम सरकारी हुक्म को नहीं जानते और न सरकार को। हमारे सरकार तो आप ही हैं। हमारा और आपका तो घर का मामला है, हम कभी आपसे बाहर हो सकते हैं? आपने व्यर्थ का कष्ट उठाया। यह हो नहीं सकता कि इधर से जाएँ और इस घाट के देवता को भेंट न चढावें। मैं तो आपकी सेवा में स्वयं ही आ रहा था। वंशीधर पर ऐश्वर्य की मोहिनी वंशी का कुछ प्रभाव न पड़ा। ईमानदारी की नई उमंग थी। कड़ककर बोले, 'हम उन नमकहरामों में नहीं हैं जो कौड़ियों पर अपना ईमान बेचते फिरते हैं। आप इस समय हिरासत में हैं। आपको कायदे के अनुसार चालान देना होगा। बस, मुझे अधिक बातों की फुर्सत नहीं है। जमादार बदलूसिंह! तुम इन्हें हिरासत में ले चलो, मैं हुक्म देता हूँ।'

पं. अलोपीदीन स्तम्भित हो गए। गाड़ीवानों में हलचल मच गई। पंडितजी के जीवन में कदाचित यह पहला ही अवसर था कि पंडित जी को ऐसी कठोर बातें सुननी पड़ीं। बदलूसिंह आगे बढ़ा, किन्तु रोब के मारे यह साहस न हुआ कि उनका हाथ पकड़ सके। पंडितजी ने धर्म को धन का ऐसा निरादर करते कभी न देखा था। विचार किया कि यह अभी उद्दंड लड़का है। माया-मोह के जाल में अभी नहीं पड़ा। अल्हड़ है, झिझकता है। बहुत दीनभाव से बोले, 'बाबू साहब, ऐसा न कीजिए, हम मिट जाएँगे। इज्जत धूल में मिल जाएगी। हमारा अपमान करने से आपके हाथ क्या आएगा। हम किसी तरह आपसे बाहर थोड़े ही हैं।'

वंशीधर ने कठोर स्वर में कहा, 'हम ऐसी बातें नहीं सुनना चाहते।'

अलोपीदीन ने जिस सहारे को चट्टान समझ रखा था, वह पैरों के नीचे खिसकता हुआ मालूम हुआ। स्वाभिमान और धन-ऐश्वर्य को कड़ी चोट लगी। किन्तु अभी तक धन की सांख्यिक शक्ति का पूरा भरोसा था। अपने मुख्तार से बोले, 'लालाजी, एक हजार के नोट बाबू साहब को भेंट करो, आप इस समय भूखे सिंह हो रहे हैं।'

वंशीधर ने गरम होकर कहा, 'एक हजार नहीं, एक लाख भी मुझे सच्चे मार्ग से नहीं हटा सकते।'

धर्म की इस बुद्धिहीन दृढ़ता और देव-दुर्लभ त्याग पर मन बहुत झुँझलाया। अब दोनों शक्तियों में संग्राम होने लगा। धन ने उछल-उछलकर आक्रमण करने शुरू किए। एक से पाँच, पाँच से दस, दस से पंद्रह और पंद्रह से बीस हजार तक नौबत पहुँची, किन्तु धर्म अलौकिक वीरता के साथ बहुसंख्यक सेना के सम्मुख अकेला पर्वत की भाँति अटल, अविचलित खड़ा था।

अलोपीदीन निराश होकर बोले, 'अब इससे अधिक मेरा साहस नहीं। आगे आपको अधिकार है।'

वंशीधर ने अपने जमादार को ललकारा। बदलूसिंह मन में दारोगाजी को गालियाँ देता हुआ पंडित अलोपीदीन की ओर बढ़ा। पंडितजी घबराकर दो-तीन कदम पीछे हट गए। अत्यंत दीनता से बोले, 'बाबू साहब, ईश्वर के लिए मुझ पर दया कीजिए, मैं पच्चीस हजार पर निपटारा करने का तैयार हूँ।'

'असम्भव बात है।'

'तीस हजार पर?'

'किसी तरह भी सम्भव नहीं।'

'क्या चालीस हजार पर भी नहीं।'

'चालीस हजार नहीं, चालीस लाख पर भी असम्भव है।'

'बदलूसिंह, इस आदमी को हिरासत में ले लो। अब मैं एक शब्द भी नहीं सुनना चाहता।'

धर्म ने धन को पैरों तले कुचल डाला। अलोपीदीन ने एक हृष्ट-पुष्ट मनुष्य को हथकड़ियां लिए हुए अपनी तरफ आते देखा। चारों ओर निराश और कातर दृष्टि से देखने लगे। इसके बाद मूर्छित होकर गिर पड़े।

दुनिया सोती थी पर दुनिया की जीभ जागती थी। सवेरे देखिए तो बालक-वृद्ध सबके मुंह से यही बात सुनाई देती थी। जिसे देखिए वही पंडितजी के इस व्यवहार पर टीका-टिप्पणी कर रहा था, निंदा की बौछारें हो रही थीं, मानो संसार से अब पापी का पाप कट गया।

पानी को दूध के नाम से बेचने वाला ग्वाला, कल्पित रोजनामचे भरने वाले अधिकारी वर्ग, रेल में बिना टिकट सफर करने वाले बाबू लोग, जाली दस्तावेज बनाने वाले सेठ और साकार यह सब के सब देवताओं की भाँति गर्दनें चला रहे थे।

जब दूसरे दिन पंडित अलोपीदीन अभियुक्त होकर कांस्टेबलों के साथ, हाथों में हथकड़ियां, हृदय में ग्लानि और क्षोभ भरे, लज्जा से गर्दन झुकाए अदालत की तरफ चले

तो सारे शहर में हलचल मच गई। मेलों में कदाचित आंखें इतनी व्यग्र न होती होंगी। भीड़ के मारे छत और दीवार में कोई भेद न रहा।

किंतु अदालत में पहुँचने की देर थी। पं. अलोपीदीन इस अगाध वन के सिंह थे। अधिकारी वर्ग उनके भक्त, अमले उनके सेवक, वकील-मुख्तार उनके आज्ञा पालक और अरदली, चपरासी तथा चौकीदार तो उनके बिना मोल के गुलाम थे।

उन्हें देखते ही लोग चारों तरफ से दौड़े। सभी लोग विस्मित हो रहे थे। इसलिए नहीं कि अलोपीदीन ने यह कर्म किया, बल्कि इसलिए कि वह कानून के पंजे में कैसे आए? ऐसा मनुष्य जिसके पास असाध्य साधन करने वाला धन और अनन्य वाचालता हो, वह क्यों कानून के पंजे में आए? प्रत्येक मनुष्य उनसे सहानुभूति प्रकट करता था।

बड़ी तत्परता से इस आक्रमण को रोकने के निमित्त वकीलों की एक सेना तैयार की गई। न्याय के मैदान में धर्म और धन में युद्ध ठन गया। वंशीधर चुपचाप खड़े थे। उनके पास सत्य के सिवा न कोई बल था, न स्पष्ट भाषण के अतिरिक्त कोई शस्त्र। गवाह थे, किंतु लोभ से डाँवाडोल।

यहाँ तक कि मुंशीजी को न्याय भी अपनी ओर कुछ खिंचा हुआ दीख पड़ता था। वह न्याय का दरबार था, परंतु उसके कर्मचारियों पर पक्षपात का नशा छाया हुआ था। किंतु पक्षपात और न्याय का क्या मेल? जहाँ पक्षपात हो, वहाँ न्याय की कल्पना नहीं की जा सकती। मुकदमा शीघ्र ही समाप्त हो गया।

डिप्टी मजिस्ट्रेट ने अपनी तजवीज में लिखा, पं. अलोपीदीन के विरुद्ध दिए गए प्रमाण निर्मूल और भ्रमात्मक हैं। वह एक बड़े भारी आदमी हैं। यह बात कल्पना के बाहर है कि उन्होंने थोड़े लाभ के लिए ऐसा दुस्साहस किया हो। यद्यपि नमक के दरोगा मुंशी वंशीधर का अधिक दोष नहीं है, लेकिन यह बड़े खेद की बात है कि उसकी उद्दंडता और विचारहीनता के कारण एक भलेमानुस को कष्ट झेलना पड़ा। हम प्रसन्न हैं कि वह अपने काम में सजग और सचेत रहता है, किंतु नमक के मुकदमे की बढ़ी हुई नमक से हलाली ने उसके विवेक और बुद्धि को भ्रष्ट कर दिया। भविष्य में उसे होशियार रहना चाहिए।

वकीलों ने यह फैसला सुना और उछल पड़े। पं. अलोपीदीन मुस्कुराते हुए बाहर निकले। स्वजन बाँधवों ने रुपए की लूट की। उदारता का सागर उमड़ पड़ा। उसकी लहरों ने अदालत की नींव तक हिला दी।

जब वंशीधर बाहर निकले तो चारों ओर उनके ऊपर व्यंग्यबाणों की वर्षा होने लगी। चपरासियों ने झुक-झुककर सलाम किए। किंतु इस समय एक कटु वाक्य, एक-एक संकेत उनकी गर्वाग्नि को प्रज्ज्वलित कर रहा था।

कदाचित इस मुकदमे में सफल होकर वह इस तरह अकड़ते हुए न चलते। आज उन्हें संसार का एक खेदजनक विचित्र अनुभव हुआ। न्याय और विद्वत्ता, लंबी-चौड़ी उपाधियाँ, बड़ी-बड़ी दाढ़ियां, ढीले चोगे एक भी सच्चे आदर का पात्र नहीं है।

वंशीधर ने धन से बैर मोल लिया था, उसका मूल्य चुकाना अनिवार्य था। कठिनता से एक सप्ताह बीता होगा कि मुअत्तली का परवाना आ पहुँचा। कार्य-परायणता का दंड मिला। बेचारे भग्न हृदय, शोक और खेद से व्यथित घर को चले। बूढ़े मुंशीजी तो पहले ही से कुड़बुड़ा रहे थे कि चलते-चलते इस लड़के को समझाया था, लेकिन इसने एक न सुनी। सब मनमानी करता है। हम तो कलवार और कसाई के तगादे सहें, बुढ़ापे में भगत बनकर बैठें और वहाँ बस वही सूखी तनख्वाह! हमने भी तो नौकरी की है और कोई ओहदेदार नहीं थे। लेकिन काम किया, दिल खोलकर किया और आप ईमानदार बनने चले हैं। घर में चाहे अंधेरा हो, मस्जिद में अवश्य दिया जलाएँगे। खेद ऐसी समझ पर! पढ़ना-लिखना सब अकारथ गया।

इसके थोड़े ही दिनों बाद, जब मुंशी वंशीधर इस दुरावस्था में घर पहुँचे और बूढ़े पिताजी ने समाचार सुना तो सिर पीट लिया। बोले - जी चाहता है कि तुम्हारा और अपना सिर फोड़ लूँ। बहुत देर तक पछता-पछताकर हाथ मलते रहे। क्रोध में कुछ कठोर बातें भी कहीं और यदि वंशीधर वहाँ से टल न जाता तो अवश्य ही यह क्रोध विकट रूप धारण करता। वृद्ध माता को भी दुःख हुआ। जगन्नाथ और रामेश्वर यात्रा की कामनाएँ मिट्टी में मिल गईं। पत्नी ने कई दिनों तक सीधे मुँह बात तक नहीं की।

इसी प्रकार एक सप्ताह बीत गया। सांध्य का समय था। बूढ़े मुंशीजी बैठे-बैठे राम नाम की माला जप रहे थे। इसी समय उनके द्वार पर सजा हुआ रथ आकर रुका। हरे और गुलाबी परदे, पछहिए बैलों की जोड़ी, उनकी गर्दन में नीले धागे, सींग पीतल से जड़े हुए। कई नौकर लाठियाँ कंधों पर रखे साथ थे।

मुंशीजी अगवानी को दौड़े देखा तो पंडित अलोपीदीन हैं। झुककर दंडवत् की और लल्लो-चप्पो की बातें करने लगे - 'हमारा भाग्य उदय हुआ, जो आपके चरण इस द्वार पर आए। आप हमारे पूज्य देवता हैं, आपको कौन सा मुँह दिखावें, मुँह में तो कालिख लगी हुई है। किंतु क्या करें, लड़का अभागा कपूत है, नहीं तो आपसे क्या मुँह छिपाना पड़ता? ईश्वर निस्संतान चाहे रक्खे पर ऐसी संतान न दे।'

अलोपीदीन ने कहा- 'नहीं भाई साहब, ऐसा न कहिए।'

मुंशीजी ने चकित होकर कहा- 'ऐसी संतान को और क्या कहें?'

अलोपीदीन ने वात्सल्यपूर्ण स्वर में कहा- 'कुलतिलक और पुरुखों की कीर्ति उज्ज्वल करने वाले संसार में ऐसे कितने धर्मपरायण मनुष्य हैं जो धर्म पर अपना सब कुछ अर्पण कर सकें!'

पं. अलोपीदीन ने वंशीधर से कहा- 'दरोगाजी, इसे खुशामद न समझिए, खुशामद करने के लिए मुझे इतना कष्ट उठाने की जरूरत न थी। उस रात को आपने अपने अधिकार-बल से अपनी हिरासत में लिया था, किंतु आज मैं स्वेच्छा से आपकी हिरासत में आया हूँ। मैंने हजारों रईस और अमीर देखे, हजारों उच्च पदाधिकारियों से काम पड़ा किंतु परास्त किया तो आपने। मैंने सबको अपना और अपने धन का गुलाम बनाकर छोड़ दिया। मुझे आज्ञा दीजिए कि आपसे कुछ विनय करूँ।'

वंशीधर ने अलोपीदीन को आते देखा तो उठकर सत्कार किया, किंतु स्वाभिमान सहित। समझ गए कि यह महाशय मुझे लज्जित करने और जलाने आए हैं। क्षमा-प्रार्थना की चेष्टा नहीं की, वरन् उन्हें अपने पिता की यह ठकुरसुहाती की बात असह्य सी प्रतीत हुई। पर पंडितजी की बातें सुनी तो मन की मैल मिट गई।

पंडितजी की ओर उड़ती हुई दृष्टि से देखा। सद्भाव झलक रहा था। गर्व ने अब लज्जा के सामने सिर झुका दिया। शर्माते हुए बोले - 'यह आपकी उदारता है जो ऐसा कहते हैं। मुझसे जो कुछ अविनय हुई है, उसे क्षमा कीजिए। मैं धर्म की बेड़ी में जकड़ा हुआ था, नहीं तो वैसे मैं आपका दास हूँ। जो आज्ञा होगी वह मेरे सिर-माथे पर।'

अलोपीदीन ने विनीत भाव से कहा- 'नदी तट पर आपने मेरी प्रार्थना नहीं स्वीकार की थी, किंतु आज स्वीकार करनी पड़ेगी।'

वंशीधर बोले - 'मैं किस योग्य हूँ, किंतु जो कुछ सेवा मुझसे हो सकती है, उसमें त्रुटि न होगी।'

अलोपीदीन ने एक स्टाम्प लगा हुआ पत्र निकाला और उसे वंशीधर के सामने रखकर बोले - 'इस पद को स्वीकार कीजिए और अपने हस्ताक्षर कर दीजिए। मैं ब्राह्मण हूँ, जब तक यह सवाल पूरा न कीजिएगा, द्वार से न हटूँगा।'

मुंशी वंशीधर ने उस कागज को पढ़ा तो कृतज्ञता से आंखों में आंसू भर आए। पं. अलोपीदीन ने उनको अपनी सारी जायदाद का स्थायी मैनेजर नियत किया था। छह हजार वार्षिक वेतन के अतिरिक्त रोजाना खर्च अलग, सवारी के लिए घोड़ा, रहने को बँगला, नौकर-चाकर मुफ्त। कम्पित स्वर में बोले - 'पंडितजी मुझमें इतनी सामर्थ्य नहीं है कि आपकी उदारता की प्रशंसा कर सकूँ! किंतु ऐसे उच्च पद के योग्य नहीं हूँ।'

अलोपीदीन हँसकर बोले - 'मुझे इस समय एक अयोग्य मनुष्य की ही जरूरत है।'

वंशीधर ने गंभीर भाव से कहा- 'यों मैं आपका दास हूँ। आप जैसे कीर्तिवान, सज्जन पुरुष की सेवा करना मेरे लिए सौभाग्य की बात है। किंतु मुझमें न विद्या है, न बुद्धि, न वह स्वभाव जो इन त्रुटियों की पूर्ति कर देता है। ऐसे महान कार्य के लिए एक बड़े मर्मज्ञ अनुभवी मनुष्य की जरूरत है।'

अलोपीदीन ने कलमदान से कलम निकाली और उसे वंशीधर के हाथ में देकर बोले - 'न मुझे विद्वत्ता की चाह है, न अनुभव की, न मर्मज्ञता की, न कार्यकुशलता की। इन गुणों के महत्व को खूब पा चुका हूँ। अब सौभाग्य और सुअवसर ने मुझे वह मोती दे दिया जिसके सामने योग्यता और विद्वत्ता की चमक फीकी पड़ जाती है। यह कलम लीजिए, अधिक सोच-विचार न कीजिए, दस्तखत कर दीजिए। परमात्मा से यही प्रार्थना है कि वह आपको सदैव वही नदी के किनारे वाला, बेमुरौवत, उद्दंड, कठोर परंतु धर्मनिष्ठ दारोगा बनाए रखे।'

वंशीधर की आंखें डबडबा आईं। हृदय के संकुचित पात्र में इतना एहसान न समा सका। एक बार फिर पंडितजी की ओर भक्ति और श्रद्धा की दृष्टि से देखा और काँपते हुए हाथ से मैनेजरी के कागज पर हस्ताक्षर कर दिए।

अलोपीदीन ने प्रफुल्लित होकर उन्हें गले लगा लिया।

•••

बड़े घर की बेटी

बेनीमाधव सिंह गौरीपुर गाँव के जमींदार और नम्बरदार थे। उनके पितामह किसी समय बड़े धन-धान्य संपन्न थे। गाँव का पक्का तालाब और मंदिर जिनकी अब मरम्मत भी मुश्किल थी, उन्हीं की कीर्ति-स्तंभ थे। कहते हैं, इस दरवाजे पर हाथी झूमता था, अब उसकी जगह एक बूढ़ी भैंस थी, जिसके शरीर में अस्थि-पंजर के सिवा और कुछ शेष न रहा था; पर दूध शायद बहुत देती थी; क्योंकि एक न एक आदमी हाँड़ी लिये उसके सिर पर सवार ही रहता था। बेनीमाधव सिंह अपनी आधी से अधिक संपत्ति वकीलों को भेंट कर चुके थे। उनकी वर्तमान आय एक हजार रुपये वार्षिक से अधिक न थी। ठाकुर साहब के दो बेटे थे। बड़े का नाम श्रीकंठ सिंह था। उसने बहुत दिनों के परिश्रम और उद्योग के बाद बी. ए. की डिग्री प्राप्त की थी। अब एक दफ्तर में नौकर था। छोटा लड़का लालबिहारी सिंह दोहरे बदन का, सजीला जवान था। भरा हुआ मुखड़ा, चौड़ी छाती। भैंस का दो सेर ताजा दूध वह उठ कर सबेरे पी जाता था। श्रीकंठ सिंह की दशा बिलकुल विपरीत थी। इन नेत्रप्रिय गुणों को उन्होंने बी. ए.-इन्हीं दो अक्षरों पर न्योछावर कर दिया था। इन दो अक्षरों ने उनके शरीर को निर्बल और चेहरे को कांतिहीन बना दिया था। इसी से वैद्यक ग्रंथों पर उनका विशेष प्रेम था। आयुर्वेदिक औषधियों पर उनका अधिक विश्वास था। शाम-सबेरे से उनके कमरे से प्राय: खरल की सुरीली कर्णमधुर ध्वनि सुनायी दिया करती थी। लाहौर और कलकत्ते के वैद्यों से बड़ी लिखा-पढ़ी रहती थी।

श्रीकंठ इस अँगरेजी डिग्री के अधिपति होने पर भी अँगरेजी सामाजिक प्रथाओं के विशेष प्रेमी न थे। बल्कि वह बहुधा बड़े जोर से उसकी निंदा और तिरस्कार किया करते थे। इसी से गाँव में उनका बड़ा सम्मान था। दशहरे के दिनों में वह बड़े उत्साह से रामलीला में सम्मिलित होते और स्वयं किसी न किसी पात्रा का पार्ट लेते थे। गौरीपुर में रामलीला के वही जन्मदाता थे। प्राचीन हिंदू सभ्यता का गुणगान उनकी धार्मिकता का प्रधान अंग था। सम्मिलित कुटुम्ब के तो वह एकमात्र उपासक थे। आजकल स्त्रियों को कुटुम्ब में मिल-जुल कर रहने की जो अरुचि होती है, उसे वह जाति और देश दोनों के लिए हानिकारक समझते थे। यही कारण था कि गाँव की ललनाएँ उनकी निंदक थीं। कोई-कोई तो उन्हें अपना शत्रु समझने में भी संकोच न करती थीं। स्वयं उनकी पत्नी को ही इस विषय में उनसे विरोध था। यह इसलिए नहीं कि उसे अपने सास-ससुर, देवर या जेठ आदि से घृणा थी, बल्कि उसका विचार था कि यदि बहुत कुछ सहने और तरह देने पर भी परिवार के साथ निर्वाह न हो

सके, तो आये-दिन की कलह से जीवन को नष्ट करने की अपेक्षा यही उत्तम है कि अपनी खिचड़ी अलग पकायी जाये।

आनंदी एक बड़े उच्च कुल की लड़की थी। उसके बाप एक छोटी-सी रियासत के ताल्लुकेदार थे। विशाल भवन, एक हाथी, तीन कुत्ते, बाज, बहरी-शिकरे, झाड़-फानूस, आनरेरी मजिस्ट्रेटी, और ऋण, जो एक प्रतिष्ठित ताल्लुकेदार के भोग्य पदार्थ हैं, सभी यहाँ विद्यमान थे। नाम था भूपसिंह। बड़े उदार-चित्त और प्रतिभाशाली पुरुष थे, पर दुर्भाग्य से लड़का एक भी न था। सात लड़कियाँ हुईं और दैवयोग से सब-की-सब जीवित रहीं। पहली उमंग में तो उन्होंने तीन ब्याह दिल खोल कर किये; पर पंद्रह-बीस हजार रुपयों का कर्ज सिर पर हो गया, तो आँखें खुलीं, हाथ समेट लिया। आनंदी चौथी लड़की थी। वह अपनी सब बहनों से अधिक रूपवती और गुणवती थी। इससे ठाकुर भूपसिंह उसे बहुत प्यार करते थे। सुन्दर संतान को कदाचित् उसके माता-पिता भी अधिक चाहते हैं। ठाकुर साहब बड़े धर्म-संकट में थे कि इसका विवाह कहाँ करें? न तो यही चाहते थे कि ऋण का बोझ बढ़े और न यही स्वीकार था कि उसे अपने को भाग्यहीन समझना पड़े। एक दिन श्रीकंठ उनके पास किसी चंदे का रुपया माँगने आया। शायद नागरी-प्रचार का चंदा था। भूपसिंह उनके स्वभाव पर रीझ गये और धूमधाम से श्रीकंठ सिंह का आनंदी के साथ ब्याह हो गया।

आनंदी अपने नये घर में आयी, तो यहाँ का रंग-ढंग कुछ और ही देखा। जिस टीम-टाम की उसे बचपन से ही आदत पड़ी हुई थी, वह यहाँ नाम-मात्र को भी न थी। हाथी-घोड़ों का तो कहना ही क्या, कोई सजी हुई सुंदर बहली तक न थी। रेशमी स्लीपर साथ लायी थी, पर यहाँ बाग कहाँ। मकान में खिड़कियाँ तक न थीं। न जमीन पर फर्श, न दीवार पर तस्वीरें। यह एक सीधा-सादा देहाती गृहस्थ का मकान था, किन्तु आनंदी ने थोड़े ही दिनों में अपने को इस नयी अवस्था के ऐसा अनुकूल बना लिया, मानो उसने विलास के सामान कभी देखे ही न थे।

2

एक दिन दोपहर के समय लालबिहारी सिंह दो चिड़िया लिये हुए आया और भावज से बोला-जल्दी से पका दो, मुझे भूख लगी है। आनंदी भोजन बनाकर उसकी राह देख रही थी। अब वह नया व्यंजन बनाने बैठी। हाँड़ी में देखा, तो घी पाव-भर से अधिक न था। बड़े घर की बेटी, किफायत क्या जाने। उसने सब घी मांस में डाल दिया। लालबिहारी खाने बैठा, तो दाल में घी न था, बोला-दाल में घी क्यों नहीं छोड़ा?

आनंदी ने कहा-घी सब मांस में पड़ गया। लालबिहारी जोर से बोला-अभी परसों घी आया है। इतनी जल्दी उठ गया?

आनंदी ने उत्तर दिया-आज तो कुल पाव-भर रहा होगा। वह सब मैंने मांस में डाल दिया।

जिस तरह सूखी लकड़ी जल्दी से जल उठती है-उसी तरह क्षुधा से बावला मनुष्य जरा-जरा सी बात पर तिनक जाता है। लालबिहारी को भावज की यह ढिठाई बहुत बुरी मालूम हुई, तिनक कर बोला-मैके में तो चाहे घी की नदी बहती हो!

स्त्री गालियाँ सह लेती है, मार भी सह लेती है; पर मैके की निंदा उससे नहीं सही जाती। आनंदी मुँह फेर कर बोली-हाथी मरा भी, तो नौ लाख का। वहाँ इतना घी नित्य नाई-कहार खा जाते हैं।

लालबिहारी जल गया, थाली उठाकर पलट दी, और बोला-जी चाहता है, जीभ पकड़ कर खींच लूँ।

आनंदी को भी क्रोध आ गया। मुँह लाल हो गया, बोली-वह होते तो आज इसका मजा चखाते।

अब अपढ़, उजड्ड ठाकुर से न रहा गया। उसकी स्त्री एक साधारण जमींदार की बेटी थी। जब जी चाहता, उस पर हाथ साफ कर लिया करता था। खड़ाऊँ उठाकर आनंदी की ओर जोर से फेंकी, और बोला-जिसके गुमान पर भूली हुई हो, उसे भी देखूँगा और तुम्हें भी।

आनंदी ने हाथ से खड़ाऊँ रोकी, सिर बच गया। पर उँगली में बड़ी चोट आयी। क्रोध के मारे हवा से हिलते पत्ते की भाँति काँपती हुई अपने कमरे में आ कर खड़ी हो गयी। स्त्री का बल और साहस, मान और मर्यादा पति तक है। उसे अपने पति के ही बल और पुरुषत्व का घंमड होता है। आनंदी खून का घूँट पी कर रह गयी।

3

श्रीकंठ सिंह शनिवार को घर आया करते थे। बृहस्पति को यह घटना हुई थी। दो दिन तक आनंदी कोप-भवन में रही। न कुछ खाया न पिया, उनकी बाट देखती रही। अंत में शनिवार को वह नियमानुकूल संध्या समय घर आये और बाहर बैठ कर कुछ इधर-उधर की बातें, कुछ देश-काल संबंधी समाचार तथा कुछ नये मुकदमों आदि की चर्चा करने लगे। यह वार्तालाप दस बजे रात तक होता रहा। गाँव के भद्र पुरुषों को इन बातों में ऐसा आनंद मिलता था कि खाने-पीने की भी सुधि न रहती थी। श्रीकंठ को पिंड छुड़ाना मुश्किल हो जाता था। ये दो-तीन घंटे आनंदी ने बड़े कष्ट से काटे! किसी तरह भोजन का समय आया। पंचायत उठी। एकांत हुआ, तो लालबिहारी ने कहा-भैया, आप जरा भाभी को समझा दीजिएगा कि मुँह सँभाल कर बातचीत किया करें, नहीं तो एक दिन अनर्थ हो जायेगा।

बेनीमाधव सिंह ने बेटे की ओर से साक्षी दी-हाँ, बहू-बेटियों का यह स्वभाव अच्छा नहीं कि मर्दों के मुँह लगें।

लालबिहारी-वह बड़े घर की बेटी हैं, तो हम भी कोई कुर्मी-कहार नहीं हैं। श्रीकंठ ने चिंतित स्वर से पूछा-आखिर बात क्या हुई?

लालबिहारी ने कहा-कुछ भी नहीं; यों ही आप ही आप उलझ पड़ीं। मैके के सामने हम लोगों को कुछ समझतीं ही नहीं।

श्रीकंठ खा-पी कर आनंदी के पास गये। वह भरी बैठी थी। यह हजरत भी कुछ तीखे थे। आनंदी ने पूछा-चित्त तो प्रसन्न है।

श्रीकंठ बोले-बहुत प्रसन्न है। पर तुमने आजकल घर में यह क्या उपद्रव मचा रखा है?

आनंदी की त्योरियों पर बल पड़ गये, झुंझलाहट के मारे बदन में ज्वाला-सी दहक उठी। बोली-जिसने तुमसे यह आग लगायी है, उसे पाऊँ, तो मुँह झुलस दूँ।

श्रीकंठ-इतनी गरम क्यों होती हो, बात तो कहो।

आनंदी-क्या कहूँ, यह मेरे भाग्य का फेर है! नहीं तो गँवार छोकरा, जिसको चपरासीगिरी करने का भी शऊर नहीं, मुझे खड़ाऊँ से मार कर यों न अकड़ता।

श्रीकंठ-सब हाल साफ-साफ कहो, तो मालूम हो। मुझे तो कुछ पता नहीं।

आनंदी-परसों तुम्हारे लाड़ले भाई ने मुझसे मांस पकाने को कहा। घी हाँड़ी में पाव-भर से अधिक न था। वह सब मैंने मांस में डाल दिया। जब खाने बैठा तो कहने लगा-दाल में घी क्यों नहीं है। बस, इसी पर मेरे मैके को बुरा-भला कहने लगा-मुझसे न रहा गया। मैंने कहा कि वहाँ इतना घी तो नाई-कहार खा जाते हैं, और किसी को जान भी नहीं पड़ता। बस इतनी सी बात पर इस अन्यायी ने मुझ पर खड़ाऊँ फेंक मारी। यदि हाथ से न रोक लूँ, तो सिर फट जाये। उसी से पूछो, मैंने जो कुछ कहा है, वह सच है या झूठ।

श्रीकंठ की आँखें लाल हो गयीं। बोले-यहाँ तक हो गया, इस छोकरे का यह साहस!

आनंदी स्त्रियों के स्वभावानुसार रोने लगी क्योंकि आँसू उनकी पलकों पर रहते हैं। श्रीकंठ बड़े धैर्यवान और शांत पुरुष थे। उन्हें कदाचित् ही कभी क्रोध आता था; स्त्रियों के आँसू पुरुषों की क्रोधाग्नि भड़काने में तेल का काम देते हैं। रात भर करवटें बदलते रहे। उद्विग्नता के कारण पलक तक नहीं झपकी। प्रातःकाल अपने बाप के पास जाकर बोले-दादा, अब इस घर में मेरा निबाह न होगा।

इस तरह की विद्रोहपूर्ण बातें कहने पर श्रीकंठ ने कितनी ही बार अपने कई मित्रों को आड़े हाथों लिया था; परन्तु दुर्भाग्य, आज उन्हें स्वयं वे ही बातें अपने मुँह से कहनी पड़ीं; दूसरों को उपदेश देना भी कितना सहज है।

बेनीमाधव सिंह घबरा उठे और बोले-क्यों?

श्रीकंठ-इसलिए कि मुझे भी अपनी मान-प्रतिष्ठा का कुछ विचार है। आपके घर में अब अन्याय और हठ का प्रकोप हो रहा है। जिनको बड़ों का आदर-सम्मान करना चाहिए, वे

उनके सिर चढ़ते हैं। मैं दूसरे का नौकर ठहरा, घर पर रहता नहीं। यहाँ मेरे पीछे स्त्रियों पर खड़ाऊँ और जूतों की बौछारें होती हैं। कड़ी बात तक चिन्ता नहीं। कोई एक की दो कह ले, वहाँ तक मैं सह सकता हूँ किन्तु यह कदापि नहीं हो सकता कि मेरे ऊपर लात-घूँसे पड़ें और मैं दम न मारूँ।

बेनीमाधव सिंह कुछ जवाब न दे सके। श्रीकंठ सदैव उनका आदर करते थे। उनके ऐसे तेवर देख कर बूढ़ा ठाकुर अवाक् रह गया। केवल इतना ही बोला-बेटा, तुम बुद्धिमान हो कर ऐसी बातें करते हो? स्त्रियाँ इस तरह घर का नाश कर देती हैं। उनको बहुत सिर चढ़ाना अच्छा नहीं।

श्रीकंठ-इतना मैं जानता हूँ, आपके आशीर्वाद से ऐसा मूर्ख नहीं हूँ। आप स्वयं जानते हैं कि मेरे ही समझाने-बुझाने से, इसी गाँव में कई घर सँभल गये, पर जिस स्त्री की मान-प्रतिष्ठा का ईश्वर के दरबार में उत्तरदाता हूँ, उसके प्रति ऐसा घोर अन्याय और पशुवत् व्यवहार मुझे असह्य है। आप सच मानिए, मेरे लिए यही कुछ कम नहीं है कि लालबिहारी को कुछ दंड नहीं देता।

अब बेनीमाधव सिंह भी गरमाये। ऐसी बातें और न सुन सके। बोले-लालबिहारी तुम्हारा भाई है। उससे जब कभी भूल-चूक हो, उसके कान पकड़ो लेकिन ...

श्रीकंठ-लालबिहारी को मैं अब अपना भाई नहीं समझता।

बेनीमाधव सिंह-स्त्री के पीछे?

श्रीकंठ-जी नहीं, उसकी क्रूरता और अविवेक के कारण।

दोनों कुछ देर चुप रहे। ठाकुर साहब लड़के का क्रोध शांत करना चाहते थे। लेकिन यह नहीं स्वीकार करना चाहते थे कि लालबिहारी ने कोई अनुचित काम किया है। इसी बीच में गाँव के और कई सज्जन हुक्के-चिलम के बहाने वहाँ आ बैठे। कई स्त्रियों ने जब यह सुना कि श्रीकंठ पत्नी के पीछे पिता से लड़ने को तैयार है, तो उन्हें बड़ा हर्ष हुआ। दोनों पक्षों की मधुर वाणियाँ सुनने के लिए उनकी आत्माएँ तिलमिलाने लगीं। गाँव में कुछ ऐसे कुटिल मनुष्य भी थे, जो इस कुल की नीतिपूर्ण गति पर मन ही मन जलते थे। वे कहा करते थे-श्रीकंठ अपने बाप से दबता है, इसीलिए वह दब्बू है। उसने विद्या पढ़ी, इसलिए वह किताबों का कीड़ा है। बेनीमाधव सिंह उसकी सलाह के बिना कोई काम नहीं करते, यह उनकी मूर्खता है। इन महानुभावों की शुभकामनाएँ आज पूरी होती दिखायी दीं। कोई हुक्का पीने के बहाने और कोई लगान की रसीद दिखाने आ कर बैठ गया। बेनीमाधव सिंह पुराने आदमी थे। इन भावों को ताड़ गये। उन्होंने निश्चय किया चाहे कुछ ही क्यों न हो, इन द्रोहियों को ताली बजाने का अवसर न दूँगा। तुरंत कोमल शब्दों में बोले-बेटा, मैं तुमसे बाहर नहीं हूँ। तुम्हारा जो जी चाहे करो, अब तो लड़के से अपराध हो गया।

इलाहाबाद का अनुभव-रहित झल्लाया हुआ ग्रेजुएट इस बात को न समझ सका। उसे डिबेटिंग-क्लब में अपनी बात पर अड़ने की आदत थी, इन हथकंडों की उसे क्या खबर? बाप ने जिस मतलब से बात पलटी थी, वह उसकी समझ में न आयी। बोला-लालबिहारी के साथ अब इस घर में नहीं रह सकता।

बेनीमाधव-बेटा, बुद्धिमान लोग मूर्खों की बात पर ध्यान नहीं देते। वह बेसमझ लड़का है। उससे जो कुछ भूल हुई, उसे तुम बड़े हो कर क्षमा करो।

श्रीकंठ-उसकी इस दुष्टता को मैं कदापि नहीं सह सकता। या तो वही घर में रहेगा, या मैं ही। आपको यदि वह अधिक प्यारा है, तो मुझे विदा कीजिए, मैं अपना भार आप सँभाल लूँगा। यदि मुझे रखना चाहते हैं तो उससे कहिए, जहाँ चाहे चला जाये। बस यह मेरा अंतिम निश्चय है।

लालबिहारी सिंह दरवाजे की चौखट पर चुपचाप खड़ा बड़े भाई की बातें सुन रहा था। वह उनका बहुत आदर करता था। उसे कभी इतना साहस न हुआ था कि श्रीकंठ के सामने चारपाई पर बैठ जाय, हुक्का पी ले या पान खा ले। बाप का भी वह इतना मान न करता था। श्रीकंठ का भी उस पर हार्दिक स्नेह था। अपने होश में उन्होंने कभी उसे घुड़का तक न था। जब वह इलाहाबाद से आते, तो उसके लिए कोई न कोई वस्तु अवश्य लाते। मुगदर की जोड़ी उन्होंने ही बनवा दी थी। पिछले साल जब उसने अपने से ड्योढ़े जवान को नागपंचमी के दिन दंगल में पछाड़ दिया, तो उन्होंने पुलकित हो कर अखाड़े में ही जाकर उसे गले से लगा लिया था, पाँच रुपये के पैसे लुटाये थे। ऐसे भाई के मुँह से आज ऐसी हृदय-विदारक बात सुन कर लालबिहारी को बड़ी ग्लानि हुई। वह फूट-फूट कर रोने लगा। इसमें संदेह नहीं कि अपने किये पर पछता रहा था। भाई के आने से एक दिन पहले से उसकी छाती धड़कती थी कि देखूँ भैया क्या कहते हैं। मैं उनके सम्मुख कैसे जाऊँगा, उनसे कैसे बोलूँगा, मेरी आँखें उनके सामने कैसे उठेंगी। उसने समझा था कि भैया मुझे बुला कर समझा देंगे। इस आशा के विपरीत आज उसने उन्हें निर्दयता की मूर्ति बने हुए पाया। वह मूर्ख था। परंतु उसका मन कहता था कि भैया मेरे साथ अन्याय कर रहे हैं। यदि श्रीकंठ उसे अकेले में बुला कर दो-चार बातें कह देते; इतना ही नहीं दो-चार तमाचे भी लगा देते तो कदाचित् उसे इतना दु:ख न होता; पर भाई का यह कहना कि अब मैं इसकी सूरत नहीं देखना चाहता, लालबिहारी से सहा न गया। वह रोता हुआ घर आया। कोठरी में जाकर कपड़े पहने, आँखें पोंछी, जिससे कोई यह न समझे कि रोता था। तब आनंदी के द्वार पर आकर बोला-भाभी, भैया ने निश्चय किया है कि वह मेरे साथ इस घर में न रहेंगे। अब वह मेरा मुँह नहीं देखना चाहते, इसलिए अब मैं जाता हूँ। उन्हें फिर मुँह न दिखाऊँगा। मुझसे जो कुछ अपराध हुआ, उसे क्षमा करना।

यह कहते-कहते लालबिहारी का गला भर आया।

4

जिस समय लालबिहारी सिंह सिर झुकाये आनंदी के द्वार पर खड़ा था, उसी समय श्रीकंठ सिंह भी आँखें लाल किये बाहर से आये। भाई को खड़ा देखा, तो घृणा से आँखें फेर लीं, और कतरा कर निकल गये। मानो उसकी परछाईं से दूर भागते हों।

आनंदी ने लालबिहारी की शिकायत तो की थी, लेकिन अब मन में पछता रही थी। वह स्वभाव से ही दयावती थी। उसे इसका तनिक भी ध्यान न था कि बात इतनी बढ़ जाएगी। वह मन में अपने पति पर झुंझला रही थी कि यह इतने गरम क्यों होते हैं। उस पर यह भय भी लगा हुआ था कि कहीं मुझसे इलाहाबाद चलने को कहें, तो कैसे क्या करूँगी। इस बीच में जब उसने लालबिहारी को दरवाजे पर खड़े यह कहते सुना कि अब मैं जाता हूँ, मुझसे जो कुछ अपराध हुआ, क्षमा करना, तो उसका रहा-सहा क्रोध भी पानी हो गया। वह रोने लगी। मन का मैल धोने के लिए नयन-जल से उपयुक्त और कोई वस्तु नहीं है।

श्रीकंठ को देख कर आनंदी ने कहा-लाला बाहर खड़े बहुत रो रहे हैं।

श्रीकंठ-तो मैं क्या करूँ?

आनंदी-भीतर बुला लो। मेरी जीभ में आग लगे। मैंने कहाँ से यह झगड़ा उठाया।

श्रीकंठ-मैं न बुलाऊँगा।

आनंदी-पछताओगे। उन्हें बहुत ग्लानि हो गयी है, ऐसा न हो, कहीं चल दें।

श्रीकंठ न उठे। इतने में लालबिहारी ने फिर कहा-भाभी, भैया से मेरा प्रणाम कह दो। वह मेरा मुँह नहीं देखना चाहते। इसलिए मैं भी अपना मुँह उन्हें न दिखाऊँगा।

लालबिहारी इतना कह कर लौट पड़ा। और शीघ्रता से दरवाजे की ओर बढ़ा। अंत में आनंदी कमरे से निकली और उसका हाथ पकड़ लिया। लालबिहारी ने पीछे फिर कर देखा और आँखों में आँसू भरे बोला-मुझे जाने दो।

आनंदी-कहाँ जाते हो?

लालबिहारी-जहाँ कोई मेरा मुँह न देखे।

आनंदी-मैं न जाने दूँगी?

लालबिहारी-मैं तुम लोगों के साथ रहने योग्य नहीं हूँ।

आनंदी-तुम्हें मेरी सौगंध, अब एक पग भी आगे न बढ़ाना।

लालबिहारी-जब तक मुझे यह न मालूम हो जाए कि भैया का मन मेरी तरफ से साफ हो गया, तब तक मैं इस घर में कदापि न रहूँगा।

आनंदी-मैं ईश्वर को साक्षी दे कर कहती हूँ कि तुम्हारी ओर से मेरे मन में तनिक भी मैल नहीं है।

अब श्रीकंठ का हृदय भी पिघला। उन्होंने बाहर आ कर लालबिहारी को गले लगा लिया। दोनों भाई खूब फूट-फूटकर रोये। लालबिहारी ने सिसकते हुए कहा-भैया, अब कभी मत कहना कि तुम्हारा मुँह न देखूँगा। इसके सिवा आप जो दंड देंगे, मैं सहर्ष स्वीकार करूँगा।

श्रीकंठ ने काँपते हुए स्वर से कहा-लल्लू! इन बातों को बिलकुल भूल जाओ। ईश्वर चाहेगा, तो फिर ऐसा अवसर न आवेगा।

बेनीमाधव सिंह बाहर से आ रहे थे। दोनों भाइयों को गले मिलते देख कर आनंद से पुलकित हो गये। बोल उठे-बड़े घर की बेटियाँ ऐसी ही होती हैं। बिगड़ता हुआ काम बना लेती हैं।

गाँव में जिसने यह वृत्तांत सुना, उसी ने इन शब्दों में आनंदी की उदारता को सराहा-'बड़े घर की बेटियाँ ऐसी ही होती हैं।'

•••

बूढ़ी काकी

बुढ़ापा बहुधा बचपन का पुनरागमन हुआ करता है। बूढ़ी काकी में जिह्वा-स्वाद के सिवा और कोई चेष्टा शेष न थी और न अपने कष्टों की ओर आकर्षित करने का, रोने के अतिरिक्त कोई दूसरा सहारा ही। समस्त इन्द्रियाँ, नेत्र, हाथ और पैर जवाब दे चुके थे। पृथ्वी पर पड़ी रहतीं और घर वाले कोई बात उनकी इच्छा के प्रतिकूल करते, भोजन का समय टल जाता या उसका परिमाण पूर्ण न होता अथवा बाज़ार से कोई वस्तु आती और न मिलती तो ये रोने लगती थीं। उनका रोना-सिसकना साधारण रोना न था, वे गला फाड़-फाड़कर रोती थीं।

उनके पतिदेव को स्वर्ग सिधारे कालांतर हो चुका था। बेटे तरुण हो-होकर चल बसे थे। अब एक भतीजे के अलावा और कोई न था। उसी भतीजे के नाम उन्होंने अपनी सारी सम्पत्ति लिख दी। भतीजे ने सारी सम्पत्ति लिखाते समय ख़ूब लम्बे-चौड़े वादे किए, किन्तु वे सब वादे केवल कुली-डिपो के दलालों के दिखाए हुए सब्ज़बाग थे। यद्यपि उस सम्पत्ति की वार्षिक आय डेढ़-दो सौ रुपए से कम न थी तथापि बूढ़ी काकी को पेट भर भोजन भी कठिनाई से मिलता था। इसमें उनके भतीजे पंडित बुद्धिराम का अपराध था अथवा उनकी अर्धांगिनी श्रीमती रूपा का, इसका निर्णय करना सहज नहीं। बुद्धिराम स्वभाव के सज्जन थे, किंतु उसी समय तक जब कि उनके कोष पर आँच न आए। रूपा स्वभाव से तीव्र थी सही, पर ईश्वर से डरती थी। अतएव बूढ़ी काकी को उसकी तीव्रता उतनी न खलती थी जितनी बुद्धिराम की भलमनसाहत।

बुद्धिराम को कभी-कभी अपने अत्याचार का खेद होता था। विचारते कि इसी सम्पत्ति के कारण मैं इस समय भलामानुष बना बैठा हूँ। यदि भौतिक आश्वासन और सूखी सहानुभूति से स्थिति में सुधार हो सकता हो, उन्हें कदाचित् कोई आपत्ति न होती, परन्तु विशेष व्यय का भय उनकी सुचेष्टा को दबाए रखता था। यहाँ तक कि यदि द्वार पर कोई भला आदमी बैठा होता और बूढ़ी काकी उस समय अपना राग अलापने लगतीं तो वह आग हो जाते और घर में आकर उन्हें जोर से डाँटते। लड़कों को बुड्ढों से स्वाभाविक विद्वेष होता ही है और फिर जब माता-पिता का यह रंग देखते तो वे बूढ़ी काकी को और सताया करते। कोई चुटकी काटकर भागता, कोई इन पर पानी की कुल्ली कर देता। काकी चीख़ मारकर रोतीं परन्तु यह बात प्रसिद्ध थी कि वह केवल खाने के लिए रोती हैं, अतएव उनके संताप और आर्तनाद पर कोई ध्यान नहीं देता था। हाँ, काकी क्रोधातुर होकर बच्चों को गालियाँ देने

लगतीं तो रूपा घटनास्थल पर आ पहुँचती। इस भय से काकी अपनी जिह्वा कृपाण का कदाचित् ही प्रयोग करती थीं, यद्यपि उपद्रव-शान्ति का यह उपाय रोने से कहीं अधिक उपयुक्त था।

सम्पूर्ण परिवार में यदि काकी से किसी को अनुराग था, तो वह बुद्धिराम की छोटी लड़की लाडली थी। लाडली अपने दोनों भाइयों के भय से अपने हिस्से की मिठाई-चबैना बूढ़ी काकी के पास बैठकर खाया करती थी। यही उसका रक्षागार था और यद्यपि काकी की शरण उनकी लोलुपता के कारण बहुत मंहगी पड़ती थी, तथापि भाइयों के अन्याय से सुरक्षा कहीं सुलभ थी तो बस यहीं। इसी स्वार्थानुकूलता ने उन दोनों में सहानुभूति का आरोपण कर दिया था।

2

रात का समय था। बुद्धिराम के द्वार पर शहनाई बज रही थी और गाँव के बच्चों का झुंड विस्मयपूर्ण नेत्रों से गाने का रसास्वादन कर रहा था। चारपाइयों पर मेहमान विश्राम करते हुए नाइयों से मुक्कियाँ लगवा रहे थे। समीप खड़ा भाट विरुदावली सुना रहा था और कुछ भावज्ञ मेहमानों की 'वाह, वाह' पर ऐसा खुश हो रहा था मानो इस 'वाह-वाह' का यथार्थ में वही अधिकारी है। दो-एक अंग्रेज़ी पढ़े हुए नवयुवक इन व्यवहारों से उदासीन थे। वे इस गँवार मंडली में बोलना अथवा सम्मिलित होना अपनी प्रतिष्ठा के प्रतिकूल समझते थे।

आज बुद्धिराम के बड़े लड़के मुखराम का तिलक आया है। यह उसी का उत्सव है। घर के भीतर स्त्रियाँ गा रही थीं और रूपा मेहमानों के लिए भोजन में व्यस्त थी। भट्टियों पर कड़ाह चढ़ रहे थे। एक में पूड़ियाँ-कचौड़ियाँ निकल रही थीं, दूसरे में अन्य पकवान बनते थे। एक बड़े हंडे में मसालेदार तरकारी पक रही थी। घी और मसाले की क्षुधावर्धक सुगंधि चारों ओर फैली हुई थी।

बूढ़ी काकी अपनी कोठरी में शोकमय विचार की भाँति बैठी हुई थीं। यह स्वाद मिश्रित सुगंधि उन्हें बेचैन कर रही थी। वे मन-ही-मन विचार कर रही थीं, संभवत: मुझे पूड़ियाँ न मिलेंगीं। इतनी देर हो गई, कोई भोजन लेकर नहीं आया। मालूम होता है सब लोग भोजन कर चुके हैं। मेरे लिए कुछ न बचा। यह सोचकर उन्हें रोना आया, परन्तु अपशकुन के भय से वह रो न सकीं।

'आहा... कैसी सुगंधि है? अब मुझे कौन पूछता है। जब रोटियों के ही लाले पड़े हैं तब ऐसे भाग्य कहाँ कि भरपेट पूड़ियाँ मिलें?' यह विचार कर उन्हें रोना आया, कलेजे में हूक-सी उठने लगी। परंतु रूपा के भय से उन्होंने फिर मौन धारण कर लिया।

बूढ़ी काकी देर तक इन्हीं दुखदायक विचारों में डूबी रहीं। घी और मसालों की सुगंध रह-रहकर मन को आपे से बाहर किए देती थी। मुँह में पानी भर-भर आता था। पूड़ियों का स्वाद स्मरण करके हृदय में गुदगुदी होने लगती थी। किसे पुकारूँ, आज लाडली बेटी भी नहीं आई। दोनों छोकरे सदा दिक दिया करते हैं। आज उनका भी कहीं पता नहीं। कुछ मालूम तो होता कि क्या बन रहा है।

बूढ़ी काकी की कल्पना में पूड़ियों की तस्वीर नाचने लगी। ख़ूब लाल-लाल, फूली-फूली, नरम-नरम होंगीं। रूपा ने भली-भाँति भोजन किया होगा। कचौड़ियों में अजवाइन और इलायची की महक आ रही होगी। एक पूड़ी मिलती तो जरा हाथ में लेकर देखती। क्यों न चल कर कड़ाह के सामने ही बैठूँ। पूड़ियाँ छन-छनकर तैयार होंगी। कड़ाह से गरम-गरम निकालकर थाल में रखी जाती होंगी। फूल हम घर में भी सूँघ सकते हैं, परन्तु वाटिका में कुछ और बात होती है। इस प्रकार निर्णय करके बूढ़ी काकी उकड़ूँ बैठकर हाथों के बल सरकती हुई बड़ी कठिनाई से चौखट से उतरीं और धीरे-धीरे रेंगती हुई कड़ाह के पास जा बैठीं। यहाँ आने पर उन्हें उतना ही धैर्य हुआ जितना भूखे कुत्ते को खाने वाले के सम्मुख बैठने में होता है।

रूपा उस समय कार्यभार से उद्विग्न हो रही थी। कभी इस कोठे में जाती, कभी उस कोठे में, कभी कड़ाह के पास जाती, कभी भंडार में जाती। किसी ने बाहर से आकर कहा- 'महाराज ठंडई मांग रहे हैं।' ठंडई देने लगी। इतने में फिर किसी ने आकर कहा- 'भाट आया है, उसे कुछ दे दो।' भाट के लिए सीधा निकाल रही थी कि एक तीसरे आदमी ने आकर पूछा - 'अभी भोजन तैयार होने में कितना विलम्ब है? जरा ढोल, मजीरा उतार दो।' बेचारी अकेली स्त्री दौड़ते-दौड़ते व्याकुल हो रही थी, झुंझलाती थी, कुढ़ती थी, परन्तु क्रोध प्रकट करने का अवसर न पाती थी। भय होता, कहीं पड़ोसिनें यह न कहने लगें कि इतने में उबल पड़ीं। प्यास से स्वयं कंठ सूख रहा था। गर्मी के मारे फुँकी जाती थी, परन्तु इतना अवकाश न था कि जरा पानी पी ले अथवा पंखा लेकर झले। यह भी खटका था कि जरा आँख हटी और चीज़ों की लूट मची। इस अवस्था में उसने बूढ़ी काकी को कड़ाह के पास बैठी देखा तो जल गई। क्रोध न रुक सका। इसका भी ध्यान न रहा कि पड़ोसिनें बैठी हुई हैं, मन में क्या कहेंगीं। पुरुषों में लोग सुनेंगे तो क्या कहेंगे। जिस प्रकार मेंढक केंचुए पर झपटता है, उसी प्रकार वह बूढ़ी काकी पर झपटी और उन्हें दोनों हाथों से झटक कर बोली - ऐसे पेट में आग लगे, पेट है या भाड़? कोठरी में बैठते हुए क्या दम घुटता था? अभी मेहमानों ने नहीं खाया, भगवान को भोग नहीं लगा, तब तक धैर्य न हो सका? आकर छाती पर सवार हो गई। जल जाए ऐसी जीभ। दिन भर खाती न होती तो जाने किसकी हांडी में मुँह डालती? गाँव देखेगा तो कहेगा कि बुढ़िया भरपेट खाने को नहीं पाती तभी तो इस तरह मुँह बाए फिरती है। डायन न मरे न मांचा छोड़े। नाम बेचने पर लगी है। नाक कटवा कर

दम लेगी। इतनी ठूँसती है न जाने कहां भस्म हो जाता है। भला चाहती हो तो जाकर कोठरी में बैठो, जब घर के लोग खाने लगेंगे, तब तुम्हें भी मिलेगा। तुम कोई देवी नहीं हो कि चाहे किसी के मुँह में पानी न जाए, परन्तु तुम्हारी पूजा पहले ही हो जाए।

बूढ़ी काकी ने सिर उठाया, न रोईं न बोलीं। चुपचाप रेंगती हुई अपनी कोठरी में चली गईं। आवाज़ ऐसी कठोर थी कि हृदय और मस्तिष्क की सम्पूर्ण शक्तियाँ, सम्पूर्ण विचार और सम्पूर्ण भार उसी ओर आकर्षित हो गए थे। नदी में जब कगार का कोई वृहद खंड कटकर गिरता है तो आस-पास का जल समूह चारों ओर से उसी स्थान को पूरा करने के लिए दौड़ता है।

3

भोजन तैयार हो गया है। आंगन में पत्तलें पड़ गईं, मेहमान खाने लगे। स्त्रियों ने जेवनार-गीत गाना आरम्भ कर दिया। मेहमानों के नाई और सेवकगण भी उसी मंडली के साथ, किंतु कुछ हटकर भोजन करने बैठे थे, परन्तु सभ्यतानुसार जब तक सब-के-सब खा न चुकें कोई उठ नहीं सकता था। दो-एक मेहमान जो कुछ पढ़े-लिखे थे, सेवकों के दीर्घाहार पर झुंझला रहे थे। वे इस बंधन को व्यर्थ और बेकार की बात समझते थे।

बूढ़ी काकी अपनी कोठरी में जाकर पश्चाताप कर रही थी कि मैं कहाँ-से-कहाँ आ गई। उन्हें रूपा पर क्रोध नहीं था। अपनी जल्दबाज़ी पर दुख था। सच ही तो है जब तक मेहमान लोग भोजन न कर चुकेंगे, घर वाले कैसे खाएंगे। मुझ से इतनी देर भी न रहा गया। सबके सामने पानी उतर गया। अब जब तक कोई बुलाने नहीं आएगा, न जाऊंगी।

मन-ही-मन इस प्रकार का विचार कर वह बुलाने की प्रतीक्षा करने लगीं। परन्तु घी की रुचिकर सुवास बड़ी धैर्य-परीक्षक प्रतीत हो रही थी। उन्हें एक-एक पल एक-एक युग के समान मालूम होता था। अब पत्तल बिछ गई होगी। अब मेहमान आ गए होंगे। लोग हाथ पैर धो रहे हैं, नाई पानी दे रहा है। मालूम होता है लोग खाने बैठ गए। जेवनार गाया जा रहा है, यह विचार कर वह मन को बहलाने के लिए लेट गईं। धीरे-धीरे एक गीत गुनगुनाने लगीं। उन्हें मालूम हुआ कि मुझे गाते देर हो गई। क्या इतनी देर तक लोग भोजन कर ही रहे होंगे। किसी की आवाज़ सुनाई नहीं देती। अवश्य ही लोग खा-पीकर चले गए। मुझे कोई बुलाने नहीं आया है। रूपा चिढ़ गई है, क्या जाने न बुलाए। सोचती हो कि आप ही आवेंगीं, वह कोई मेहमान तो नहीं जो उन्हें बुलाऊँ। बूढ़ी काकी चलने को तैयार हुईं। यह विश्वास कि एक मिनट में पूड़ियाँ और मसालेदार तरकारियां सामने आएंगीं, उनकी स्वादेन्द्रियों को गुदगुदाने लगा। उन्होंने मन में तरह-तरह के मंसूबे बांधे - पहले तरकारी से पूड़ियाँ खाऊंगी, फिर दही और शक्कर से, कचौड़ियाँ रायते के साथ मज़ेदार मालूम होंगी। चाहे कोई बुरा

माने चाहे भला, मैं तो मांग-मांगकर खाऊंगी। यही न लोग कहेंगे कि इन्हें विचार नहीं? कहा करें, इतने दिन के बाद पूड़ियाँ मिल रही हैं तो मुँह झूठा करके थोड़े ही उठ जाऊंगी।

वह उकड़ूँ बैठकर सरकते हुए आंगन में आईं। परन्तु हाय दुर्भाग्य! अभिलाषा ने अपने पुराने स्वभाव के अनुसार समय की मिथ्या कल्पना की थी। मेहमान-मंडली अभी बैठी हुई थी। कोई खाकर उंगलियाँ चाटता था, कोई तिरछे नेत्रों से देखता था कि और लोग अभी खा रहे हैं या नहीं। कोई इस चिंता में था कि पत्तल पर पूड़ियाँ छूटी जाती हैं किसी तरह इन्हें भीतर रख लेता। कोई दही खाकर चटकारता था, परन्तु दूसरा दोना मांगते संकोच करता था कि इतने में बूढ़ी काकी रेंगती हुई उनके बीच में आ पहुँची। कई आदमी चौंककर उठ खड़े हुए। पुकारने लगे - अरे, यह बुढ़िया कौन है? यहाँ कहाँ से आ गई? देखो, किसी को छू न दे।

पंडित बुद्धिराम काकी को देखते ही क्रोध से तिलमिला गए। पूड़ियों का थाल लिए खड़े थे। थाल को ज़मीन पर पटक दिया और जिस प्रकार निर्दयी महाजन अपने किसी बेईमान और भगोड़े कर्ज़दार को देखते ही उसका टेंटुआ पकड़ लेता है उसी तरह लपक कर उन्होंने काकी के दोनों हाथ पकड़े और घसीटते हुए लाकर उन्हें अंधेरी कोठरी में धम से पटक दिया। आशारूपी वटिका लू के एक झोंके में विनष्ट हो गई।

मेहमानों ने भोजन किया। घरवालों ने भोजन किया। बाजे वाले, धोबी, चमार भी भोजन कर चुके, परन्तु बूढ़ी काकी को किसी ने न पूछा। बुद्धिराम और रूपा दोनों ही बूढ़ी काकी को उनकी निर्लज्जता के लिए दंड देने का निश्चय कर चुके थे। उनके बुढ़ापे पर, दीनता पर, हत्ज्ञान पर किसी को करुणा न आई थी। अकेली लाडली उनके लिए कुढ़ रही थी।

लाडली को काकी से अत्यंत प्रेम था। बेचारी भोली लड़की थी। बाल-विनोद और चंचलता की उसमें गंध तक न थी। दोनों बार जब उसके माता-पिता ने काकी को निर्दयता से घसीटा तो लाडली का हृदय ऐंठकर रह गया। वह झुंझला रही थी कि हम लोग काकी को क्यों बहुत-सी पूड़ियाँ नहीं देते। क्या मेहमान सब-की-सब खा जाएंगे? और यदि काकी ने मेहमानों से पहले खा लिया तो क्या बिगड़ जाएगा? वह काकी के पास जाकर उन्हें धैर्य देना चाहती थी, परन्तु माता के भय से न जाती थी। उसने अपने हिस्से की पूड़ियाँ बिल्कुल न खाईं थीं। अपनी गुड़िया की पिटारी में बन्द कर रखी थीं। उन पूड़ियों को काकी के पास ले जाना चाहती थी। उसका हृदय अधीर हो रहा था। बूढ़ी काकी मेरी बात सुनते ही उठ बैठेंगीं, पूड़ियाँ देखकर कैसी प्रसन्न होंगीं! मुझे खूब प्यार करेंगीं।

4

रात को ग्यारह बज गए थे। रूपा आंगन में पड़ी सो रही थी। लाडली की आँखों में नींद न आती थी। काकी को पूड़ियाँ खिलाने की खुशी उसे सोने न देती थी। उसने पूड़ियों की

पिटारी सामने रखी थी। जब विश्वास हो गया कि अम्मा सो रही हैं, तो वह चुपके से उठी और विचारने लगी, कैसे चलूँ। चारों ओर अंधेरा था। केवल चूल्हों में आग चमक रही थी और चूल्हों के पास एक कुत्ता लेटा हुआ था। लाडली की दृष्टि सामने वाले नीम पर गई। उसे मालूम हुआ कि उस पर हनुमान जी बैठे हुए हैं। उनकी पूँछ, उनकी गदा, वह स्पष्ट दिखलाई दे रही है। मारे भय के उसने आँखें बंद कर लीं। इतने में कुत्ता उठ बैठा, लाडली को ढाढ़स हुआ। कई सोए हुए मनुष्यों के बदले एक भागता हुआ कुत्ता उसके लिए अधिक धैर्य का कारण हुआ। उसने पिटारी उठाई और बूढ़ी काकी की कोठरी की ओर चली।

5

बूढ़ी काकी को केवल इतना स्मरण था कि किसी ने मेरे हाथ पकड़कर घसीटे, फिर ऐसा मालूम हुआ कि जैसे कोई पहाड़ पर उड़ाए लिए जाता है। उनके पैर बार-बार पत्थरों से टकराए तब किसी ने उन्हें पहाड़ पर से पटका, वे मूर्छित हो गईं।

जब वे सचेत हुईं तो किसी की ज़रा भी आहट न मिलती थी। समझी, सब लोग खा-पीकर सो गए और उनके साथ मेरी तकदीर भी सो गई। रात कैसे कटेगी? राम! क्या खाऊँ? पेट में अग्नि धधक रही है। हा! किसी ने मेरी सुधि न ली। क्या मेरा पेट काटने से धन जुड़ जाएगा? इन लोगों को इतनी भी दया नहीं आती कि न जाने बुढ़िया कब मर जाए? उसका जी क्यों दुखावें? मैं पेट की रोटियाँ ही खाती हूँ कि और कुछ? इस पर यह हाल। मैं अंधी, अपाहिज ठहरी, न कुछ सुनूँ, न बूझूँ। यदि आंगन में चली गई तो क्या बुद्धिराम से इतना कहते न बनता था कि काकी अभी लोग खाना खा रहे हैं फिर आना। मुझे घसीटा, पटका। उन्ही पूड़ियों के लिए रूपा ने सबके सामने गालियाँ दीं। उन्हीं पूड़ियों के लिए इतनी दुर्गति करने पर भी उनका पत्थर का कलेजा न पसीजा। सबको खिलाया, मेरी बात तक न पूछी। जब तब ही न दीं, तब अब क्या देंगे? यह विचार कर काकी निराशामय संतोष के साथ लेट गई। ग्लानि से गला भर-भर आता था, परन्तु मेहमानों के भय से रोती न थीं। सहसा कानों में आवाज़ आई - 'काकी उठो, मैं पूड़ियां लाई हूँ।' काकी ने लाड़ली की बोली पहचानी। चटपट उठ बैठीं। दोनों हाथों से लाडली को टटोला और उसे गोद में बिठा लिया। लाडली ने पूड़ियाँ निकालकर दीं।

काकी ने पूछा - क्या तुम्हारी अम्मा ने दी हैं?

लाडली ने कहा- नहीं, यह मेरे हिस्से की हैं।

काकी पूड़ियों पर टूट पड़ीं। पाँच मिनट में पिटारी खाली हो गई। लाडली ने पूछा - काकी पेट भर गया?

जैसे थोड़ी-सी वर्षा ठंडक के स्थान पर और भी गर्मी पैदा कर देती है उस भाँति इन थोड़ी पूड़ियों ने काकी की क्षुधा और इच्छा को और उत्तेजित कर दिया था। बोलीं - नहीं बेटी, जाकर अम्मा से और मांग लाओ।

लाड़ली ने कहा- अम्मा सोती हैं, जगाऊंगी तो मारेंगीं।

काकी ने पिटारी को फिर टटोला। उसमें कुछ खुर्चन गिरी थी। बार-बार होंठ चाटती थीं, चटखारे भरती थीं।

हृदय मसोस रहा था कि और पूड़ियाँ कैसे पाऊँ। संतोष-सेतु जब टूट जाता है तब इच्छा का बहाव अपरिमित हो जाता है। मतवालों को मद का स्मरण करना उन्हें मदांध बनाता है। काकी का अधीर मन इच्छाओं के प्रबल प्रवाह में बह गया। उचित और अनुचित का विचार जाता रहा। वे कुछ देर तक उस इच्छा को रोकती रहीं। सहसा लाडली से बोलीं - मेरा हाथ पकड़कर वहाँ ले चलो, जहाँ मेहमानों ने बैठकर भोजन किया है।

लाडली उनका अभिप्राय समझ न सकी। उसने काकी का हाथ पकड़ा और ले जाकर झूठे पत्तलों के पास बिठा दिया। दीन, क्षुधातुर, हत् ज्ञान बुढ़िया पत्तलों से पूड़ियों के टुकड़े चुन-चुनकर भक्षण करने लगी। ओह... दही कितना स्वादिष्ट था, कचौड़ियाँ कितनी सलोनी, ख़स्ता कितने सुकोमल। काकी बुद्धिहीन होते हुए भी इतना जानती थीं कि मैं वह काम कर रही हूं, जो मुझे कदापि न करना चाहिए। मैं दूसरों की झूठी पत्तल चाट रही हूँ। परन्तु बुढ़ापा तृष्णा रोग का अंतिम समय है, जब सम्पूर्ण इच्छाएँ एक ही केन्द्र पर आ लगती हैं। बूढ़ी काकी में यह केन्द्र उनकी स्वादेन्द्रिय थी।

ठीक उसी समय रूपा की आँख खुली। उसे मालूम हुआ कि लाड़ली मेरे पास नहीं है। वह चौंकी, चारपाई के इधर-उधर ताकने लगी कि कहीं नीचे तो नहीं गिर पड़ी। उसे वहाँ न पाकर वह उठी तो क्या देखती है कि लाड़ली जूठे पत्तलों के पास चुपचाप खड़ी है और बूढ़ी काकी पत्तलों पर से पूड़ियों के टुकड़े उठा-उठाकर खा रही है। रूपा का हृदय सन्न हो गया। किसी गाय की गरदन पर छुरी चलते देखकर जो अवस्था उसकी होती, वही उस समय हुई। एक ब्राह्मणी दूसरों की झूठी पत्तल टटोले, इससे अधिक शोकमय दृश्य असंभव था। पूड़ियों के कुछ ग्रासों के लिए उसकी चचेरी सास ऐसा निष्कृष्ट कर्म कर रही है। यह वह दृश्य था जिसे देखकर देखने वालों के हृदय काँप उठते हैं। ऐसा प्रतीत होता मानो ज़मीन रुक गई, आसमान चक्कर खा रहा है। संसार पर कोई आपत्ति आने वाली है। रूपा को क्रोध न आया। शोक के सम्मुख क्रोध कहाँ? करुणा और भय से उसकी आँखें भर आईं। इस अधर्म का भागी कौन है? उसने सच्चे हृदय से गगन मंडल की ओर हाथ उठाकर कहा- परमात्मा, मेरे बच्चों पर दया करो। इस अधर्म का दंड मुझे मत दो, नहीं तो मेरा सत्यानाश हो जाएगा।

रूपा को अपनी स्वार्थपरता और अन्याय इस प्रकार प्रत्यक्ष रूप में कभी न दिख पड़े थे। वह सोचने लगी - हाय! कितनी निर्दय हूँ। जिसकी संपत्ति से मुझे दो सौ रुपया आय हो रही

है, उसकी यह दुर्गति। और मेरे कारण। हे दयामय भगवान! मुझसे बड़ी भारी चूक हुई है, मुझे क्षमा करो। आज मेरे बेटे का तिलक था। सैकड़ों मनुष्यों ने भोजन पाया। मैं उनके इशारों की दासी बनी रही। अपने नाम के लिए सैकड़ों रुपए व्यय कर दिए, परन्तु जिसकी बदौलत हज़ारों रुपए खाए, उसे इस उत्सव में भी भरपेट भोजन न दे सकी। केवल इसी कारण तो, वह वृद्धा असहाय है।

रूपा ने दिया जलाया, अपने भंडार का द्वार खोला और एक थाली में सम्पूर्ण सामग्रियां सजाकर बूढ़ी काकी की ओर चली।

आधी रात जा चुकी थी, आकाश पर तारों के थाल सजे हुए थे और उन पर बैठे हुए देवगण स्वर्गीय पदार्थ सजा रहे थे, परन्तु उसमें किसी को वह परमानंद प्राप्त न हो सकता था, जो बूढ़ी काकी को अपने सम्मुख थाल देखकर प्राप्त हुआ। रूपा ने कंठारुद्ध स्वर में कहा- काकी उठो, भोजन कर लो। मुझसे आज बड़ी भूल हुई, उसका बुरा न मानना। परमात्मा से प्रार्थना कर दो कि वह मेरा अपराध क्षमा कर दें।

भोले-भोले बच्चों की भाँति, जो मिठाइयाँ पाकर मार और तिरस्कार सब भूल जाता है, बूढ़ी काकी वैसे ही सब भुलाकर बैठी हुई खाना खा रही थी। उनके एक-एक रोंए से सच्ची सदिच्छाएँ निकल रही थीं और रूपा बैठी स्वर्गीय दृश्य का आनन्द लेने में निमग्न थी।

•••

शतरंज के खिलाड़ी

वाजिदअली शाह का समय था। लखनऊ विलासिता के रंग में डूबा हुआ था। छोटे-बड़े, गरीब-अमीर सभी विलासिता में डूबे हुए थे। कोई नृत्य और गान की मजलिस सजाता था, तो कोई अफीम की पीनक ही में मजे लेता था। जीवन के प्रत्येक विभाग में आमोद-प्रमोद का प्राधान्य था। शासन-विभाग में, साहित्य-क्षेत्र में, सामाजिक अवस्था में, कला-कौशल में, उद्योग-धंधों में, आहार-व्यवहार में सर्वत्र विलासिता व्याप्त हो रही थी। राजकर्मचारी विषय-वासना में, कविगण प्रेम और विरह के वर्णन में, कारीगर कलाबत्तू और चिकन बनाने में, व्यवसायी सुरमे, इत्र, मिस्सी और उबटन का रोजगार करने में लिप्त थे। सभी की आँखों में विलासिता का मद छाया हुआ था। संसार में क्या हो रहा है, इसकी किसी को खबर न थी। बटेर लड़ रहे हैं। तीतरों की लड़ाई के लिए पाली बदी जा रही है। कहीं चौसर बिछी हुई है; पौ-बारह का शोर मचा हुआ है। कहीं शतरंज का घोर संग्राम छिड़ा हुआ है। राजा से लेकर रंक तक इसी धुन में मस्त थे। यहाँ तक कि फकीरों को पैसे मिलते तो वे रोटियाँ न लेकर अफीम खाते या मादक पीते। शतरंज, ताश, गंजीफ़ा खेलने से बुद्धि तीव्र होती है, विचार-शक्ति का विकास होता है, पेंचीदा मसलों को सुलझाने की आदत पड़ती है। ये दलीलें जोरों के साथ पेश की जाती थीं (इस सम्प्रदाय के लोगों से दुनिया अब भी खाली नहीं है)। इसलिए अगर मिरज़ा सज्जादअली और मीर रौशनअली अपना अधिकांश समय बुद्धि तीव्र करने में व्यतीत करते थे, तो किसी विचारशील पुरुष को क्या आपत्ति हो सकती थी? दोनों के पास मौरूसी जागीरें थीं; जीविका की कोई चिंता न थी; कि घर में बैठे चखौतियाँ करते थे। आखिर और करते ही क्या? प्रात:काल दोनों मित्र नाश्ता करके बिसात बिछाकर बैठ जाते, मुहरे सज जाते, और लड़ाई के दाव-पेंच होने लगते। फिर खबर न होती थी कि कब दोपहर हुई, कब तीसरा पहर, कब शाम! घर के भीतर से बार-बार बुलावा आता कि खाना तैयार है। यहाँ से जवाब मिलता - चलो, आते हैं, दस्तरख्वान बिछाओ। यहाँ तक कि बावरची विवश होकर कमरे ही में खाना रख जाता था, और दोनों मित्र दोनों काम साथ-साथ करते थे। मिरज़ा सज्जाद अली के घर में कोई बड़ा-बूढ़ा न था, इसलिए उन्हीं के दीवानखाने में बाजियाँ होती थीं। मगर यह बात न थी मिरज़ा के घर के और लोग उनके इस व्यवहार से खुश हों। घरवालों का तो कहना ही क्या, मुहल्लेवाले, घर के नौकर-चाकर तक नित्य द्वेषपूर्ण टिप्पणियाँ किया करते थे - बड़ा मनहूस खेल है। घर को तबाह कर देता

है। खुदा न करे, किसी को इसकी चाट पड़े, आदमी दीन-दुनिया किसी के काम का नहीं रहता, न घर का, न घाट का। बुरा रोग है। यहाँ तक कि मिरज़ा की बेगम साहबा को इससे इतना द्वेष था कि अवसर खोज-खोजकर पति को लताड़ती थीं। पर उन्हें इसका अवसर मुश्किल से मिलता था। वह सोती रहती थीं, तब तक बाजी बिछ जाती थी। और रात को जब सो जाती थीं, तब कही मिरज़ा जी घर में आते थे। हाँ, नौकरों पर वह अपना गुस्सा उतारती रहती थीं - क्या पान माँगे हैं? कह दो, आकर ले जाएँ। खाने की फुरसत नहीं है? ले जाकर खाना सिर पर पटक दो, खायँ चाहे कुत्ते को खिलायें। पर रूबरू वह भी कुछ न कह सकती थीं। उनको अपने पति से उतना मलाल न था, जितना मीर साहब से। उन्होंने उनका, नाम मीर बिगाड़ रख छोड़ा था। शायद मिरज़ा जी अपनी सफाई देने के लिए सारा इलजाम मीर साहब ही के सर थोप देते थे।

एक दिन बेगम साहबा के सिर में दर्द होने लगा। उन्होंने लौंडी से कहा- जाकर मिरज़ा साहब को बुला लो। किसी हकीम के यहाँ से दवा लायें। दौड़, जल्दी कर। लौंडी गयी तो मिरज़ाजी ने कहा- चल, अभी आते हैं। बेगम साहबा का मिजाज गरम था। इतनी ताब कहाँ कि उनके सिर में दर्द हो और पति शतरंज खेलता रहे। चेहरा सुर्ख हो गया। लौंडी से कहा- जाकर कह, अभी चलिए, नहीं तो वह आप ही हकीम के यहाँ चली जायेंगी। मिरज़ाजी बड़ी दिलचस्प बाजी खेल रहे थे, दो ही किस्तों में मीर साहब की मात हुई जाती थी। झुँझलाकर बोले - क्या ऐसा दम लबों पर है? जरा सब्र नहीं होता?

मीर - अरे, तो जाकर सुन ही आइए न। औरतें नाजुक-मिजाज होती ही हैं।

मिरज़ा - जी हाँ, चला क्यों न जाऊँ! दो किस्तों में आपकी मात होती है।

मीर - जनाब, इस भरोसे न रहिएगा। वह चाल सोची है कि आपके मुहरे धरे रहें और मात हो जाए। पर जाइए, सुन आइए। क्यों खामख्वाह उनका दिल दुखाइएगा?

मिरज़ा - इसी बात पर मात ही करके जाऊँगा।

मीर - मैं खेलूँगा ही नहीं। आप जाकर सुन आइए।

मिरज़ा - अरे यार, जाना पड़ेगा हकीम के यहाँ। सिर-दर्द खाक नहीं है, मुझे परेशान करने का बहाना है।

मीर - कुछ भी हो, उनकी खातिर तो करनी ही पड़ेगी।

मिरज़ा - अच्छा, एक चाल और चल लूँ।

मीर - हरगिज़ नहीं, जब तक आप सुन न आयेंगे, मैं मुहरे में हाथ ही न लगाऊँगा।

मिरज़ा साहब मजबूर होकर अंदर गये तो बेगम साहबा ने त्योरियाँ बदलकर, लेकिन कराहते हुए कहा- तुम्हें निगोड़ी शतरंज इतनी प्यारी है! चाहे कोई मर ही जाए, पर उठने का नाम नहीं लेते! नौज, कोई तुम-जैसा आदमी हो!

मिरज़ा - क्या कहूँ, मीर साहब मानते ही न थे। बड़ी मुश्किल से पीछा छुड़ाकर आया हूँ।

बेगम - क्या जैसे वह खुद निखट्टू हैं, वैसे ही सबको समझते हैं। उनके भी तो बाल-बच्चे हैं; या सबका सफाया कर डाला?

मिरज़ा - बड़ा लती आदमी है। जब आ जाता है, तब मजबूर होकर मुझे भी खेलना पड़ता है।

बेगम - दुत्कार क्यों नहीं देते?

मिरज़ा - बराबर के आदमी हैं; उम्र में, दर्जे में मुझसे दो अंगुल ऊँचे। मुलाहिज़ा करना ही पड़ता है।

बेगम - तो मैं ही दुत्कारे देती हूँ। नाराज हो जाएँगे, हो जाएँ। कौन किसी की रोटियाँ चला देता है। रानी रूठेंगी, अपना सुहाग लेंगी। हरिया; जा बाहर से शतरंज उठा ला। मीर साहब से कहना, मियाँ अब न खेलेंगे; आप तशरीफ ले जाइए।

मिरज़ा - हाँ-हाँ, कहीं ऐसा गजब भी न करना! जलील करना चाहती हो क्या? ठहर हरिया, कहाँ जाती है।

बेगम - जाने क्यों नहीं देते? मेरा ही खून पिये, जो उसे रोके। अच्छा, उसे रोका, मुझे रोको, तो जानूँ?

यह कहकर बेगम साहबा झल्लाई हुई दीवानखाने की तरफ चलीं। मिरज़ा बेचारे का रंग उड़ गया। बीबी की मिन्नतें करने लगे - खुदा के लिए, तुम्हें हजरत हुसेन की कसम है। मेरी ही मैयत देखे, जो उधर जाए। लेकिन बेगम ने एक न मानी। दीवानखाने के द्वार तक गयीं, पर एकाएक पर-पुरुष के सामने जाते हुए पाँव बँध-से गये। भीतर झाँका, संयोग से कमरा खाली था। मीर साहब ने दो-एक मुहरे इधर-उधर कर दिये थे, और अपनी सफाई जताने के लिए बाहर टहल रहे थे। फिर क्या था, बेगम ने अंदर पहुँचकर बाजी उलट दी, मुहरे कुछ तख्त के नीचे फेंक दिये, कुछ बाहर और किवाड़ अंदर से बंद करके कुंडी लगा दी। मीर साहब दरवाजे पर तो थे ही, मुहरे बाहर फेंके जाते देखे, चूड़ियों की झनक भी कान में पड़ी। फिर दरवाजा बंद हुआ, तो समझ गये, बेगम साहबा बिगड़ गयीं। चुपके से घर की राह ली।

मिरज़ा ने कहा- तुमने गजब किया।

बेगम - अब मीर साहब इधर आये, तो खड़े-खड़े निकलवा दूँगी। इतनी लौ खुदा से लगाते, तो वली हो जाते! आप तो शतरंज खेलें, और मैं यहाँ चूल्हे-चक्की की फिक्र में सिर खपाऊँ! जाते हो हकीम साहब के यहाँ कि अब भी ताम्मुल है।

मिरज़ा घर से निकले, तो हकीम के घर जाने के बदले मीर साहब के घर पहुँचे और सारा वृत्तांत कहा। मीर साहब बोले - मैंने तो जब मुहरें बाहर आते देखे, तभी ताड़ गया। फौरन भागा। बड़ी गुस्सेवर मालूम होती हैं। मगर आपने उन्हें यों सिर चढ़ा रखा है, यह मुनासिब नहीं। उन्हें इससे क्या मतलब कि आप बाहर क्या करते हैं। घर का इंतजाम करना उनका काम है; दूसरी बातों से उन्हें क्या सरोकार?

मिरज़ा - खैर, यह तो बताइए, अब कहाँ जमाव होगा?

मीर - इसका क्या गम है। इतना बड़ा घर पड़ा हुआ है। बस यहीं जमें।

मिरज़ा - लेकिन बेगम साहबा को कैसे मनाऊँगा? घर पर बैठा रहता था, तब तो वह इतना बिगड़ती थीं; यहाँ बैठक होगी, तो शायद जिंदा न छोड़ेंगी।

मीर - अजी बकने भी दीजिए, दो-चार रोज में आप ही ठीक हो जायेंगी। हाँ, आप इतना कीजिए कि आज से जरा तन जाइए।

2

मीर साहब की बेगम किसी अज्ञात कारण से मीर साहब का घर से दूर रहना ही उपयुक्त समझती थीं। इसलिए वह उनके शतरंज-प्रेम की कभी आलोचना न करती थीं; बल्कि कभी-कभी मीर साहब को देर हो जाती, तो याद दिला देती थीं। इन कारणों से मीर साहब को भ्रम हो गया था कि मेरी स्त्री अत्यन्त विनयशील और गंभीर है। लेकिन जब दीवानखाने में बिसात बिछने लगी, और मीर साहब दिन-भर घर में रहने लगे, तो बेगम साहबा को बड़ा कष्ट होने लगा। उनकी स्वाधीनता में बाधा पड़ गयी। दिन-भर दरवाजे पर झाँकने को तरस जातीं।

उधर नौकरों में भी कानाफूसी होने लगी। अब तक दिन-भर पड़े-पड़े मक्खियाँ मारा करते थे। घर में कोई आये, कोई जाये, उनसे कुछ मतलब न था। अब आठों पहर की धौंस हो गयी। पान लाने का हुक्म होता, कभी मिठाई का। और हुक्का तो किसी प्रेमी के हृदय की भाँति नित्य जलता ही रहता था। वे बेगम साहबा से जा-जाकर कहते - हुजूर, मियाँ की शतरंज तो हमारे जी का जंजाल हो गयी। दिन-भर दौड़ते-दौड़ते पैरों में छाले पड़ गये। यह भी कोई खेल कि सुबह को बैठे तो शाम कर दी। घड़ी आध घड़ी दिल-बहलाव के लिए खेल खेलना बहुत है। खैर, हमें तो कोई शिकायत नहीं; हुजूर के गुलाम हैं, जो हुक्म होगा,

बजा ही लायेंगे; मगर यह खेल मनहूस है। इसका खेलनेवाला कभी पनपता नहीं; घर पर कोई न कोई आफत जरूर आती है। यहाँ तक कि एक के पीछे मुहल्ले-के-मुहल्ले तबाह होते देखे गये हैं। सारे मुहल्ले में यही चरचा रहती है। हुजूर का नमक खाते हैं, अपने आक़ा की बुराई सुन-सुनकर रंज होता है? मगर क्या करें? इस पर बेगम साहबा कहती हैं - मैं तो खुद इसको पसंद नहीं करती। पर वह किसी की सुनते ही नहीं, क्या किया जाए।

मुहल्ले में भी जो दो-चार पुराने जमाने के लोग थे, आपस में भाँति-भाँति की अमंगल कल्पनाएँ करने लगे - अब खैरियत नहीं। जब हमारे रईसों का यह हाल है, तो मुल्क का खुदा ही हाफ़िज है। यह बादशाहत शतरंज के हाथों तबाह होगी। आसार बुरे हैं।

राज्य में हाहाकार मचा हुआ था। प्रजा दिन-दहाड़े लूटी जाती थी। कोई फरियाद सुननेवाला न था। देहातों की सारी दौलत लखनऊ में खिंची आती थी और वह वेश्याओं में, भाँडों में और विलासिता के अन्य अंगों की पूर्ति में उड़ जाती थी। अंग्रेज कम्पनी का ऋण दिन-दिन बढ़ता जाता था। कमली दिन-दिन भीगकर भारी होती जाती थी। देश में सुव्यवस्था न होने के कारण वार्षिक कर भी वसूल न होता था। रेजीडेंट बार-बार चेतावनी देता था, पर यहाँ तो लोग विलासिता के नशे में चूर थे, किसी के कानों पर जूँ न रेंगती थी।

खैर, मीर साहब के दीवानखाने में शतरंज होते कई महीने गुजर गये। नये-नये नक्शे हल किये जाते; नये-नये किले बनाये जाते; नित्य नयी व्यूह-रचना होती; कभी-कभी खेलते-खेलते झौड़ हो जाती; तू-तू मैं-मैं तक की नौबत आ जाती; पर शीघ्र ही दोनों मित्रों में मेल हो जाता। कभी-कभी ऐसा भी होता कि बाजी उठा दी जाती; मिरज़ाजी रूठकर अपने घर चले जाते। मीर साहब अपने घर में जा बैठते। पर रात भर की निद्रा के साथ सारा मनोमालिन्य शांत हो जाता था। प्रातःकाल दोनों मित्र दीवानखाने में आ पहुँचते थे।

एक दिन दोनों मित्र बैठे हुए शतरंज की दलदल में गोते खा रहे थे कि इतने में घोड़े पर सवार एक बादशाही फौज का अफसर मीर साहब का नाम पूछता हुआ आ पहुँचा। मीर साहब के होश उड़ गये। यह क्या बला सिर पर आयी! यह तलबी किस लिए हुई है? अब खैरियत नहीं नजर आती। घर के दरवाजे बंद कर लिये। नौकरों से बोले - कह दो, घर में नहीं हैं।

सवार - घर में नहीं, तो कहाँ हैं?

नौकर - यह मैं नहीं जानता। क्या काम है?

सवार - काम तुझे क्या बताऊँगा? हुजूर में तलबी है। शायद फौज के लिए कुछ सिपाही माँगे गये हैं। जागीरदार हैं कि दिल्लगी! मोरचे पर जाना पड़ेगा, तो आटे-दाल का भाव मालूम हो जायगा!

नौकर - अच्छा, तो जाइए, कह दिया जाएगा?

सवार - कहने की बात नहीं है। मैं कल खुद आऊँगा, साथ ले जाने का हुक्म हुआ है।

सवार चला गया। मीर साहब की आत्मा काँप उठी। मिरज़ाजी से बोले - कहिए जनाब, अब क्या होगा?

मिरज़ा - बड़ी मुसीबत है। कहीं मेरी तलबी भी न हो।

मीर - कम्बख्त कल फिर आने को कह गया है।

मिरज़ा - आफत है, और क्या। कहीं मोरचे पर जाना पड़ा, तो बेमौत मरे।

मीर - बस, यही एक तदबीर है कि घर पर मिलो ही नहीं। कल से गोमती पर कहीं वीराने में नख्शा जमे। वहाँ किसे खबर होगी। हजरत आकर आप लौट जाएँगे।

मिरज़ा - वल्लाह, आपको खूब सूझी! इसके सिवाय और कोई तदबीर ही नहीं है।

इधर मीर साहब की बेगम उस सवार से कह रही थी, तुमने खूब धता बताया।

उसने जवाब दिया - ऐसे गावदियों को तो चुटकियों पर नचाता हूँ। इनकी सारी अक्ल और हिम्मत तो शतरंज ने चर ली। अब भूलकर भी घर पर न रहेंगे।

3

दूसरे दिन से दोनों मित्र मुँह अँधेरे घर से निकल खड़े होते। बगल में एक छोटी-सी दरी दबाये, डिब्बे में गिलौरियाँ भरे, गोमती पार की एक पुरानी वीरान मसजिद में चले जाते, जिसे शायद नवाब आसफ़उद्दौला ने बनवाया था। रास्ते में तम्बाकू, चिलम और मदरिया ले लेते, और मस्जिद में पहुँच, दरी बिछा, हुक्का भरकर शतरंज खेलने बैठ जाते थे। फिर उन्हें दीन-दुनिया की फिक्र न रहती थी। किश्त, शह आदि दो-एक शब्दों के सिवा उनके मुँह से और कोई वाक्य नहीं निकलता था। कोई योगी भी समाधि में इतना एकाग्र न होता होगा। दोपहर को जब भूख मालूम होती तो दोनों मित्र किसी नानबाई की दूकान पर जाकर खाना खाते, और एक चिलम हुक्का पीकर फिर संग्राम-क्षेत्र में डट जाते। कभी-कभी तो उन्हें भोजन का भी ख्याल न रहता था।

इधर देश की राजनीतिक दशा भयंकर होती जा रही थी। कम्पनी की फौजें लखनऊ की तरफ बढ़ी चली आती थीं। शहर में हलचल मची हुई थी। लोग बाल-बच्चों को लेकर देहातों में भाग रहे थे। पर हमारे दोनों खिलाड़ियों को इनकी ज़रा भी फ़िक्र न थी। वे घर से आते तो गलियों में होकर। डर था कि कहीं किसी बादशाही मुलाजिम की निगाह न पड़ जाए, जो बेकार में पकड़ जाएँ। हजारों रुपये सालाना की जागीर मुफ्त ही हजम करना चाहते थे।

एक दिन दोनों मित्र मस्जिद के खंडहर में बैठे हुए शतरंज खेल रहे थे। मिरज़ा की बाजी कुछ कमजोर थी। मीर साहब उन्हें किश्त-पर-किश्त दे रहे थे। इतने में कम्पनी के सैनिक आते हुए दिखायी दिये। वह गोरों की फौज थी, जो लखनऊ पर अधिकार जमाने के लिए आ रही थी।

मीर साहब बोले - अंग्रेजी फौज आ रही है; खुदा खैर करे।

मिरज़ा - आने दीजिए, किश्त बचाइए। यह किश्त।

मीर - जरा देखना चाहिए, यहीं आड़ में खड़े हो जाएँ!

मिरज़ा - देख लीजिएगा, जल्दी क्या है, फिर किश्त!

मीर - तोपखाना भी है। कोई पाँच हजार आदमी होंगे कैसे-कैसे जवान हैं। लाल बन्दरों के-से मुँह। सूरत देखकर खौफ मालूम होता है।

मिरज़ा - जनाब, हीले न कीजिए। ये चकमे किसी और को दीजिएगा। यह किश्त!

मीर - आप भी अजीब आदमी हैं। यहाँ तो शहर पर आफत आयी हुई है और आपको किश्त की सूझी है! कुछ इसकी भी खबर है कि शहर घिर गया, तो घर कैसे चलेंगे?

मिरज़ा - जब घर चलने का वक्त आयेगा, तो देखा जायेगा - यह किश्त! बस, अबकी शह में मात है।

फौज निकल गयी। दस बजे का समय था। फिर बाजी बिछ गयी।

मिरज़ा - आज खाने की कैसे ठहरेगी?

मीर - अजी, आज तो रोज़ा है। क्या आपको ज्यादा भूख मालूम होती है?

मिरज़ा - जी नहीं। शहर में न जाने क्या हो रहा है!

मीर - शहर में कुछ न हो रहा होगा। लोग खाना खा-खाकर आराम से सो रहे होंगे। हुजूर नवाब साहब भी ऐशगाह में होंगे।

दोनों सज्जन फिर जो खेलने बैठे, तो तीन बज गये। अबकी मिरज़ा जी की बाजी कमजोर थी। चार का गजर बज ही रहा था कि फौज की वापसी की आहट मिली। नवाब वाजिदअली पकड़ लिये गये थे, और सेना उन्हें किसी अज्ञात स्थान को लिये जा रही थी। शहर में न कोई हलचल थी, न मार-काट। एक बूँद भी खून नहीं गिरा था। आज तक किसी स्वाधीन देश के राजा की पराजय इतनी शांति से, इस तरह खून बहे बिना न हुई होगी। यह वह अहिंसा न थी, जिस पर देवगण प्रसन्न होते हैं। यह वह कायरपन था, जिस पर बड़े-बड़े कायर भी आँसू बहाते हैं। अवध के विशाल देश का नवाब बन्दी चला जाता था, और लखनऊ ऐश की नींद में मस्त था। यह राजनीतिक अध:पतन की चरम सीमा थी।

मिरज़ा ने कहा- हुजूर नवाब साहब को जालिमों ने कैद कर लिया है।

मीर - होगा, यह लीजिए शह।

मिरज़ा - जनाब जरा ठहरिए। इस वक्त इधर तबीयत नहीं लगती। बेचारे नवाब साहब इस वक्त खून के आँसू रो रहे होंगे।

मीर - रोया ही चाहें। यह ऐश वहाँ कहाँ नसीब होगा। यह किश्त!

मिरज़ा - किसी के दिन बराबर नहीं जाते। कितनी दर्दनाक हालत है।

मीर - हाँ, सो तो है ही - यह लो, फिर किश्त! बस, अबकी किश्त में मात है, बच नहीं सकते।

मिरज़ा - खुदा की कसम, आप बड़े बेदर्द हैं। इतना बड़ा हादसा देखकर भी आपको दु:ख नहीं होता। हाय, गरीब वाजिदअली शाह!

मीर - पहले अपने बादशाह को तो बचाइए फिर नवाब साहब का मातम कीजिएगा। यह किश्त और यह मात! लाना हाथ!

बादशाह को लिये हुए सेना सामने से निकल गयी। उनके जाते ही मिरज़ा ने फिर बाजी बिछा दी। हार की चोट बुरी होती है। मीर ने कहा- आइए, नवाब साहब के मातम में एक मरसिया कह डालें। लेकिन मिरज़ा की राजभक्ति अपनी हार के साथ लुप्त हो चुकी थी। वह हार का बदला चुकाने के लिए अधीर हो रहे थे।

4

शाम हो गयी। खंडहर में चमगादड़ों ने चीखना शुरू किया। अबाबीलें आ-आकर अपने-अपने घोसलों में चिमटीं। पर दोनों खिलाड़ी डटे हुए थे, मानो दो खून के प्यासे सूरमा आपस में लड़ रहे हों। मिरज़ाजी तीन बाजियाँ लगातार हार चुके थे; इस चौथी बाजी का रंग भी अच्छा न था। वह बार-बार जीतने का दृढ़ निश्चय करके सँभलकर खेलते थे लेकिन एक-न-एक चाल ऐसी बेढब आ पड़ती थी, जिससे बाजी खराब हो जाती थी। हर बार हार के साथ प्रतिकार की भावना और भी उग्र होती थी। उधर मीर साहब मारे उमंग के गजलें गाते थे, चुटकियाँ लेते थे, मानो कोई गुप्त धन पा गये हों। मिरज़ा जी सुन-सुनकर झुँझलाते और हार की झेंप को मिटाने के लिए उनकी दाद देते थे। पर ज्यों-ज्यों बाजी कमजोर पड़ती थी, धैर्य हाथ से निकला जाता था। यहाँ तक कि वह बात-बात पर झुँझलाने लगे - जनाब, आप चाल बदला न कीजिए। यह क्या कि एक चाल चले, और फिर उसे बदल दिया। जो कुछ चलना हो एक बार चल दीजिए; यह आप मुहरे पर हाथ क्यों रखते हैं? मुहरे को छोड़ दीजिए। जब तक आपको चाल न सूझे, मुहरा छुइये ही नहीं। आप एक-एक चाल आध घंटे

में चलते हैं। इसकी सनद नहीं। जिसे एक चाल चलने में पाँच मिनट से ज्यादा लगे, उसकी मात समझी जाए। फिर आपने चाल बदली! चुपके से मुहरा वहीं रख दीजिए।

मीर साहब का फरजी पिटता था। बोले - मैंने चाल चली ही कब थी?

मिरज़ा - आप चाल चल चुके हैं। मुहरा वहीं रख दीजिए - उसी घर में!

मीर - उस घर में क्यों रखूँ? मैंने हाथ से मुहरा छोड़ा ही कब था?

मिरज़ा - मुहरा आप कयामत तक न छोड़ें, तो क्या चाल ही न होगी? फरजी पिटते देखा तो धाँधली करने लगे।

मीर - धाँधली आप करते हैं। हार-जीत तकदीर से होती है, धाँधली करने से कोई नहीं जीतता?

मिरज़ा - तो इस बाजी में तो आपकी मात हो गयी।

मीर - मुझे क्यों मात होने लगी?

मिरज़ा - तो आप मुहरा उसी घर में रख दीजिए, जहाँ पहले रक्खा था।

मीर - वहाँ क्यों रखूँ? नहीं रखता।

मिरज़ा - क्यों न रखिएगा? आपको रखना होगा।

तकरार बढ़ने लगी। दोनों अपनी-अपनी टेक पर अड़े थे। न यह दबता था न वह। अप्रासंगिक बातें होने लगीं, मिरज़ा बोले - किसी ने खानदान में शतरंज खेली होती, तब तो इसके कायदे जानते। वे तो हमेशा, घास छीला करते, आप शतरंज क्या खेलिएगा। रियासत और ही चीज है। जागीर मिल जाने से ही कोई रईस नहीं हो जाता।

मीर - क्या? घास आपके अब्बाजान छीलते होंगे। यहाँ तो पीढ़ियों से शतरंज खेलते चले आ रहे हैं।

मिरज़ा - अजी, जाइए भी, गाजीउद्दीन हैदर के यहाँ बावरची का काम करते-करते उम्र गुजर गयी, आज रईस बनने चले हैं। रईस बनना कुछ दिल्लगी नहीं है।

मीर - क्यों अपने बुजुर्गों के मुँह में कालिख लगाते हो - वे ही बावरची का काम करते होंगे। यहाँ तो हमेशा बादशाह के दस्तरख्वान पर खाना खाते चले आये हैं।

मिरज़ा - अरे चल चरकटे, बहुत बढ़-बढ़कर बातें न कर।

मीर - जबान सँभालिये, वरना बुरा होगा। मैं ऐसी बातें सुनने का आदी नहीं हूँ। यहाँ तो किसी ने आँखें दिखायीं कि उसकी आँखें निकालीं। है हौसला?

मिरज़ा - आप मेरा हौसला देखना चाहते हैं, तो फिर, आइए। आज दो-दो हाथ हो जाएँ, इधर या उधर।

मीर - तो यहाँ तुमसे दबनेवाला कौन?

दोनों दोस्तों ने कमर से तलवारें निकाल लीं। नवाबी जमाना था; सभी तलवार, पेशकब्ज, कटार वगैरह बाँधते थे। दोनों विलासी थे, पर कायर न थे। उनमें राजनीतिक भावों का अध:पतन हो गया था - बादशाह के लिए, बादशाहत के लिए क्यों मरें; पर व्यक्तिगत वीरता का अभाव न था। दोनों जख्म खाकर गिरे, और दोनों ने वहीं तड़प-तड़पकर जानें दे दीं। अपने बादशाह के लिए जिनकी आँखों से एक बूँद आँसू न निकला, उन्हीं दोनों प्राणियों ने शतरंज के वजीर की रक्षा में प्राण दे दिये।

अँधेरा हो चला था। बाजी बिछी हुई थी। दोनों बादशाह अपने-अपने सिंहासनों पर बैठे हुए मानो इन दोनों वीरों की मृत्यु पर रो रहे थे!

चारों तरफ सन्नाटा छाया हुआ था। खंडहर की टूटी हुई मेहराबें, गिरी हुई दीवारें और धूल-धूसरित मीनारें इन लाशों को देखतीं और सिर धुनती थीं।

•••

सवा सेर गेहूँ

किसी गाँव में शंकर नाम का एक कुरमी किसान रहता था। सीधा-सादा गरीब आदमी था, अपने काम-से-काम, न किसी के लेने में, न किसी के देने में। छक्का-पंजा न जानता था, छल-प्रपंच की उसे छूत भी न लगी थी, ठगे जाने की चिन्ता न थी, ठगविद्या न जानता था, भोजन मिला, खा लिया, न मिला, चबेने पर काट दी, चबैना भी न मिला, तो पानी पी लिया और राम का नाम लेकर सो रहा। किन्तु जब कोई अतिथि द्वार पर आ जाता था तो उसे इस निवृत्तिमार्ग का त्याग करना पड़ता था। विशेषकर जब साधु-महात्मा पदार्पण करते थे, तो उसे अनिवार्यत: सांसारिकता की शरण लेनी पड़ती थी। खुद भूखा सो सकता था, पर साधु को कैसे भूखा सुलाता, भगवान् के भक्त जो ठहरे।

एक दिन संध्या समय एक महात्मा ने आकर उसके द्वार पर डेरा जमाया। तेजस्वी मूर्ति थी, पीताम्बर गले में, जटा सिर पर, पीतल का कमंडल हाथ में, खड़ाऊँ पैर में, ऐनक आँखों पर, सम्पूर्ण वेष उन महात्माओं का-सा था जो रईसों के प्रासादों में तपस्या, हवागाड़ियों पर देवस्थानों की परिक्रमा और योग-सिद्धि प्राप्त करने के लिए रुचिकर भोजन करते हैं। घर में जौ का आटा था, वह उन्हें कैसे खिलाता। प्राचीनकाल में जौ का चाहे जो कुछ महत्त्व रहा हो, पर वर्तमान युग में जौ का भोजन सिद्ध पुरुषों के लिए दुष्पाच्य होता है। बड़ी चिन्ता हुई, महात्माजी को क्या खिलाऊँ। आखिर निश्चय किया कि कहीं से गेहूँ का आटा उधार लाऊँ, पर गाँव-भर में गेहूँ का आटा न मिला। गाँव में सब मनुष्य-ही-मनुष्य थे, देवता एक भी न था, अतएव देवताओं का खाद्य पदार्थ कैसे मिलता। सौभाग्य से गाँव के विप्र महाराज के यहाँ से थोड़ा-सा मिल गए। उनसे सवा सेर गेहूँ उधार लिया और स्त्री से कहा, कि पीस दे। महात्मा ने भोजन किया, लम्बी तानकर सोये। प्रात:काल आशीर्वाद देकर अपनी राह ली।

विप्र महाराज साल में दो बार खलिहानी लिया करते थे। शंकर ने दिल में कहा, सवा सेर गेहूँ इन्हें क्या लौटाऊँ, पंसेरी बदले कुछ ज्यादा खलिहानी दे दूँगा, यह भी समझ जायँगे, मैं भी समझ जाऊँगा। चैत में जब विप्रजी पहुँचे तो उन्हें डेढ़ पंसेरी के लगभग गेहूँ दे दिया और अपने को उऋण समझकर उसकी कोई चरचा न की। विप्रजी ने फिर कभी न माँगा। सरल शंकर को क्या मालूम था कि यह सवा सेर गेहूँ चुकाने के लिए मुझे दूसरा जन्म लेना पड़ेगा।

सात साल गुजर गये। विप्रजी विप्र से महाजन हुए, शंकर किसान से मजूर हो गया। उसका छोटा भाई मंगल उससे अलग हो गया था। एक साथ रहकर दोनों किसान थे, अलग होकर मजूर हो गये थे। शंकर ने चाहा कि द्वेष की आग भड़कने न पाये, किन्तु परिस्थिति ने उसे विवश कर दिया। जिस दिन अलग-अलग चूल्हे जले, वह फूट-फूटकर रोया। आज से भाई-भाई शत्रु हो जायेंगे, एक रोयेगा, दूसरा हँसेगा, एक के घर मातम होगा तो दूसरे के घर गुलगुले पकेंगे, प्रेम का बंधन, खून का बंधन, दूध का बंधन आज टूटा जाता है। उसने भगीरथ परिश्रम से कुल-मर्यादा का वृक्ष लगाया था, उसे अपने रक्त से सींचा था, उसको जड़ से उखड़ता देखकर उसके हृदय के टुकड़े हुए जाते थे। सात दिनों तक उसने दाने की सूरत तक न देखी। दिन-भर जेठ की धूप में काम करता और रात को मुँह लपेटकर सो रहता। इस भीषण वेदना और दुस्सह कष्ट ने रक्त को जला दिया, मांस और मज्जा को घुला दिया। बीमार पड़ा तो महीनों खाट से न उठा। अब गुजर-बसर कैसे हो?

पाँच बीघे के आधे रह गये, एक बैल रह गया, खेती क्या खाक होती! अन्त को यहाँ तक नौबत पहुँची कि खेती केवल मर्यादा-रक्षा का साधन-मात्र रह गयी, जीविका का भार मजूरी पर आ पड़ा। सात वर्ष बीत गये, एक दिन शंकर मजूरी करके लौटा, तो राह में विप्रजी ने टोककर कहा, 'शंकर, कल आकर के अपने बीज-बेंग का हिसाब कर ले। तेरे यहाँ साढ़े पाँच मन गेहूँ कबके बाकी पड़े हुए हैं और तू देने का नाम नहीं लेता, हजम करने का मन है क्या?'

शंकर ने चकित होकर कहा, मैंने तुमसे कब गेहूँ लिए थे जो साढ़े पाँच मन हो गये? तुम भूलते हो, मेरे यहाँ किसी का छटाँक-भर न अनाज है,न एक पैसा उधार।'

विप्र – 'इसी नीयत का तो यह फल भोग रहे हो कि खाने को नहीं जुड़ता।'

यह कहकर विप्रजी ने उस सवा सेर गेहूँ का जिक्र किया, जो आज के सात वर्ष पहले शंकर को दिये थे। शंकर सुनकर अवाक् रह गया। ईश्वर मैंने इन्हें कितनी बार खलिहानी दी, इन्होंने मेरा कौन-सा काम किया? जब पोथी-पत्र देखने, साइत-सगुन विचारने द्वार पर आते थे, कुछ-न-कुछ 'दक्षिणा' ले ही जाते थे। इतना स्वार्थ! सवा सेर अनाज को अंडे की भाँति सेकर आज यह पिशाच खड़ा कर दिया, जो मुझे निगल जायगा। इतने दिनों में एक बार भी कह देते तो मैं गेहूँ तौलकर दे देता, क्या इसी नीयत से चुप साध बैठे रहे? बोला, 'महाराज, नाम लेकर तो मैंने उतना अनाज नहीं दिया, पर कई बार खलिहानों में सेर-सेर, दो-दो सेर दिया है। अब आप आज साढ़े पाँच मन माँगते हैं, मैं कहाँ से दूँगा?'

विप्र – 'लेखा जौ-जौ, बखसीस सौ-सौ, तुमने जो कुछ दिया होगा, उसका कोई हिसाब नहीं, चाहे एक की जगह चार पसेरी दे दो। तुम्हारे नाम बही में साढ़े पाँच मन लिखा हुआ है; जिससे चाहे हिसाब लगवा लो। दे दो तो तुम्हारा नाम छेक दूँ, नहीं तो और भी बढ़ता रहेगा'

शंकर – 'पाँडे, क्यों एक गरीब को सताते हो, मेरे खाने का ठिकाना नहीं, इतना गेहूँ किसके घर से लाऊँगा?'

विप्र – 'जिसके घर से चाहे लाओ, मैं छटाँक-भर भी न छोडूँगा, यहाँ न दोगे, भगवान् के घर तो दोगे।'

शंकर काँप उठा। हम पढ़े-लिखे आदमी होते तो कह देते, 'अच्छी बात है, ईश्वर के घर ही देंगे; वहाँ की तौल यहाँ से कुछ बड़ी तो न होगी। कम-से-कम इसका कोई प्रमाण हमारे पास नहीं, फिर उसकी क्या चिन्ता। किन्तु शंकर इतना तार्किक, इतना व्यवहार-चतुर न था। एक तो ऋण वह भी ब्राह्मण का बही में नाम रह गया तो सीधे नरक में जाऊँगा, इस खयाल ही से उसे रोमांच हो गया। बोला, 'महाराज, तुम्हारा जितना होगा यहीं दूँगा, ईश्वर के यहाँ क्यों दूँ, इस जनम में तो ठोकर खा ही रहा हूँ, उस जनम के लिए क्यों काँटे बोऊँ? मगर यह कोई नियाव नहीं है। तुमने राई का पर्वत बना दिया, ब्राह्मण हो के तुम्हें ऐसा नहीं करना चाहिए था। उसी घड़ी तगादा करके ले लिया होता, तो आज मेरे सिर पर इतना बड़ा बोझ क्यों पड़ता। मैं तो दे दूँगा, लेकिन तुम्हें भगवान् के यहाँ जवाब देना पड़ेगा।'

विप्र – 'वहाँ का डर तुम्हें होगा, मुझे क्यों होने लगा। वहाँ तो सब अपने ही भाई-बन्धु हैं। ऋषि-मुनि, सब तो ब्राह्मण ही हैं; देवता ब्राह्मण हैं, जो कुछ बने-बिगड़ेगी, सँभाल लेंगे। तो कब देते हो?'

शंकर – 'मेरे पास रक्खा तो है नहीं, किसी से माँग-जांचकर लाऊँगा तभी न दूँगा!'

विप्र – 'मैं यह न मानूँगा। सात साल हो गये, अब एक दिन का भी मुलाहिजा न करूँगा। गेहूँ नहीं दे सकते, तो दस्तावेज लिख दो।'

शंकर – 'मुझे तो देना है, चाहे गेहूँ लो चाहे दस्तावेज लिखाओ; किस हिसाब से दाम रक्खोगे?'

विप्र – 'बाजार-भाव पाँच सेर का है, तुम्हें सवा पाँच सेर का काट दूँगा।'

शंकर – 'जब दे ही रहा हूँ तो बाजार-भाव काटूँगा, पाव-भर छुड़ाकर क्यों दोषी बनूँ।'

हिसाब लगाया तो गेहूँ के दाम 60 रु. हुए। 60 रु. का दस्तावेज लिखा गया, 3 रु. सैकड़े सूद। साल-भर में न देने पर सूद की दर ढाई रुपये सैकड़े। आठ आने का स्टाम्प, चार आने दस्तावेज की तहरीर शंकर को ऊपर से देनी पड़ी।

गाँव भर ने विप्रजी की निन्दा की, लेकिन मुँह पर नहीं। महाजन से सभी का काम पड़ता है, उसके मुँह कौन आये। शंकर ने साल भर तक कठिन तपस्या की। मीयाद के पहले रुपये अदा करने का उसने व्रत-सा कर लिया। दोपहर को पहले भी चूल्हा न जलता था, चबैने पर बसर होती थी, अब वह भी बंद हुआ। केवल लड़के के लिए रात को रोटियाँ रख दी जातीं! पैसे रोज का तंबाकू पी जाता था, यही एक व्यसन था जिसका वह कभी न त्याग कर सका

था। अब वह व्यसन भी इस कठिन व्रत की भेंट हो गया। उसने चिलम पटक दी, हुक्का तोड़ दिया और तमाखू की हाँड़ी चूर-चूरकर डाली। कपड़े पहले भी त्याग की चरम सीमा तक पहुँच चुके थे, अब वह प्रकृति की न्यूनतम रेखाओं में आबद्ध हो गये। शिशिर की अस्थिबेधक शीत को उसने आग तापकर काट दिया। इस संकल्प का फल आशा से बढ़कर निकला। साल के अन्त में उसके पास 60 रु. जमा हो गये। उसने समझा पंडितजी को इतने रुपये दे दूँगा और कहूँगा महाराज, बाकी रुपये भी जल्द ही आपके सामने हाजिर करूँगा। 15 रु. की तो और बात है, क्या पंडितजी इतना भी न मानेंगे! उसने रुपये लिये और ले जाकर पंडितजी के चरण-कमलों पर अर्पण कर दिये। पंडितजी ने विस्मित होकर पूछा, 'किसी से उधार लिये क्या?'

शंकर – 'नहीं महाराज, 'आपके असीस से अबकी मजूरी अच्छी मिली।'

विप्र – 'लेकिन यह तो 60 रु. ही हैं!'

शंकर – 'हाँ महाराज, इतने अभी ले लीजिए, बाकी मैं दो-तीन महीने में दे दूँगा, मुझे उरिन कर दीजिए।'

विप्र – 'उरिन तो जभी होगे जबकि मेरी कौड़ी-कौड़ी चुका दोगे। जाकर मेरे 15 रु. और लाओ।'

शंकर – 'महाराज, इतनी दया करो; अब साँझ की रोटियों का भी ठिकाना नहीं है, गाँव में हूँ तो कभी-न-कभी दे ही दूँगा।'

विप्र – 'मैं यह रोग नहीं पालता, न बहुत बातें करना जानता हूँ। अगर मेरे पूरे रुपये न मिलेंगे तो आज से 3 रु. सैकड़े का ब्याज लगेगा। अपने रुपये चाहे अपने घर में रक्खो, चाहे मेरे यहाँ छोड़ जाओ।'

शंकर – 'अच्छा जितना लाया हूँ उतना रख लीजिए। मैं जाता हूँ, कहीं से 15 रु. और लाने की फिक्र करता हूँ।'

शंकर ने सारा गाँव छान मारा, मगर किसी ने रुपये न दिये, इसलिए नहीं कि उसका विश्वास न था, या किसी के पास रुपये न थे, बल्कि इसलिए कि पंडितजी के शिकार को छेड़ने की किसी की हिम्मत न थी।

क्रिया के पश्चात् प्रतिक्रिया नैसर्गिक नियम है। शंकर साल-भर तक तपस्या करने पर भी जब ऋण से मुक्त होने में सफल न हो सका तो उसका संयम निराशा के रूप में परिणत हो गया। उसने समझ लिया कि जब इतना कष्ट सहने पर भी साल-भर में 60 रु. से अधिक न जमाकर सका, तो अब और कौन सा उपाय है जिसके द्वारा इसके दूने रुपये जमा हों। जब सिर पर ऋण का बोझ ही लादना है तो क्या मन-भर का और क्या सवा मन का। उसका उत्साह क्षीण हो गया, मिहनत से घृणा हो गयी। आशा उत्साह की जननी है, आशा में

तेज है, बल है, जीवन है। आशा ही संसार की संचालक शक्ति है। शंकर आशाहीन होकर उदासीन हो गया। वह जरूरतें जिनको उसने साल-भर तक टाल रखा था, अब द्वार पर खड़ी होनेवाली भिखारिणी न थीं, बल्कि छाती पर सवार होनेवाली पिशाचनियाँ थीं, जो अपनी भेंट लिये बिना जान नहीं छोड़तीं। कपड़ों में चकत्तियों के लगने की भी एक सीमा होती है। अब शंकर को चिट्ठा मिलता तो वह रुपये जमा न करता, कभी कपड़े लाता, कभी खाने की कोई वस्तु। जहाँ पहले तमाखू ही पिया करता था, वहाँ अब गाँजे और चरस का चस्का भी लगा। उसे अब रुपये अदा करने की कोई चिन्ता न थी मानो उसके ऊपर किसी का एक पैसा भी नहीं आता। पहले जूड़ी चढ़ी होती थी, पर वह काम करने अवश्य जाता था, अब काम पर न जाने के लिए बहाना खोजा करता।

इस भाँति तीन वर्ष निकल गये। विप्रजी महाराज ने एक बार भी तकाजा न किया। वह चतुर शिकारी की भाँति अचूक निशाना लगाना चाहते थे। पहले से शिकार को चौंकाना उनकी नीति के विरुद्ध था। एक दिन पंडितजी ने शंकर को बुलाकर हिसाब दिखाया। 60 रु. जो जमा थे वह मिनहा करने पर अब भी शंकर के जिम्मे 120 रु. निकले।

शंकर – 'इतने रुपये तो उसी जन्म में दूँगा, इस जन्म में नहीं हो सकते।'

विप्र – 'मैं इसी जन्म में लूँगा। मूल न सही, सूद तो देना ही पड़ेगा।'

शंकर – 'एक बैल है, वह ले लीजिए और मेरे पास रक्खा क्या है।'

विप्र – 'मुझे बैल-बधिया लेकर क्या करना है। मुझे देने को तुम्हारे पास बहुत कुछ है।'

शंकर – 'और क्या है महाराज?'

विप्र – 'कुछ है, तुम तो हो। आखिर तुम भी कहीं मजूरी करने जाते ही हो, मुझे भी खेती के लिए मजूर रखना ही पड़ता है। सूद में तुम हमारे यहाँ काम किया करो, जब सुभीता हो मूल को दे देना। सच तो यों है कि अब तुम किसी दूसरी जगह काम करने नहीं जा सकते जब तक मेरे रुपये नहीं चुका दो। तुम्हारे पास कोई जायदाद नहीं है, इतनी बड़ी गठरी मैं किस एतबार पर छोड़ दूँ। कौन इसका जिम्मा लेगा कि तुम मुझे महीने-महीने सूद देते जाओगे। और कहीं कमाकर जब तुम मुझे सूद भी नहीं दे सकते, तो मूल की कौन कहे?'

शंकर – 'महाराज, सूद में तो काम करूँगा और खाऊँगा क्या?'

विप्र – 'तुम्हारी घरवाली है, लड़के हैं, क्या वे हाथ-पाँव कटाके बैठेंगे। रहा मैं, तुम्हें आधा सेर जौ रोज कलेवा के लिए दे दिया करूँगा। ओढ़ने को साल में एक कम्बल पा जाओगे, एक मिरजई भी बनवा दिया करूँगा, और क्या चाहिए। यह सच है कि और लोग तुम्हें छः आने देते हैं लेकिन मुझे ऐसी गरज नहीं है, मैं तो तुम्हें रुपये भरने के लिए रखता हूँ।'

शंकर ने कुछ देर तक गहरी चिन्ता में पड़े रहने के बाद कहा, 'महाराज यह तो जन्म-भर की गुलामी हुई।'

विप्र – 'गुलामी समझो, चाहे मजूरी समझो। मैं अपने रुपये भराये बिना तुमको कभी न छोडूँगा। तुम भागोगे तो तुम्हारा लड़का भरेगा। हाँ, जब कोई न रहेगा तब की बात दूसरी है।'

इस निर्णय की कहीं अपील न थी। मजूर की जमानत कौन करता, कहीं शरण न थी, भागकर कहाँ जाता, दूसरे दिन से उसने विप्रजी के यहाँ काम करना शुरू कर दिया। सवा सेर गेहूँ की बदौलत उम्र-भर के लिए गुलामी की बेड़ी पैरों में डालनी पड़ी। उस अभागे को अब अगर किसी विचार से संतोष होता था तो यह था कि वह मेरे पूर्व-जन्म का संस्कार है। स्त्री को वे काम करने पड़ते थे, जो उसने कभी न किये थे, बच्चे दानों को तरसते थे, लेकिन शंकर चुपचाप देखने के सिवा और कुछ न कर सकता था। वह गेहूँ के दाने किसी देवता के शाप की भाँति यावज्जीवन उसके सिर से न उतरे।

शंकर ने विप्रजी के यहाँ 20 वर्ष तक गुलामी करने के बाद इस दुस्सार संसार से प्रस्थान किया। 120 रु. अभी तक उसके सिर पर सवार थे। पंडितजी ने उस गरीब को ईश्वर के दरबार में कष्ट देना उचित न समझा, इतने अन्यायी, इतने निर्दयी न थे। उसके जवान बेटे की गरदन पकड़ी। आज तक वह विप्रजी के यहाँ काम करता है। उसका उद्धार कब होगा; होगा भी या नहीं, ईश्वर ही जाने।

पाठक! इस वृत्तांत को कपोल-कल्पित न समझिए। यह सत्य घटना है। ऐसे शंकरों और ऐसे विघ्नों से दुनिया खाली नहीं है।

•••

अलग्योझा

भोला महतो ने पहली स्त्री के मर जाने बाद दूसरी सगाई की तो उसके लड़के रग्घू के लिये बुरे दिन आ गये। रग्घू की उम्र उस समय केवल दस वर्ष की थी। चैन से गाँव में गुल्ली-डंडा खेलता फिरता था। माँ के आते ही चक्की में जुतना पड़ा। पन्ना रुपवती स्त्री थी और रुप और गर्व में चोली-दामन का नाता है। वह अपने हाथों से कोई काम न करती। गोबर रग्घू निकालता, बैलों को सानी रग्घू देता। रग्घू ही जूठे बरतन माँजता। भोला की आँखें कुछ ऐसी फिरीं कि उसे अब रग्घू में सब बुराइयाँ-ही - बुराइयाँ नजर आतीं। पन्ना की बातों को वह प्राचीन मर्यादानुसार आँखें बंद करके मान लेता था। रग्घू की शिकायतों की जरा परवाह न करता। नतीजा यह हुआ कि रग्घू ने शिकायत करना ही छोड़ दिया। किसके सामने रोये? बाप ही नहीं, सारा गाँव उसका दुश्मन था। बड़ा जिद्दी लड़का है, पन्ना को तो कुछ समझता ही नहीं; बेचारी उसका दुलार करती है, खिलाती-पिलाती है यह उसी का फल है। दूसरी औरत होती, तो निबाह न होता। वह तो कहो, पन्ना इतनी सीधी-सादी है कि निबाह होता जाता है। सबल की शिकायतें सब सुनते हैं, निर्बल की फरियाद भी कोई नहीं सुनता! रग्घू का हृदय माँ की ओर से दिन-दिन फटता जाता था। यहाँ तक कि आठ साल गुजर गये और एक दिन भोला के नाम भी मृत्यु का संदेश आ पहुँचा।

पन्ना के चार बच्चे थे - तीन बेटे और एक बेटी। इतना बड़ा खर्च और कमानेवाला कोई नहीं। रग्घू अब क्यों बात पूछने लगा? यह मानी हुई बात थी। अपनी स्त्री लाएगा और अलग रहेगा। स्त्री आकर और भी आग लगायेगी। पन्ना को चारों ओर अंधेरा-ही-अंधेरा दिखाई देता था। पर कुछ भी हो, वह रग्घू की औरत बनकर घर में न रहेगी। जिस घर में उसने राज किया, उसमें अब लौंडी न बनेगी। जिस लौंडे को अपना गुलाम समझा, उसका मुँह न ताकेगी। वह सुन्दर थी, अवस्था अभी कुछ ऐसी ज्यादा न थी। जवानी अपनी पूरी बहार पर थी। क्या वह कोई दूसरा घर नहीं कर सकती? यही न होगा, लोग हँसेंगे। बला से! उसकी बिरादरी में क्या ऐसा होता नहीं? ब्राह्मण, ठाकुर थोड़ी ही थी कि नाक कट जाएगी। यह तो उन्हीं ऊँची जातों में होता है कि घर में चाहे जो कुछ करो, बाहर परदा ढका रहे। वह तो संसार को दिखाकर दूसरा घर कर सकती है, फिर वह रग्घू की दबैल बनकर क्यों रहे?

भोला को मरे एक महीना गुजर चुका था। संध्या हो गयी थी। पन्ना इसी चिन्ता में पड़ी हुई थी कि सहसा उसे ख्याल आया, लड़के घर में नहीं हैं। यह बैलों के लौटने की बेला है, कहीं

कोई लड़का उनके नीचे न आ जाय। अब द्वार पर कौन है, जो उनकी देखभाल करेगा? रग्घू को मेरे लड़के फूटी आँखों नहीं भाते। कभी हँसकर नहीं बोलता। घर से बाहर निकली, तो देखा, रग्घू सामने झोपड़े में बैठा ऊख की गँडेरिया बना रहा है, लड़के उसे घेरे खड़े हैं और छोटी लड़की उसकी गर्दन में हाथ डाले उसकी पीठ पर सवार होने की चेष्टा कर रही है। पन्ना को अपनी आँखों पर विश्वास न आया। आज तो यह नयी बात है। शायद दुनिया को दिखाता है कि मैं अपने भाइयों को कितना चाहता हूँ और मन में छुरी रखी हुई है। घात मिले तो जान ही ले ले! काला साँप है, काला साँप! कठोर स्वर में बोली-तुम सबके सब वहाँ क्या करते हो? घर में आओ, साँझ की बेला है, गोरु आते होंगे।

रग्घू ने विनीत नेत्रों से देखकर कहा – मैं तो हूँ ही काकी, डर किस बात का है?

बड़ा लड़का केदार बोला - काकी, रग्घू दादा ने हमारे लिए दो गाड़ियाँ बना दी हैं। यह देख, एक पर हम और खुन्नू बैठेंगे, दूसरी पर लछमन और झुनिया। दादा दोनों गाड़ियाँ खींचेंगे।

यह कहकर वह एक कोने से दो छोटी-छोटी गाड़ियाँ निकाल लाया। चार-चार पहिये लगे थे। बैठने के लिए तख्ते और रोक के लिए दोनों तरफ बाजू थे।

पन्ना ने आश्चर्य से पूछा - ये गाड़ियाँ किसने बनायी?

केदार ने चिढ़कर कहा- रग्घू दादा ने बनायी हैं, और किसने! भगत के घर से बसूला और रुखानी माँग लाए और चटपट बना दी। खूब दौड़ती हैं काकी! बैठ खुन्नू मैं खींचूँ।

खुन्नू गाड़ी में बैठ गया। केदार खींचने लगा। चर-चर शोर हुआ मानो गाड़ी भी इस खेल में लड़कों के साथ शरीक है।

लछमन ने दूसरी गाड़ी में बैठकर कहा- दादा, खींचो।

रग्घू ने झुनिया को भी गाड़ी में बिठा दिया और गाड़ी खींचता हुआ दौड़ा। तीनों लड़के तालियाँ बजाने लगे। पन्ना चकित नेत्रों से यह दृश्य देख रही थी और सोच रही थी कि यह वही रग्घू है या कोई और।

थोड़ी देर के बाद दोनों गाड़ियाँ लौटीं; लड़के घर में जाकर इस यानयात्रा के अनुभव बयान करने लगे। कितने खुश थे सब, मानों हवाई जहाज पर बैठ आये हों।

खुन्नू ने कहा- काकी सब पेड़ दौड़ रहे थे।

लछमन - और बछिया कैसी भागीं, सबकी सब दौड़ीं!

केदार-काकी, रग्घू दादा दोनों गाड़ियाँ एक साथ खींच ले जाते हैं।

झुनिया सबसे छोटी थी। उसकी व्यंजना-शक्ति उछल-कूद और नेत्रों तक परिमित थी- तालियाँ बजा-बजाकर नाच रही थी।

खुन्नू - अब हमारे घर गाय भी आ जाएगी काकी! रग्घू दादा ने गिरधारी से कहा है कि हमें एक गाय ला दो। गिरधारी बोला, कल लाऊँगा।

केदार - तीन सेर दूध देती है काकी! खूब दूध पीयेंगे।

इतने में रग्घू भी अंदर आ गया। पन्ना ने अवहेलना की दृष्टि से देखकर पूछा - क्यों रग्घू तुमने गिरधारी से कोई गाय माँगी है?

रग्घू ने क्षमा-प्रार्थना के भाव से कहा- हाँ, माँगी तो है, कल लावेगा।

पन्ना - रुपये किसके घर से आयेंगे, यह भी सोचा है?

रग्घू - सब सोच लिया है काकी! मेरी यह मुहर नहीं है। इसके पच्चीस रुपये मिल रहे हैं, पाँच रुपये बछिया के मुजरा दे दूँगा! बस, गाय अपनी हो जायगी।

पन्ना सन्नाटे में आ गयी। अब उसका अविश्वासी मन भी रग्घू के प्रेम और सज्जनता को अस्वीकार न कर सका। बोली - मुहर को क्यों बेचे देते हो? गाय की अभी कौन जल्दी है? हाथ में पैसे हो जाएं, तो ले लेना। सूना-सूना गला अच्छा न लगेगा। इतने दिनों गाय नहीं रही, तो क्या लड़के नहीं जिये?

रग्घू दार्शनिक भाव से बोला - बच्चों के खाने-पीने के यही दिन हैं काकी! इस उम्र में न खाया, तो फिर क्या खायेंगे। मुहर पहनना मुझे अच्छा भी नहीं मालूम होता। लोग समझते होंगे कि बाप तो मर गया। इसे मुहर पहनने की सूझी है।

भोला महतो गाय की चिंता ही में चल बसे। न रुपये आये और न गाय मिली। मजबूर थे। रग्घू ने यह समस्या कितनी सुगमता से हल कर दी। आज जीवन में पहली बार पन्ना को रग्घू पर विश्वास आया, बोली - जब गहना ही बेचना है, तो अपनी मुहर क्यों बेचोगे? मेरी हँसुली ले लेना।

रग्घू - नहीं काकी! वह तुम्हारे गले में बहुत अच्छी लगती है। मर्दों को क्या, मुहर पहनें या न पहनें।

पन्ना - चल, मैं बूढ़ी हुई। अब हँसुली पहनकर क्या करना है। तू अभी लड़का है, तेरा गला अच्छा न लगेगा?

रग्घू मुस्कराकर बोला – तुम अभी से कैसे बूढ़ी हो गयी? गाँव में है कौन तुम्हारे बराबर?

रग्घू की सरल आलोचना ने पन्ना को लज्जित कर दिया। उसके रुखे-मुरझाये मुख पर प्रसन्नता की लाली दौड़ गयी।

2

पाँच साल गुजर गये। रग्घू का-सा मेहनती, ईमानदार, बात का धनी दूसरा किसान गाँव में न था। पन्ना की इच्छा के बिना कोई काम न करता। उसकी उम्र अब 23 साल की हो गयी थी। पन्ना बार-बार कहती, भइया, बहू को बिदा करा लाओ। कब तक नैहर में पड़ी रहेगी? सब लोग मुझी को बदनाम करते हैं कि यही बहू को नहीं आने देती, मगर रग्घू टाल देता था। कहता कि अभी जल्दी क्या है? उसे अपनी स्त्री के रंग-ढंग का कुछ परिचय दूसरों से मिल चुका था। ऐसी औरत को घर में लाकर वह अपनी शांति में बाधा नहीं डालना चाहता था।

आखिर एक दिन पन्ना ने जिद करके कहा- तो तुम न लाओगे?

'कह दिया कि अभी कोई जल्दी नहीं।'

'तुम्हारे लिए जल्दी न होगी, मेरे लिए तो जल्दी है। मैं आज आदमी भेजती हूँ।'

'पछताओगी काकी, उसका मिजाज अच्छा नहीं है।'

'तुम्हारी बला से। जब मैं उससे बोलूँगी ही नहीं, तो क्या हवा से लड़ेगी? रोटियाँ तो बना लेगी। मुझसे भीतर-बाहर का सारा काम नहीं होता, मैं आज बुलाये लेती हूँ।'

'बुलाना चाहती हो, बुला लो; मगर फिर यह न कहना कि यह मेहरिया को ठीक नहीं करता, उसका गुलाम हो गया।'

'न कहूँगी, जाकर दो साड़ियाँ और मिठाई ले आ।'

तीसरे दिन मुलिया मैके से आ गयी। दरवाजे पर नगाड़े बजे, शहनाइयों की मधुर ध्वनि आकाश में गूँजने लगी। मुँह-दिखावे की रस्म अदा हुई। वह इस मरुभूमि में निर्मल जलधारा थी। गेहुँआ रंग था, बड़ी-बड़ी नोकीली पलकें, कपोलों पर हल्की सुर्खी, आँखों में प्रबल आकर्षण। रग्घू उसे देखते ही मंत्र-मुग्ध हो गया।

प्रात:काल पानी का घड़ा लेकर चलती, तब उसका गेहुँआ रंग प्रभात की सुनहरी किरणों से कुंदन हो जाता, मानों उषा अपनी सारी सुगंध, सारा विकास और उन्माद लिये मुस्कराती चली जाती हो।

3

मुलिया मैके से ही जली-भुनी आयी थी। मेरा शौहर छाती फाड़कर काम करे, और पन्ना रानी बनी बैठी रहें, उसके लड़के रईसजादे बने घूमें। मुलिया से यह बरदाश्त न होगा। वह

किसी की गुलामी न करेगी। अपने लड़के तो अपने होते ही नहीं, भाई किसके होते हैं? जब तक पर नहीं निकलते हैं, रग्घू को घेरे हुए हैं। ज्यों ही जरा सयाने हुए, पर झाड़कर निकल जायेंगे, बात भी न पूछेंगे।

एक दिन उसने रग्घू से कहा – तुम्हें इस तरह गुलामी करनी हो, तो करो, मुझसे न होगी।

रग्घू – तो फिर क्या करूँ, तू ही बता? लड़के तो अभी घर का काम करने लायक भी नहीं हैं।

मुलिया – लड़के रावत के हैं, कुछ तुम्हारे नहीं हैं। यही पन्ना है, जो तुम्हें दाने-दाने को तरसाती थी। सब सुन चुकी हूँ। मैं लौंडी बनकर न रहूँगी। रुपये-पैसे का मुझे हिसाब नहीं मिलता। न जाने तुम क्या लाते हो और वह क्या करती है। तुम समझते हो, रुपये घर ही में तो हैं: मगर देख लेना, तुम्हें जो एक फूटी कौड़ी भी मिले।

रग्घू – रुपये-पैसे तेरे हाथ में देने लगूँ तो दुनिया क्या कहेगी, यह तो सोच।

मुलिया – दुनिया जो चाहे, कहे। दुनिया के हाथों बिकी नहीं हूँ। देख लेना, भाड़ लीपकर हाथ काला ही रहेगा। फिर तुम अपने भाइयों के लिए मरो, मैं क्यों मरुँ?

रग्घू ने कुछ जवाब न दिया। उसे जिस बात का भय था, वह इतनी जल्द सिर आ पड़ी। अब अगर उसने बहुत तत्थो-थंभो किया, तो साल-छः महीने और काम चलेगा। बस, आगे यह डोंगा चलता नजर नहीं आता। बकरे की माँ कब तक खैर मनायेगी?

एक दिन पन्ना ने महुए का सुखावन डाला। बरसात शुरु हो गयी थी। बखार में अनाज गीला हो रहा था। मुलिया से बोली - बहू, जरा देखती रहना, मैं तालाब से नहा आऊँ?

मुलिया ने लापरवाही से कहा-मुझे नींद आ रही है, तुम बैठकर देखो। एक दिन न नहाओगी तो क्या होगा?

पन्ना ने साड़ी उतारकर रख दी, नहाने न गयी। मुलिया का वार खाली गया।

कई दिन के बाद एक शाम को पन्ना धान रोपकर लौटी, अंधेरा हो गया था। दिन-भर की भूखी थी। आशा थी, बहू ने रोटी बना रखी होगी, मगर देखा तो यहाँ चूल्हा ठंडा पड़ा हुआ था, और बच्चे मारे भूख के तड़प रहे थे। पन्ना ने आहिस्ते से पूछा - आज अभी चूल्हा नहीं जला?

केदार ने कहा – आज दोपहर को भी चूल्हा नहीं जला काकी! भाभी ने कुछ बनाया ही नहीं।

पन्ना – तो तुम लोगों ने खाया क्या?

केदार – कुछ नहीं, रात की रोटियाँ थीं, खुन्नू और लछमन ने खायीं। मैंने सत्तू खा लिया।

पन्ना – और बहू?

केदार – वह पड़ी सो रही है, कुछ नहीं खाया।

पन्ना ने उसी वक्त चूल्हा जलाया और खाना बनाने बैठ गयी। आटा गूँथती थी और रोती थी। क्या नसीब है? दिन-भर खेत में जली, घर आयी तो चूल्हे के सामने जलना पड़ा।

केदार का चौदहवाँ साल था। भाभी के रंग-ढंग देखकर सारी स्थित समझ रहा था। बोला– काकी, भाभी अब तुम्हारे साथ रहना नहीं चाहती।

पन्ना ने चौंककर पूछा – क्या कुछ कहती थी?

केदार – कहती कुछ नहीं थी मगर है उसके मन में यही बात। फिर तुम क्यों नहीं उसे छोड़ देतीं? जैसे चाहे रहे, हमारा भी भगवान है।

पन्ना ने दाँतों से जीभ दबाकर कहा – चुप, मेरे सामने ऐसी बात भूलकर भी न कहना। रग्घू तुम्हारा भाई नहीं, तुम्हारा बाप है। मुलिया से कभी बोलोगे तो समझ लेना, जहर खा लूँगी।

4

दशहरे का त्योहार आया। इस गाँव से कोस-भर एक पुरवे में मेला लगता था। गाँव के सब लड़के मेला देखने चले। पन्ना भी लड़कों के साथ चलने को तैयार हुई; मगर पैसे कहाँ से आयें? कुंजी तो मुलिया के पास थी।

रग्घू ने आकर मुलिया से कहा – लड़के मेले जा रहे हैं, सबों को दो-दो पैसे दे दो।

मुलिया ने त्योरियाँ चढ़ाकर कहा – पैसे घर में नहीं हैं।

रग्घू – अभी तो तेलहन बिका था, क्या इतनी जल्दी रुपये उठ गये?

मुलिया – हाँ, उठ गये?

रग्घू – कहाँ उठ गये? जरा सुनूँ, आज त्योहार के दिन लड़के मेला देखने न जायेंगे?

मुलिया – अपनी काकी से कहो, पैसे निकालें, गाड़कर क्या करेंगी?

खूँटी पर कुंजी लटक रही थी। रग्घू ने कुंजी उतारी और चाहा कि संदूक खोले कि मुलिया ने उसका हाथ पकड़ लिया और बोली – कुंजी मुझे दे दो, नहीं तो ठीक न होगा। खाने - पहनने को भी चाहिए, कागज-किताब को भी चाहिए, उस पर मेला देखने को भी चाहिए। हमारी कमाई इसलिए नहीं है कि दूसरे खायें और मूँछों पर ताव दें।

पन्ना ने रग्घू से कहा – भैया, पैसे क्या होंगे! लड़के मेला देखने न जायेंगे?

रग्घू ने झिड़ककर कहा – मेला देखने क्यों न जायेंगे? सारा गाँव जा रहा है। हमारे ही लड़के न जायेंगे?

यह कहकर रग्घू ने अपना हाथ छुड़ा लिया और पैसे निकालकर लड़कों को दे दिये; मगर कुंजी जब मुलिया को देने लगा, तब उसने उसे आँगन में फेंक दिया और मुँह लपेटकर लेट गयी! लड़के मेला देखने न गये।

इसके बाद दो दिन गुजर गये। मुलिया ने कुछ नहीं खाया और पन्ना भी भूखी रही। रग्घू कभी इसे मनाता, कभी उसे;पर न यह उठती, न वह। आखिर रग्घू ने हैरान होकर मुलिया से पूछा – कुछ मुँह से तो कह, चाहती क्या है?

मुलिया ने धरती को सम्बोधित करके कहा – मैं कुछ नहीं चाहती, मुझे मेरे घर पहुँचा दो।

रग्घू – अच्छा उठ, बना-खा। पहुँचा दूँगा।

मुलिया ने रग्घू की ओर आँखें उठायी। रग्घू उसकी सूरत देखकर डर गया। वह माधुर्य, वह मोहकता, वह लावण्य गायब हो गया था। दाँत निकल आये थे, आँखें फट गयी थीं और नथुने फड़क रहे थे। अंगारे की-सी लाल आँखों से देखकर बोली – अच्छा, तो काकी ने यह सलाह दी है, यह मंत्र पढ़ाया है? तो यहाँ ऐसी कच्ची नहीं हूँ। तुम दोनों की छाती पर मूँग दलूँगी। हो किस फेर में?

रग्घू – अच्छा, तो मूँग ही दल लेना। कुछ खा-पी लेगी, तभी तो मूँग दल सकेगी।

मुलिया – अब तो तभी मुँह में पानी डालूँगी, जब घर अलग हो जायगा। बहुत झेल चुकी, अब नहीं झेला जाता।

रग्घू सन्नाटे में आ गया। एक मिनट तक उसके मुँह से आवाज ही न निकली। अलग होने की उसने स्वप्न में भी कल्पना न की थी। उसने गाँव में दो-चार परिवारों को अलग होते देखा था। वह खूब जानता था, रोटी के साथ लोगों के हृदय भी अलग हो जाते हैं। अपने हमेशा के लिए गैर हो जाते हैं। फिर उनमें वही नाता रह जाता है, जो गाँव के और आदमियों में। रग्घू ने मन में ठान लिया था कि इस विपत्ति को घर में न आने दूँगा; मगर होनहार के सामने उसकी एक न चली। आह! मेरे मुँह में कालिख लगेगी, दुनिया यही कहेगी कि बाप के मर जाने पर दस साल भी एक में निबाह न हो सका। फिर किससे अलग हो जाऊँ? जिनको गोद में खिलाया, जिनको बच्चों की तरह पाला, जिनके लिए तरह-तरह के कष्ट झेले, उन्हीं से अलग हो जाऊँ? अपने प्यारों को घर से निकाल बाहर करूँ? उसका गला फँस गया। काँपते हुए स्वर में बोला – तू क्या चाहती है कि मैं अपने भाइयों से अलग हो जाऊँ? भला सोच तो, कहीं मुँह दिखाने लायक रहूँगा?

मुलिया – तो मेरा इन लोगों के साथ निबाह न होगा।

रग्घू – तो तू अलग हो जा। मुझे अपने साथ क्यों घसीटती है?

मुलिया – तो मुझे क्या तुम्हारे घर में मिठाई मिलती है? मेरे लिए क्या संसार में जगह नहीं है?

रग्घू – तेरी जैसी मर्जी, जहाँ चाहे रह। मैं अपने घर वालों से अलग नहीं हो सकता। जिस दिन इस घर में दो चूल्हे जलेंगे, उस दिन मेरे कलेजे के दो टुकड़े हो जाएंगे। मैं यह चोट नहीं सह सकता। तुझे जो तकलीफ हो, वह मैं दूर कर सकता हूँ। माल-असबाब की मालकिन तू है ही, अनाज - पानी तेरे ही हाथ है, अब रह क्या गया है? अगर कुछ काम-धंधा करना नहीं चाहती, मत कर। भगवान ने मुझे समाई दी होती, तो मैं तुझे तिनका तक उठाने न देता। तेरे यह सुकुमार हाथ-पाँव मेहनत-मजदूरी करने के लिए बनाये ही नहीं गये हैं; मगर क्या करूँ, अपना कुछ बस ही नहीं है। फिर भी तेरा जी कोई काम करने को न चाहे, मत कर; मगर मुझसे अलग होने को न कह, तेरे पैरों पड़ता हूँ।

मुलिया ने सिर से आँचल खिसकाया और जरा समीप आकर बोली – मैं काम करने से नहीं डरती, न बैठे-बैठे खाना चाहती हूँ; मगर मुझसे किसी की धौंस नहीं सही जाती। तुम्हारी ही काकी घर का काम-काज करती हैं, तो अपने लिए करती हैं, अपने बाल-बच्चों के लिए करती हैं। मुझ पर कुछ एहसान नहीं करतीं, फिर मुझ पर धौंस क्यों जमाती हैं? उन्हें अपने बच्चे प्यारे होंगे, मुझे तो तुम्हारा आसरा है। मैं अपनी आँखों से यह नहीं देख सकती कि सारा घर तो चैन करे, जरा-जरा-से बच्चे तो दूध पीयें, और जिसके बल-बूते पर गृहस्थी बनी हुई है, वह मट्ठे को तरसे। कोई उसका पूछनेवाला न हो। जरा अपना मुँह तो देखो, कैसी सूरत निकल आयी है। औरों के तो चार बरस में अपने पट्ठे तैयार हो जायेंगे। तुम तो दस साल में खाट पर पड़ जाओगे। बैठ जाओ, खड़े क्यों हो? क्या मारकर भागोगे? मैं तुम्हें जबरदस्ती न बाँध लूँगी, या मालकिन का हुक्म नहीं है? सच कहूँ, तुम बड़े कठ-कलेजी हो। मैं जानती, ऐसे निर्मोहिए से पाला पड़ेगा, तो इस घर में भूल से न आती। आती भी तो मन न लगाती, मगर अब तो मन तुमसे लग गया। घर भी जाऊँ, तो मन यहाँ ही रहेगा और तुम जो हो, मेरी बात नहीं पूछते।

मुलिया की ये रसीली बातें रग्घू पर कोई असर न डाल सकीं। वह उसी रुखाई से बोला – मुलिया, मुझसे यह न होगा। अलग होने का ध्यान करते ही मेरा मन न जाने कैसा हो जाता है। यह चोट मुझ से न सही जाएगी।

मुलिया ने परिहास करके कहा – तो चूड़ियाँ पहनकर अन्दर बैठो न! लाओ मैं मूँछें लगा लूँ। मैं तो समझती थी कि तुममें भी कुछ कस-बल है। अब देखती हूँ, तो निरे मिट्टी के लोंदे हो।

पन्ना दालान में खड़ी दोनों की बातचीत सुन रही थी। अब उससे न रहा गया। सामने आकर रग्घू से बोली – जब वह अलग होने पर तुली हुई है, फिर तुम क्यों उसे जबरदस्ती मिलाये रखना चाहते हो? तुम उसे लेकर रहो, हमारे भगवान मालिक हैं।जब महतो मर गये

थे,और कहीं पत्ती की भी छाँह न थी, जब उस वक्त भगवान ने निबाह दिया, तो अब क्या डर? अब तो भगवान की दया से तीनों लड़के सयाने हो गये हैं, अब कोई चिन्ता नहीं।

रग्घू ने आँसू-भरी आँखों से पन्ना को देखकर कहा – काकी, तू भी पागल हो गयी है क्या? जानती नहीं, दो रोटियाँ होते ही दो मन हो जाते हैं।

पन्ना – जब वह मानती ही नहीं, तब तुम क्या करोगे? भगवान की मरजी होगी, तो कोई क्या करेगा? परालब्ध में जितने दिन एक साथ रहना लिखा था, उतने दिन रहे। अब उसकी यही मरजी है, तो यही सही। तुमने मेरे बाल-बच्चों के लिए जो कुछ किया, वह भूल नहीं सकती। तुमने इनके सिर हाथ न रखा होता, तो आज इनकी न जाने क्या गति होती, न जाने किसके द्वार पर ठोकरें खाते होते, न जाने कहाँ-कहाँ भीख माँगते फिरते। तुम्हारा जस मरते दम तक गाऊँगी। अगर मेरी खाल तुम्हारे जूते बनाने के काम आये, तो खुशी से दे दूँ। चाहे तुमसे अलग हो जाऊँ, पर जिस घड़ी पुकारोगे, कुत्ते की तरह दौड़ी आऊँगी। यह भूलकर भी न सोचना कि तुमसे अलग होकर मैं तुम्हारा बुरा चेतूँगी। जिस दिन तुम्हारा अनभल मेरे मन में आएगा, उसी दिन विष खाकर मर जाऊँगी। भगवान करे, तुम दूधों नहाओं, पूतों फलों! मरते दम तक यही असीस मेरे रोएँ-रोएँ से निकलती रहेगी और अगर लड़के भी अपने बाप के हैं। तो मरते दम तक तुम्हारा पोस मानेंगे।

यह कहकर पन्ना रोती हुई वहाँ से चली गयी। रग्घू वहीं मूर्ति की तरह बैठा रहा। आसमान की ओर टकटकी लगी थी और आँखों से आँसू बह रहे थे।

5

पन्ना की बातें सुनकर मुलिया समझ गयी कि अपने पौ बारह हैं। चटपट उठी, घर में झाड़ू लगायी, चूल्हा जलाया और कुएँ से पानी लाने चली। उसकी टेक पूरी हो गयी थी।

गाँव में स्त्रियों के दो दल होते हैं – एक बहुओं का, दूसरा सासों का! बहुएँ सलाह और सहानुभूति के लिए अपने दल में जाती हैं, सासें अपने में। दोनों की पंचायतें अलग होती हैं। मुलिया को कुएँ पर दो-तीन बहुएँ मिल गईं। एक ने पूछा – आज तो तुम्हारी बुढ़िया बहुत रो-धो रही थी।

मुलिया ने विजय के गर्व से कहा – इतने दिनों से घर की मालकिन बनी हुई हैं, राज-पाट छोड़ते किसे अच्छा लगता है? बहन, मैं उनका बुरा नहीं चाहती: लेकिन एक आदमी की कमाई में कहाँ तक बरकत होगी। मेरे भी तो यही खाने-पीने, पहनने-ओढ़ने के दिन हैं। अभी उनके पीछे मरो, फिर बाल-बच्चे हो जाएं, उनके पीछे मरो। सारी जिन्दगी रोते ही कट जाए।

एक बहू - बुढ़िया यही चाहती है कि यह सब जन्म-भर लौंडी बनी रहें। मोटा-झोटा खाएँ और पड़ी रहें।

दूसरी बहू – किस भरोसे पर कोई मरे – अपने लड़के तो बात नहीं पूछें पराये लड़कों का क्या भरोसा? कल इनके हाथ-पैर हो जायेंगे, फिर कौन पूछता है! अपनी-अपनी मेहरियों का मुँह देखेंगे। पहले ही से फटकार देना अच्छा है, फिर तो कोई कलंक न होगा।

मुलिया पानी लेकर गयी, खाना बनाया और रग्घू से बोली – जाओ, नहा आओ, रोटी तैयार है।

रग्घू ने मानों सुना ही नहीं। सिर पर हाथ रखकर द्वार की तरफ ताकता रहा।

मुलिया – क्या कहती हूँ, कुछ सुनाई देता है, रोटी तैयार है, जाओ नहा आओ।

रग्घू – सुन तो रहा हूँ, क्या बहरा हूँ? रोटी तैयार है तो जाकर खा ले। मुझे भूख नहीं है।

मुलिया ने फिर नहीं कहा। जाकर चूल्हा बुझा दिया, रोटियाँ उठाकर छींके पर रख दीं और मुँह ढाँककर लेट रही।

जरा देर में पन्ना आकर बोली – खाना तैयार है, नहा-धोकर खा लो! बहू भी भूखी होगी।

रग्घू ने झुँझलाकर कहा – काकी तू घर में रहने देगी कि मुँह में कालिख लगाकर कहीं निकल जाऊँ? खाना तो खाना ही है, आज न खाऊँगा, कल खाऊँगा, लेकिन अभी मुझसे न खाया जाएगा। केदार क्या अभी मदरसे से नहीं आया?

पन्ना – अभी तो नहीं आया, आता ही होगा।

पन्ना समझ गयी कि जब तक वह खाना बनाकर लड़कों को न खिलायेगी और खुद न खायेगी रग्घू न खायेगा। इतना ही नहीं, उसे रग्घू से लड़ाई करनी पड़ेगी, उसे जली-कटी सुनानी पड़ेगी। उसे यह दिखाना पड़ेगा कि मैं ही उससे अलग होना चाहती हूँ नहीं तो वह इसी चिन्ता में घुल - घुलकर प्राण दे देगा। यह सोचकर उसने अलग चूल्हा जलाया और खाना बनाने लगी। इतने में केदार और खुन्नू मदरसे से आ गये। पन्ना ने कहा – आओ बेटा, खा लो, रोटी तैयार है।

केदार ने पूछा – भैया को भी बुला लूँ न?

पन्ना – तुम आकर खा लो। उसकी रोटी बहू ने अलग बनायी है।

खुन्नू – जाकर भैया से पूछ न आऊँ?

पन्ना – जब उनका जी चाहेगा, खायेंगे। तू बैठकर खा, तुझे इन बातों से क्या मतलब? जिसका जी चाहेगा खायेगा, जिसका जी न चाहेगा, न खायेगा। जब वह और उसकी बीवी अलग रहने पर तुले हैं, तो कौन मनाये?

केदार – तो क्यों अम्माजी, क्या हम अलग घर में रहेंगे?

पन्ना – उनका जी चाहे, एक घर में रहें, जी चाहे आँगन में दीवार डाल लें।

खुन्नू ने दरवाजे पर आकर झाँका, सामने फूस की झोपड़ी थी, वहीं खाट पर पड़ा रग्घू नारियल पी रहा था।

खुन्नू – भैया तो अभी नारियल लिये बैठे हैं।

पन्ना – जब जी चाहेगा, खायेंगे।

केदार – भैया ने भाभी को डाँटा नहीं?

मुलिया अपनी कोठरी में पड़ी सुन रही थी। बाहर आकर बोली – भैया ने तो नहीं डाँटा अब तुम आकर डाँटों।

केदार के चेहरे का रंग उड़ गया। फिर जबान न खोली। तीनों लड़कों ने खाना खाया और बाहर निकले। लू चलने लगी थी। आम के बाग में गाँव के लड़के-लड़कियाँ हवा से गिरे हुए आम चुन रहे थे। केदार ने कहा – आज हम भी आम चुनने चलें, खूब आम गिर रहे हैं।

खुन्नू – दादा जो बैठे हैं?

लछमन – मैं न जाऊँगा, दादा घुड़केंगे।

केदार – वह तो अब अलग हो गये।

लक्षमन – तो अब हमको कोई मारेगा, तब भी दादा न बोलेंगे?

केदार – वाह, तब क्यों न बोलेंगे?

रग्घू ने तीनों लड़कों को दरवाजे पर खड़े देखा, पर कुछ बोला नहीं। पहले तो वह घर के बाहर निकलते ही उन्हें डाँट बैठता था, पर आज वह मूर्ति के समान निश्चल बैठा रहा। अब लड़कों को कुछ साहस हुआ। कुछ दूर और आगे बढ़े। रग्घू अब भी न बोला, कैसे बोले? वह सोच रहा था, काकी ने लड़कों को खिला-पिला दिया, मुझसे पूछा तक नहीं। क्या उसकी आँखों पर भी परदा पड़ गया है; अगर मैंने लड़कों को पुकारा और वह न आयें तो? मैं उनको मार-पीट तो न सकूँगा। लू में सब मारे-मारे फिरेंगे। कहीं बीमार न पड़ जायें। उसका दिल मसोसकर रह जाता था, लेकिन मुँह से कुछ कह न सकता था। लड़कों ने देखा कि यह बिलकुल नहीं बोलते, तो निर्भय होकर चल पड़े।

सहसा मुलिया ने आकर कहा – अब तो उठोगे कि अब भी नहीं? जिनके नाम पर फाका कर रहे हो, उन्होंने मजे से लड़कों को खिलाया और आप खाया, अब आराम से सो रही हैं। 'मोर पिया बात न पूछें, मोर सुहागिन नाँव।' एक बार भी तो मुँह से न फूटा कि चलो भैया, खा लो।

रग्घू को इस समय मर्मान्तक पीड़ा हो रही थी। मुलिया के इन कठोर शब्दों ने घाव पर नमक छिड़क दिया। दु:खित नेत्रों से देखकर बोला – तेरी जो मर्जी थी, वही तो हुआ। अब जा, ढोल बजा!

मुलिया – नहीं, तुम्हारे लिए थाली परोसे बैठी हैं।

रग्घू – मुझे चिढ़ा मत। तेरे पीछे मैं भी बदनाम हो रहा हूँ। जब तू किसी की होकर नहीं रहना चाहती, तो दूसरे को क्या गरज है, जो तेरी खुशामद करे? जाकर काकी से पूछ, लड़के आम चुनने गये हैं, उन्हें पकड़ लाऊँ?

मुलिया अँगूठा दिखाकर बोली – यह जाता है। तुम्हें सौ बार गरज हो, जाकर पूछो।

इतने में पन्ना भी भीतर से निकल आयी। रग्घू ने पूछा – लड़के बगीचे में चले गये काकी, लू चल रही है।

पन्ना – अब उनका कौन पुछत्तर है? बगीचे में जाएं, पेड़ पर चढ़ें, पानी में डूबें। मैं अकेली क्या - क्या करुँ?

रग्घू – जाकर पकड़ लाऊँ?

पन्ना – जब तुम्हें अपने मन से नहीं जाना है, तो फिर मैं जाने को क्यों कहूँ? तुम्हें रोकना होता, तो रोक न देते? तुम्हारे सामने ही तो गये होंगे?

पन्ना की बात पूरी भी न हुई थी कि रग्घू ने नारियल कोने में रख दिया और बाग की तरफ चला।

6

रग्घू लड़कों को लेकर बाग से लौटा, तो देखा मुलिया अभी तक झोंपड़े में खड़ी है। बोला– तू जाकर खा क्यों नहीं लेती? मुझे तो इस बेला भूख नहीं है।

मुलिया ऐंठकर बोली – हाँ, भूख क्यों लगेगी! भाइयों ने खाया, वह तुम्हारे पेट में पहुँच ही गया होगा।

रग्घू ने दाँत पीसकर कहा – मुझे जला मत मुलिया, नहीं अच्छा न होगा। खाना कहीं भागा नहीं जाता। एक बेला न खाऊँगा, तो मर न जाउँगा! क्या तू समझती है, घर में आज कोई छोटी बात हो गयी है? तूने घर में चूल्हा नहीं जलाया, मेरे कलेजे में आग लगाई है। मुझे घमंड था कि और चाहे कुछ हो जाए, पर मेरे घर में फूट का रोग न आने पाएगा, पर तूने मेरा घमंड चूर कर दिया। परालब्ध की बात है।

मुलिया तिनककर बोली – सारा मोह-छोह तुम्हीं को है कि और किसी को है? मैं तो किसी को तुम्हारी तरह बिसूरते नहीं देखती।

रग्घू ने ठंडी साँस खींचकर कहा – मुलिया, घाव पर नोन न छिड़क। तेरे ही कारन मेरी पीठ में धूल लग रही है। मुझे इस गृहस्थी का मोह न होगा, तो किसे होगा? मैंने ही तो इसे मर-मर जोड़ा। जिनको गोद में खिलाया, वहीं अब मेरे पट्टीदार होंगे। जिन बच्चों को मैं डाँटता था, उन्हें आज कड़ी आँखों से भी नहीं देख सकता। मैं उनके भले के लिए भी कोई बात करूँ, तो दुनिया यही कहेगी कि यह अपने भाइयों को लूटे लेता है। जा मुझे छोड़ दे, अभी मुझसे कुछ न खाया जायगा।

मुलिया – मैं कसम रखा दूँगी, नहीं चुपके से चले चलो।

रग्घू – देख, अब भी कुछ नहीं बिगड़ा है। अपना हठ छोड़ दे।

मुलिया – हमारा ही लहू पिये, जो खाने न उठे।

रग्घू ने कानों पर हाथ रखकर कहा – यह तूने क्या किया मुलिया? मैं तो उठ ही रहा था। चल खा लूँ। नहाने-धोने कौन जाए, लेकिन इतना कहे देता हूँ कि चाहे चार की जगह छः रोटियाँ खा जाऊँ, चाहे तू मुझे घी के मटके ही में डुबा दे, पर यह दाग मेरे दिल से न मिटेगा।

मुलिया – दाग-साग सब मिट जाएगा। पहले सबको ऐसा ही लगता है। देखते नहीं हो, उधर कैसी चैन की वंशी बज रही है, वह तो मना ही रही थीं कि किसी तरह यह सब अलग हो जायें। अब वह पहले की-सी चाँदी तो नहीं है कि जो कुछ घर में आवे, सब गायब! अब क्यों हमारे साथ रहने लगीं?

रग्घू ने आहत स्वर में कहा – इसी बात का तो मुझे गम है। काकी से मुझे ऐसी आशा न थी।

रग्घू खाने बैठा, तो कौर विष के घूँट-सा लगता था। जान पड़ता था, रोटियाँ भूसी की हैं। दाल पानी-सी लगती। पानी कंठ के नीचे न उतरता था, दूध की तरफ देखा तक नहीं। दो-चार ग्रास खाकर उठ आया, जैसे किसी प्रियजन के श्राद्ध का भोजन हो।

रात का भोजन भी उसने इसी तरह किया। भोजन क्या किया, कसम पूरी की। रात-भर उसका चित्त उद्विग्न रहा। एक अज्ञात शंका उसके मन पर छायी हुई थी, जैसे भोला महतो द्वार पर बैठा रो रहा हो। वह कई बार चौंककर उठा। ऐसा जान पड़ा, भोला उसकी ओर तिरस्कार की आँखों से देख रहा है।

वह दोनों जून भोजन करता था, पर जैसे शत्रु के घर। भोला की शोकमग्न मूर्ति आँखों से न उतरती थी। रात को उसे नींद न आती। वह गाँव में निकलता, तो इस तरह मुँह चुराये, सिर झुकाए मानो गो-हत्या की हो।

7

पाँच साल गुजर गये। रग्घू अब दो लड़कों का बाप था। आँगन में दीवार खिंच गयी थी, खेतों में मेड़ें डाल दी गयी थीं और बैल-बछिए बाँट लिये गये थे। केदार की उम्र अब उन्नीस की हो गयी थी। उसने पढ़ना छोड़ दिया था और खेती का काम करता था। खुन्नू गाय चराता था। केवल लछमन अब तक मदरसे जाता था। पन्ना और मुलिया दोनों एक-दूसरे की सूरत से जलती थीं। मुलिया के दोनों लड़के बहुधा पन्ना ही के पास रहते। वहीं उन्हें उबटन मलती, वही काजल लगाती, वही गोद में लिये फिरती, मगर मुलिया के मुँह से अनुग्रह का एक शब्द भी न निकलता। न पन्ना ही इसकी इच्छुक थी। वह जो कुछ करती निर्व्याज भाव से करती थी। उसके दो-दो लड़के अब कमाऊ हो गये थे। लड़की खाना पका लेती थी। वह खुद ऊपर का काम-काज कर लेती। इसके विरुद्ध रग्घू अपने घर का अकेला था, वह भी दुर्बल, अशक्त और जवानी में बूढ़ा। अभी आयु तीस वर्ष से अधिक न थी, लेकिन बाल खिचड़ी हो गये थे। कमर भी झुक चली थी। खाँसी ने जीर्ण कर रखा था। देखकर दया आती थी। और खेती पसीने की वस्तु है। खेती की जैसी सेवा होनी चाहिए, वह उससे न हो पाती। फिर अच्छी फसल कहाँ से आती? कुछ ऋण भी हो गया था। वह चिंता और भी मारे डालती थी। चाहिए तो यह था कि अब उसे कुछ आराम मिलता। इतने दिनों के निरन्तर परिश्रम के बाद सिर का बोझ कुछ हल्का होता, लेकिन मुलिया की स्वार्थपरता और अदूरदर्शिता ने लहराती हुई खेती उजाड़ दी। अगर सब एक साथ रहते, तो वह अब तक पेन्शन पा जाता, मजे में द्वार पर बैठा हुआ नारियल पीता। भाई काम करते, वह सलाह देता। महतो बना फिरता। कहीं किसी के झगड़े चुकाता, कहीं साधु-संतों की सेवा करता। वह अवसर हाथ से निकल गया। अब तो चिंताभार दिन-दिन बढ़ता जाता था।

आखिर उसे धीमा-धीमा ज्वर रहने लगा। हृदय-शूल, चिंता, कड़ा परिश्रम और अभाव का यही पुरस्कार है। पहले कुछ परवाह न की। समझा आप ही आप अच्छा हो जायगा, मगर कमजोरी बढ़ने लगी, तो दवा की फिक्र हुई। जिसने जो बता दिया, खा लिया, डाक्टरों और वैद्यों के पास जाने की सामर्थ्य कहाँ? और सामर्थ्य भी होती, तो रुपये खर्च कर देने के सिवा और नतीजा ही क्या था? जीर्ण ज्वर की औषधि आराम और पुष्टिकारक भोजन है। न वह बसंत-मालती का सेवन कर सकता था और न आराम से बैठकर बलवर्धक भोजन कर सकता था। कमजोरी बढ़ती ही गयी।

पन्ना को अवसर मिलता, तो वह आकर उसे तसल्ली देती;लेकिन उसके लड़के अब रग्घू से बात भी न करते थे। दवा-दारु तो क्या करते, उसका और मजाक उड़ाते। भैया समझते थे

कि हम लोगों से अलग होकर सोने और ईंट रख लेंगे। भाभी भी समझती थीं, सोने से लद जाऊँगी। अब देखें कौन पूछता है? सिसक-सिसककर न मरें तो कह देना। बहुत 'हाय! हाय!' भी अच्छी नहीं होती। आदमी उतना काम करे, जितना हो सके। यह नहीं कि रुपये के लिए जान दे दे।

पन्ना कहती – रग्घू बेचारे का कौन दोष है?

केदार कहता – चल, मैं खूब समझता हूँ। भैया की जगह मैं होता, तो डंडे से बात करता। मजाक थी कि औरत यों जिद करती। यह सब भैया की चाल थी। सब सधी-बधी बात थी।

आखिर एक दिन रग्घू का टिमटिमाता हुआ जीवन-दीपक बुझ गया। मौत ने सारी चिन्ताओं का अंत कर दिया।

अंत समय उसने केदार को बुलाया था, पर केदार को ऊख में पानी देना था। डरा, कहीं दवा के लिए न भेज दें। बहाना बना दिया।

8

मुलिया का जीवन अंधकारमय हो गया। जिस भूमि पर उसने मनसूबों की दीवार खड़ी की थी, वह नीचे से खिसक गयी थी। जिस खूँटें के बल पर वह उछल रही थी, वह उखड़ गया था। गाँववालों ने कहना शुरु किया, ईश्वर ने कैसा तत्काल दंड दिया। बेचारी मारे लाज के अपने दोनों बच्चों को लिये रोया करती। गाँव में किसी को मुँह दिखाने का साहस न होता। प्रत्येक प्राणी उससे यह कहता हुआ मालूम होता था – 'मारे घमण्ड के धरती पर पाँव न रखती थी: आखिर सजा मिल गयी कि नहीं!' अब इस घर में कैसे निर्वाह होगा? वह किसके सहारे रहेगी? किसके बल पर खेती होगी? बेचारा रग्घू बीमार था। दुर्बल था, पर जब तक जीता रहा, अपना काम करता रहा। मारे कमजोरी के कभी-कभी सिर पकड़कर बैठ जाता और जरा दम लेकर फिर हाथ चलाने लगता था। सारी खेती तहस-नहस हो रही थी, उसे कौन संभालेगा? अनाज की डाँठें खलिहान में पड़ी थीं, ऊख अलग सूख रही थी। वह अकेली क्या-क्या करेगी? फिर सिंचाई अकेले आदमी का तो काम नहीं। तीन-तीन मजदूरों को कहाँ से लाए! गाँव में मजदूर थे ही कितने। आदमियों के लिये खींचा-तानी हो रही थी। क्या करे, क्या न करे।

इस तरह तेरह दिन बीत गये। क्रिया-कर्म से छुट्टी मिली। दूसरे ही दिन सवेरे मुलिया ने दोनों बालकों को गोद में उठाया और अनाज माँड़ने चली। खलिहान में पहुँचकर उसने एक को तो पेड़ के नीचे घास के नर्म बिस्तर पर सुला दिया और दूसरे को वहीं बैठाकर अनाज माँड़ने लगी। बैलों को हाँकती थी और रोती थी। क्या इसीलिए भगवान ने उसको

जन्म दिया था? देखते-देखते क्या से क्या हो गया? इन्हीं दिनों पिछले साल भी अनाज माँड़ा गया था। वह रग्घू के लिए लोटे में शरबत और मटर की घुँघनी लेकर आयी थी। आज कोई उसके न आगे है, न पीछे,लेकिन किसी की लौंडी तो नहीं हूँ! उसे अलग होने का अब भी पछतावा न था।

एकाएक छोटे बच्चे का रोना सुनकर उसने उधर ताका, तो बड़ा लड़का उसे चुमकारकर कह रहा था – बैया तुप रहो, तुप रहो। धीरे-धीरे उसके मुँह पर हाथ फेरता था और चुप कराने के लिए विकल था। जब बच्चा किसी तरह न चुप न हुआ तो वह खुद उसके पास लेट गया और उसे छाती से लगाकर प्यार करने लगा; मगर जब यह प्रयत्न भी सफल न हुआ, तो वह रोने लगा।

उसी समय पन्ना दौड़ी आयी और छोटे बालक को गोद में उठाकर प्यार करती हुई बोली – लड़कों को मुझे क्यों न दे आयी बहू? हाय! हाय! बेचारा धरती पर पड़ा लोट रहा है। जब मैं मर जाऊँ तो जो चाहे करना, अभी तो जीती हूँ, अलग हो जाने से बच्चे तो नहीं अलग हो गये।

मुलिया ने कहा – तुम्हें भी तो छुट्टी नहीं थी अम्माँ, क्या करती?

पन्ना – तो तुझे यहाँ आने की ऐसी क्या जल्दी थी? डाँठ माँड़ न जाती। तीन-तीन लड़के तो हैं, और किस दिन काम आएँगे? केदार तो कल ही माँड़ने को कह रहा था; पर मैंने कहा, पहले ऊख में पानी दे लो, फिर आज माँड़ना, मँड़ाई तो दस दिन बाद भी हो सकती है, ऊख की सिंचाई न हुई तो सूख जाएगी। कल से पानी चढ़ा हुआ है, परसों तक खेत पुर जायगा। तब मँड़ाई हो जाएगी। तुझे विश्वास न आएगा, जब से भैया मरे हैं, केदार को बड़ी चिंता हो गयी है। दिन में सौ-सौ बार पूछता है, भाभी बहुत रोती तो नहीं हैं? देख, लड़के भूखे तो नहीं हैं। कोई लड़का रोता है, तो दौड़ा आता है, देख अम्माँ, क्या हुआ, बच्चा क्यों रोता है? कल रोकर बोला – अम्माँ, मैं जानता कि भैया इतनी जल्दी चले जाएंगे, तो उनकी कुछ सेवा कर लेता। कहाँ जगाये-जगाये उठता था, अब देखती हो, पहर रात से उठकर काम में लग जाता है। खुन्नू कल जरा-सा बोला, पहले हम अपनी ऊख में पानी दे लेंगे, तब भैया की ऊख में देंगे। इस पर केदार ने ऐसा डाँटा कि खुन्नू के मुँह से फिर बात न निकली। बोला, कैसी तुम्हारी और कैसी हमारी ऊख? भैया ने जिला न लिया होता, तो आज या तो मर गये होते या कहीं भीख माँगते होते। आज तुम बड़े ऊखवाले बने हो! यह उन्हीं का पुन - परताप है कि आज भले आदमी बने बैठे हो। परसों रोटी खाने को बुलाने गयी, तो मँड़ैया में बैठा रो रहा था। पूछा, क्यों रोता है? तो बोला, अम्माँ, भैया इसी 'अलग्योझा के दुख से मर गये, नहीं अभी उनकी उमिर ही क्या थी! यह उस वक्त न सूझा, नहीं उनसे क्यों बिगाड़ करते?

यह कहकर पन्ना ने मुलिया की ओर संकेतपूर्ण दृष्टि से देखकर कहा – तुम्हें वह अलग न रहने देगा बहू, कहता है, भैया हमारे लिए मर गये तो हम भी उनके बाल-बच्चों के लिए मर जायेंगे।

मुलिया की आँखों से आँसू जारी थे। पन्ना की बातों में आज सच्ची वेदना, सच्ची सान्त्वना, सच्ची चिन्ता भरी हुई थी। मुलिया का मन कभी उसकी ओर इतना आकर्षित न हुआ था। जिनसे उसे व्यंग्य और प्रतिकार का भय था, वे इतने दयालु, इतने शुभेच्छु हो गये थे।

आज पहली बार उसे अपनी स्वार्थपरता पर लज्जा आयी। पहली बार आत्मा ने अलग्योझे पर धिक्कारा।

9

इस घटना को हुए पाँच साल गुजर गये। पन्ना आज बूढ़ी हो गयी है। केदार घर का मालिक है। मुलिया घर की मालकिन है। खुन्नू और लछमन के विवाह हो चुके हैं; मगर केदार अभी तक क्वाँरा है। कहता है – मैं विवाह न करुँगा। कई जगहों से बातचीत हुई, कई सगाइयाँ आयीं: पर उसने हामी न भरी। पन्ना ने कम्पे लगाये, जाल फैलाये, पर वह न फँसा। कहता – औरतों से कौन सुख? मेहरिया घर में आयी और आदमी का मिजाज बदला। फिर जो कुछ है, वह मेहरिया है। माँ-बाप, भाई-बन्धु सब पराये हैं। जब भैया जैसे आदमी का मिजाज बदल गया, तो फिर दूसरों की क्या गिनती? दो लड़के भगवान के दिये हैं और क्या चाहिए। बिना ब्याह किए दो बेटे मिल गये, इससे बढ़कर और क्या होगा? जिसे अपना समझो वह अपना है; जिसे गैर समझो, वह गैर है।

एक दिन पन्ना ने कहा – तेरा वंश कैसे चलेगा?

केदार – मेरा वंश तो चल रहा है। दोनों लड़कों को अपना ही समझता हूँ।

पन्ना – समझने ही पर है, तो तू मुलिया को भी अपनी मेहरिया समझता होगा?

केदार ने झेंपते हुए कहा – तुम तो गाली देती हो अम्माँ!

पन्ना – गाली कैसी, तेरी भाभी ही तो है!

केदार – मेरे जेसे लट्ठ-गँवार को वह क्यों पूछने लगी!

पन्ना – तू करने को कह, तो मैं उससे पूछूँ?

केदार – नहीं मेरी अम्माँ, कहीं रोने-गाने न लगे। पन्ना – तेरा मन हो, तो मैं बातों-बातों में उसके मन की थाह लूँ?

केदार – मैं नहीं जानता, जो चाहे कर।

पन्ना केदार के मन की बात समझ गयी। लड़के का दिल मुलिया पर आया हुआ है, पर संकोच और भय के मारे कुछ नहीं कहता।

उसी दिन उसने मुलिया से कहा – क्या करुँ बहू, मन की लालसा मन में ही रह जाती है। केदार का घर भी बस जाता, तो मैं निश्चिन्त हो जाती।

मुलिया – वह तो करने को ही नहीं कहते।

पन्ना – कहता है, ऐसी औरत मिले, जो घर में मेल से रहे, तो कर लूँ।

मुलिया – ऐसी औरत कहाँ मिलेगी? कहीं ढूँढ़ो।

पन्ना – मैंने तो ढूँढ़ लिया है।

मुलिया – सच, किस गाँव की है?

पन्ना - अभी न बताऊँगी, मुदा यह जानती हूँ कि उससे केदार की सगाई हो जाए, तो घर बन जाए और केदार की जिन्दगी भी सुफल हो जाए। न जाने लड़की मानेगी कि नहीं।

मुलिया – मानेगी क्यों नहीं अम्माँ, ऐसा सुन्दर कमाऊ, सुशील वर और कहाँ मिला जाता है? उस जनम का कोई साधु-महात्मा है, नहीं तो लड़ाई-झगड़े के डर से कौन बिन ब्याहा रहता है। कहाँ रहती है, मैं जाकर उसे मना लाऊँगी।

पन्ना – तू चाहे, तो उसे मना ले। तेरे ही ऊपर है।

मुलिया – मैं आज ही चली जाऊँगी, अम्मा, उसके पैरों पड़कर मना लाऊँगी।

पन्ना – बता दूँ, वह तू ही है!

मुलिया लजाकर बोली – तुम तो अम्माँजी, गाली देती हो।

पन्ना – गाली कैसी, देवर ही तो है!

मुलिया – मुझ जैसी बुढ़िया को वह क्यों पूछेंगे?

पन्ना – वह तुझी पर दाँत लगाये बैठा है। तेरे सिवा कोई और उसे भाती ही नहीं। डर के मारे कहता नहीं; पर उसके मन की बात मैं जानती हूँ।

वैधव्य के शौक से मुरझाया हुआ मुलिया का पीत वदन कमल की भाँति अरुण हो उठा। दस वर्षो में जो कुछ खोया था, वह इसी एक क्षण में मानों ब्याज के साथ मिल गया। वही लावण्य, वही विकास, वही आकर्षण, वही लोच!

•••

पूस की रात

हल्कू ने आकर स्त्री से कहा- सहना आया है, लाओ, जो रुपये रखे हैं, उसे दे दूँ, किसी तरह गला तो छूटे।

मुन्नी झाड़ू लगा रही थी। पीछे फिरकर बोली - तीन ही तो रुपये हैं, दे दोगे तो कम्बल कहाँ से आवेगा? माघ-पूस की रात हार में कैसे कटेगी? उससे कह दो, फसल पर दे देंगे। अभी नहीं।

हल्कू एक क्षण अनिश्चित दशा में खड़ा रहा। पूस सिर पर आ गया, कम्बल के बिना हार में रात को वह किसी तरह नहीं जा सकता। मगर सहना मानेगा नहीं, घुड़कियाँ जमावेगा, गालियाँ देगा। बला से जाड़ों में मरेंगे, बला तो सिर से टल जाएगी। यह सोचता हुआ वह अपना भारी-भरकम डील लिए हुए (जो उसके नाम को झूठ सिद्ध करता था) स्त्री के समीप आ गया और खुशामद करके बोला - ला दे दे, गला तो छूटे। कम्बल के लिए कोई दूसरा उपाय सोचूँगा।

मुन्नी उसके पास से दूर हट गयी और आँखें तरेरती हुई बोली-कर चुके दूसरा उपाय! जरा सुनूँ तो कौन-सा उपाय करोगे? कोई खैरात दे देगा कम्बल? न जाने कितनी बाकी है, जो किसी तरह चुकने ही नहीं आती। मैं कहती हूँ, तुम क्यों नहीं खेती छोड़ देते? मर-मर काम करो, उपज हो तो बाकी दे दो, चलो छुट्टी हुई। बाकी चुकाने के लिए ही तो हमारा जनम हुआ है। पेट के लिए मजूरी करो। ऐसी खेती से बाज आये। मैं रुपये न दूँगी, न दूँगी।

हल्कू उदास होकर बोला-तो क्या गाली खाऊँ?

मुन्नी ने तड़पकर कहा-गाली क्यों देगा, क्या उसका राज है?

मगर यह कहने के साथ ही उसकी तनी हुई भौहें ढीली पड़ गयीं। हल्कू के उस वाक्य में जो कठोर सत्य था, वह मानो एक भीषण जंतु की भाँति उसे घूर रहा था।

उसने जाकर आले पर से रुपये निकाले और लाकर हल्कू के हाथ पर रख दिये। फिर बोली-तुम छोड़ दो अबकी से खेती। मजूरी में सुख से एक रोटी तो खाने को मिलेगी। किसी की धौंस तो न रहेगी। अच्छी खेती है! मजूरी करके लाओ, वह भी उसी में झोंक दो, उस पर धौंस।

हल्कू ने रुपये लिये और इस तरह बाहर चला मानो अपना हृदय निकालकर देने जा रहा हो। उसने मजूरी से एक-एक पैसा काट-कपटकर तीन रुपये कम्बल के लिए जमा किये थे। वह आज निकले जा रहे थे। एक-एक पग के साथ उसका मस्तक अपनी दीनता के भार से दबा जा रहा था।

2

पूस की अंधेरी रात! आकाश पर तारे भी ठिठुरते हुए मालूम होते थे। हल्कू अपने खेत के किनारे ऊख के पतों की एक छतरी के नीचे बाँस के खटोले पर अपनी पुरानी गाढ़े की चादर ओढ़े पड़ा काँप रहा था। खाट के नीचे उसका संगी कुत्ता जबरा पेट में मुँह डाले सर्दी से कूँ-कूँ कर रहा था। दो में से एक को भी नींद न आती थी।

हल्कू ने घुटनों को गरदन में चिपकाते हुए कहा- क्यों जबरा, जाड़ा लगता है? कहता तो था, घर में पुआल पर लेट रह, तो यहाँ क्या लेने आये थे? अब खाओ ठंड, मैं क्या करूँ? जानते थे, मैं यहाँ हलुवा-पूरी खाने आ रहा हूँ, दौड़े-दौड़े आगे-आगे चले आये। अब रोओ नानी के नाम को।

जबरा ने पड़े-पड़े दुम हिलायी और अपनी कूँ-कूँ को दीर्घ बनाता हुआ एक बार जम्हाई लेकर चुप हो गया। उसकी श्वान-बुध्दि ने शायद ताड़ लिया, स्वामी को मेरी कूँ-कूँ से नींद नहीं आ रही है।

हल्कू ने हाथ निकालकर जबरा की ठंडी पीठ सहलाते हुए कहा- कल से मत आना मेरे साथ, नहीं तो ठंडे हो जाओगे। यह राँड पछुआ न जाने कहाँ से बरफ लिए आ रही है। उठूँ, फिर एक चिलम भरूँ। किसी तरह रात तो कटे! आठ चिलम तो पी चुका। यह खेती का मजा है! और एक-एक भगवान ऐसे पड़े हैं, जिनके पास जाड़ा जाए तो गरमी से घबड़ाकर भागे। मोटे-मोटे गद्दे, लिहाफ - कम्बल। मजाल है, जाड़े का गुजर हो जाए। तकदीर की खूबी! मजूरी हम करें, मजा दूसरे लूटें!

हल्कू उठा, गड्ढे में से जरा-सी आग निकालकर चिलम भरी। जबरा भी उठ बैठा।

हल्कू ने चिलम पीते हुए कहा- पियेगा चिलम, जाड़ा तो क्या जाता है, जरा मन बदल जाता है।

जबरा ने उसके मुँह की ओर प्रेम से छलकती हुई आँखों से देखा।

हल्कू - आज और जाड़ा खा ले। कल से मैं यहाँ पुआल बिछा दूँगा। उसी में घुसकर बैठना, तब जाड़ा न लगेगा।

जबरा ने अपने पंजे उसकी घुटनियों पर रख दिये और उसके मुँह के पास अपना मुँह ले गया। हल्कू को उसकी गर्म साँस लगी।

चिलम पीकर हल्कू फिर लेटा और निश्चय करके लेटा कि चाहे कुछ हो अबकी सो जाऊँगा, पर एक ही क्षण में उसके हृदय में कम्पन होने लगा। कभी इस करवट लेटता, कभी उस करवट, पर जाड़ा किसी पिशाच की भाँति उसकी छाती को दबाये हुए था।

जब किसी तरह न रहा गया तो उसने जबरा को धीरे से उठाया और उसके सिर को थपथपाकर उसे अपनी गोद में सुला लिया। कुत्ते की देह से जाने कैसी दुर्गंध आ रही थी, पर वह उसे अपनी गोद में चिपटाये हुए ऐसे सुख का अनुभव कर रहा था, जो इधर महीनों से उसे न मिला था। जबरा शायद यह समझ रहा था कि स्वर्ग यहीं है, और हल्कू की पवित्र आत्मा में तो उस कुत्ते के प्रति घृणा की गंध तक न थी। अपने किसी अभिन्न मित्र या भाई को भी वह इतनी ही तत्परता से गले लगाता। वह अपनी दीनता से आहत न था, जिसने आज उसे इस दशा को पहुँचा दिया। नहीं, इस अनोखी मैत्री ने जैसे उसकी आत्मा के सब द्वार खोल दिये थे और उनका एक-एक अणु प्रकाश से चमक रहा था।

सहसा जबरा ने किसी जानवर की आहट पायी। इस विशेष आत्मीयता ने उसमें एक नयी स्फूर्ति पैदा कर दी थी, जो हवा के ठंडे झोकों को तुच्छ समझती थी। वह झपटकर उठा और छपरी से बाहर आकर भूँकने लगा। हल्कू ने उसे कई बार चुमकारकर बुलाया, पर वह उसके पास न आया। हार में चारों तरफ दौड़-दौड़कर भूँकता रहा। एक क्षण के लिए आ भी जाता, तो तुरंत ही फिर दौड़ता। कर्तव्य उसके हृदय में अरमान की भाँति ही उछल रहा था।

3

एक घंटा और गुजर गया। रात ने शीत को हवा से धधकाना शुरू किया। हल्कू उठ बैठा और दोनों घुटनों को छाती से मिलाकर सिर को उसमें छिपा लिया, फिर भी ठंड कम न हुई ऐसा जान पड़ता था, सारा रक्त जम गया है, धमनियों में रक्त की जगह हिम बह रहा है। उसने झुककर आकाश की ओर देखा, अभी कितनी रात बाकी है! सप्तर्षि अभी आकाश में आधे भी नहीं चढ़े। ऊपर आ जाएँगे तब कहीं सबेरा होगा। अभी पहर से ऊपर रात है।

हल्कू के खेत से कोई एक गोली के टप्पे पर आमों का एक बाग था। पतझड़ शुरू हो गयी थी। बाग में पत्तियों का ढेर लगा हुआ था। हल्कू ने सोचा, चलकर पत्तियाँ बटोरूँ और उन्हें जलाकर खूब तापूँ। रात को कोई मुझे पत्तियां बटोरते देखेगा तो समझेगा कि कोई भूत है। कौन जाने, कोई जानवर ही छिपा बैठा हो, मगर अब तो बैठे नहीं रहा जाता।

उसने पास के अरहर के खेत में जाकर कई पौधे उखाड़ लिए और उनका एक झाड़ू बनाकर हाथ में सुलगता हुआ उपला लिये बगीचे की तरफ चला। जबरा ने उसे आते देखा तो पास आया और दुम हिलाने लगा।

हल्कू ने कहा- अब तो नहीं रहा जाता जबरू। चलो बगीचे में पत्तियाँ बटोरकर तापें। टाँठे हो जायेंगे, तो फिर आकर सोयेंगे। अभी तो बहुत रात है।

जबरा ने कूँ-कूँ करके सहमति प्रकट की और आगे-आगे बगीचे की ओर चला।

बगीचे में खूब अँधेरा छाया हुआ था और अंधकार में निर्दय पवन पत्तियों को कुचलता हुआ चला जाता था। वृक्षों से ओस की बूँदें टप-टप नीचे टपक रही थीं।

एकाएक एक झोंका मेहँदी के फूलों की खुशबू लिए हुए आया।

हल्कू ने कहा- कैसी अच्छी महक आई जबरू! तुम्हारी नाक में भी तो सुगंध आ रही है?

जबरा को कहीं जमीन पर एक हड्डी पड़ी मिल गयी थी। उसे चिंचोड़ रहा था।

हल्कू ने आग जमीन पर रख दी और पत्तियाँ बटोरने लगा। जरा देर में पत्तियों का ढेर लग गया। हाथ ठिठुरे जाते थे। नंगे पाँव गले जाते थे। और वह पत्तियों का पहाड़ खड़ा कर रहा था। इसी अलाव में वह ठंड को जलाकर भस्म कर देगा।

थोड़ी देर में अलाव जल उठा। उसकी लौ ऊपर वाले वृक्ष की पत्तियों को छू-छूकर भागने लगी। उस अस्थिर प्रकाश में बगीचे के विशाल वृक्ष ऐसे मालूम होते थे, मानो उस अथाह अंधकार को अपने सिरों पर सँभाले हुए हों अंधकार के उस अनंत सागर में यह प्रकाश एक नौका के समान हिलता, मचलता हुआ जान पड़ता था।

हल्कू अलाव के सामने बैठा आग ताप रहा था। एक क्षण में उसने दोहर उतारकर बगल में दबा ली, दोनों पाँव फैला दिए, मानों ठंड को ललकार रहा हो, तेरे जी में जो आये सोकर। ठंड की असीम शक्ति पर विजय पाकर वह विजय-गर्व को हृदय में छिपा न सकता था।

उसने जबरा से कहा- क्यों जब्बर, अब ठंड नहीं लग रही है?

जब्बर ने कूँ-कूँ करके मानो कहा- अब क्या ठंड लगती ही रहेगी?

'पहले से यह उपाय न सूझा, नहीं इतनी ठंड क्यों खाते।'

जब्बर ने पूँछ हिलायी।

'अच्छा आओ, इस अलाव को कूदकर पार करें। देखें, कौन निकल जाता है। अगर जल गए बच्चा तो मैं दवा न करूँगा।'

जब्बर ने उस अग्निराशि की ओर कातर नेत्रों से देखा!

मुन्नी से कल न कह देना, नहीं तो लड़ाई करेगी।

यह कहता हुआ वह उछला और उस अलाव के ऊपर से साफ निकल गया। पैरों में जरा लपट लगी, पर वह कोई बात न थी। जबरा आग के गिर्द घूमकर उसके पास आ खड़ा हुआ।

हल्कू ने कहा- चलो-चलो इसकी सही नहीं! ऊपर से कूदकर आओ। वह फिर कूदा और अलाव के इस पार आ गया।

4

पत्तियाँ जल चुकी थीं। बगीचे में फिर अंधेरा छा गया था। राख के नीचे कुछ-कुछ आग बाकी थी, जो हवा का झोंका आ जाने पर जरा जाग उठती थी, पर एक क्षण में फिर आँखें बंद कर लेती थी!

हल्कू ने फिर चादर ओढ़ ली और गर्म राख के पास बैठा हुआ एक गीत गुनगुनाने लगा। उसके बदन में गर्मी आ गयी थी, पर ज्यों-ज्यों शीत बढ़ती जाती थी, उसे आलस्य दबाये लेता था।

जबरा जोर से भूँककर खेत की ओर भागा। हल्कू को ऐसा मालूम हुआ कि जानवरों का एक झुंड खेत में आया है। शायद नीलगायों का झुंड था। उनके कूदने-दौड़ने की आवाजें साफ कान में आ रही थी। फिर ऐसा मालूम हुआ कि खेत में चर रहीं हैं। उनके चबाने की आवाज चर-चर सुनाई देने लगी।

उसने दिल में कहा- नहीं, जबरा के होते कोई जानवर खेत में नहीं आ सकता। नोच ही डाले। मुझे भ्रम हो रहा है। कहाँ! अब तो कुछ नहीं सुनाई देता। मुझे भी कैसा धोखा हुआ!

उसने जोर से आवाज लगायी - जबरा, जबरा।

जबरा भूँकता रहा। उसके पास न आया।

फिर खेत के चरे जाने की आहट मिली। अब वह अपने को धोखा न दे सका। उसे अपनी जगह से हिलना जहर लग रहा था। कैसा दंदाया हुआ था। इस जाड़े-पाले में खेत में जाना, जानवरों के पीछे दौड़ना असह्य जान पड़ा। वह अपनी जगह से न हिला।

उसने जोर से आवाज लगायी - लिहो-लिहो! लिहो!

जबरा फिर भूँक उठा। जानवर खेत चर रहे थे। फसल तैयार है। कैसी अच्छी खेती थी, पर ये दुष्ट जानवर उसका सर्वनाश किये डालते हैं।

हल्कू पक्का इरादा करके उठा और दो-तीन कदम चला, पर एकाएक हवा का ऐसा ठंडा, चुभने वाला, बिच्छू के डंक का-सा झोंका लगा कि वह फिर बुझते हुए अलाव के पास आ बैठा और राख को कुरेदकर अपनी ठंडी देह को गर्माने लगा।

जबरा अपना गला फाड़ डालता था, नीलगायें खेत का सफाया किए डालती थीं और हल्कू गर्म राख के पास शांत बैठा हुआ था। अकर्मण्यता ने रस्सियों की भाँति उसे चारों तरफ से जकड़ रखा था।

उसी राख के पास गर्म जमीन पर वह चादर ओढ़कर सो गया।

सबेरे जब उसकी नींद खुली, तब चारों तरफ धूप फैल गयी थी और मुन्नी कह रही थी - क्या आज सोते ही रहोगे? तुम यहाँ आकर रम गए और उधर सारा खेत चौपट हो गया।

हल्कू ने उठकर कहा- क्या तू खेत से होकर आ रही है?

मुन्नी बोली - हाँ, सारे खेत का सत्यानाश हो गया। भला, ऐसा भी कोई सोता है। तुम्हारे यहाँ मड़ैया डालने से क्या हुआ?

हल्कू ने बहाना किया - मैं मरते-मरते बचा, तुझे अपने खेत की पड़ी है। पेट में ऐसा दरद हुआ कि मैं ही जानता हूँ!

दोनों फिर खेत के डाँड़ पर आये। देखा, सारा खेत रौंदा पड़ा हुआ है और जबरा मड़ैया के नीचे चित लेटा है, मानो प्राण ही न हों।

दोनों खेत की दशा देख रहे थे। मुन्नी के मुख पर उदासी छायी थी, पर हल्कू प्रसन्न था।

मुन्नी ने चिंतित होकर कहा- अब मजूरी करके मालगुजारी भरनी पड़ेगी।

हल्कू ने प्रसन्न मुख से कहा- रात को ठंड में यहाँ सोना तो न पड़ेगा।

•••

दो बैलों की कथा

जानवरों में गधा सबसे ज्यादा बुद्धिमान समझा जाता है, हम जब किसी आदमी को पहले दर्जे का बेवकूफ कहना चाहते हैं, तो उसे गधा कहते हैं, गधा सचमुच बेवकूफ है या उसके सीधेपन, उसकी निरापद सहिष्णुता ने उसे यह पदवी दे दी है, इसका निश्चय नहीं किया जा सकता, गायें सींग मारती हैं, ब्याही हुई गाय तो अनायास ही सिंहनी का रूप धारण कर लेती है, कुत्ता भी बहुत गरीब जानवर है, लेकिन कभी-कभी उसे भी क्रोध आ ही जाता है, किन्तु गधे को कभी क्रोध करते नहीं सुना, न देखा, जितना चाहो गरीब को मारो, चाहे जैसी खराब, सड़ी हुई घास सामने डाल दो, उसके चेहरे पर कभी असंतोष की छाया भी नहीं दिखाई देगी, वैशाख में चाहे एकाध बार कुलेल कर लेता है, पर हमने तो उसे कभी खुश होते नहीं देखा, उसके चेहरे पर स्थाई विषाद स्थायी रूप से छाया रहता है, सुख-दुःख, हानि-लाभ किसी भी दशा में उसे बदलते नहीं देखा, ऋषियों-मुनियों के जितने गुण हैं, वे सभी उसमें पराकाष्ठा को पहुँच गए हैं, पर आदमी उसे बेवकूफ कहता है, सद्‌गुणों का इतना अनादर!

कदाचित सीधापन संसार के लिए उपयुक्त नहीं है, देखिए न, भारतवासियों की अफ्रीका में क्या दुर्दशा हो रही है? क्यों अमरीका में उन्हें घुसने नहीं दिया जाता? बेचारे शराब नहीं पीते, चार पैसे कुसमय के लिए बचाकर रखते हैं, जी तोड़कर काम करते हैं, किसी से लड़ाई-झगड़ा नहीं करते, चार बातें सुनकर गम खा जाते हैं फिर भी बदनाम हैं, कहा जाता है, वे जीवन के आदर्श को नीचा करते हैं, अगर वे ईंट का जवाब पत्थर से देना सीख जाते तो शायद सभ्य कहलाने लगते, जापान की मिसाल सामने है, एक ही विजय ने उसे संसार की सभ्य जातियों में गण्य बना दिया, लेकिन गधे का एक छोटा भाई और भी है, जो उससे कम ही गधा है, और वह है 'बैल', जिस अर्थ में हम 'गधा' का प्रयोग करते हैं, कुछ उसी से मिलते-जुलते अर्थ में 'बछिया के ताऊ' का भी प्रयोग करते हैं, कुछ लोग बैल को शायद बेवकूफी में सर्वश्रेष्ठ कहेंगे, मगर हमारा विचार ऐसा नहीं है, बैल कभी-कभी मारता भी है, कभी-कभी अड़ियल बैल भी देखने में आता है, और भी कई रीतियों से अपना असंतोष प्रकट कर देता है, अतएव उसका स्थान गधे से नीचा है।

झूरी के पास दो बैल थे-हीरा और मोती, देखने में सुंदर, काम में चौकस, डील में ऊंचे, बहुत दिनों साथ रहते-रहते दोनों में भाईचारा हो गया था, दोनों आमने-सामने या आस-पास बैठे हुए एक-दूसरे से मूक भाषा में विचार-विनिमय किया करते थे, एक-दूसरे के मन की

बात को कैसे समझा जाता है, हम कह नहीं सकते, अवश्य ही उनमें कोई ऐसी गुप्त शक्ति थी, जिससे जीवों में श्रेष्ठता का दावा करने वाला मनुष्य वंचित है, दोनों एक-दूसरे को चाटकर सूँघकर अपना प्रेम प्रकट करते, कभी-कभी दोनों सींग भी मिला लिया करते थे, विग्रह के नाते से नहीं, केवल विनोद के भाव से, आत्मीयता के भाव से, जैसे दोनों में घनिष्ठता होते ही धौल-धप्पा होने लगता है, इसके बिना दोस्ती कुछ फुसफसी, कुछ हल्की-सी रहती है, फिर ज्यादा विश्वास नहीं किया जा सकता, जिस वक्त ये दोनों बैल हल या गाड़ी में जोत दिए जाते और गरदन हिला-हिलाकर चलते, उस समय हर एक की चेष्टा होती कि ज्यादा-से-ज्यादा बोझ मेरी ही गर्दन पर रहे, दिन-भर के बाद दोपहर या संध्या को दोनों खुलते तो एक-दूसरे को चाट-चूटकर अपनी थकान मिटा लिया करते, नांद में खली-भूसा पड़ जाने के बाद दोनों साथ उठते, साथ नांद में मुँह डालते और साथ ही बैठते थे, एक मुँह हटा लेता तो दूसरा भी हटा लेता था, संयोग की बात, झूरी ने एक बार गोईं को ससुराल भेज दिया, बैलों को क्या मालूम, वे कहाँ भेजे जा रहे हैं, समझे, मालिक ने हमें बेच दिया, अपना यों बेचा जाना उन्हें अच्छा लगा या बुरा, कौन जाने, पर झूरी के साले गया को घर तक गोईं ले जाने में दांतों पसीना आ गया, पीछे से हांकता तो दोनों दाएँ-बाँए भागते, पगहिया पकड़कर आगे से खींचता तो दोनों पीछे की ओर जोर लगाते, मारता तो दोनों सींगे नीची करके हुंकारते, अगर ईश्वर ने उन्हें वाणी दी होती तो झूरी से पूछते-तुम हम गरीबों को क्यों निकाल रहे हो?

हमने तो तुम्हारी सेवा करने में कोई कसर नहीं उठा रखी, अगर इतनी मेहनत से काम न चलता था, और काम ले लेते, हमें तो तुम्हारी चाकरी में मर जाना कबूल था, हमने कभी दाने-चारे की शिकायत नहीं की, तुमने जो कुछ खिलाया, वह सिर झुकाकर खा लिया, फिर तुमने हमें इस जालिम के हाथ क्यों बेंच दिया?

संध्या समय दोनों बैल अपने नए स्थान पर पहुँचे, दिन-भर के भूखे थे, लेकिन जब नांद में लगाए गए तो एक ने भी उसमें मुंह नहीं डाला, दिल भारी हो रहा था, जिसे उन्होंने अपना घर समझ रखा था, वह आज उनसे छूट गया, यह नया घर, नया गांव, नए आदमी उन्हें बेगाने-से लगते थे।

दोनों ने अपनी मूक भाषा में सलाह की, एक-दूसरे को कनखियों से देखा और लेट गये, जब गांव में सोता पड़ गया तो दोनों ने जोर मारकर पगहा तुड़ा डाले और घर की तरफ चले, पगहे बहुत मजबूत थे, अनुमान न हो सकता था कि कोई बैल उन्हें तोड़ सकेगा, पर इन दोनों में इस समय दूनी शक्ति आ गई थी, एक-एक झटके में रस्सियाँ टूट गईं।

झूरी प्रातः काल सोकर उठा तो देखा कि दोनों बैल चरनी पर खड़े हैं, दोनों की गरदनों में आधा-आधा गरांव लटक रहा था, घुटने तक पांव कीचड़ से भरे हैं और दोनों की आंखों में विद्रोहमय स्नेह झलक रहा है।

झूरी बैलों को देखकर स्नेह से गदगद हो गया, दौड़कर उन्हें गले लगा लिया, प्रेमालिंगन और चुम्बन का वह दृश्य बड़ा ही मनोहर था।

घर और गाँव के लड़के जमा हो गए, और तालियाँ बजा-बजाकर उनका स्वागत करने लगे, गांव के इतिहास में यह घटना अभूतपूर्व न होने पर भी महत्त्वपूर्ण थी, बाल-सभा ने निश्चय किया, दोनों पशु-वीरों का अभिनन्दन पत्र देना चाहिए, कोई अपने घर से रोटियां लाया, कोई गुड़, कोई चोकर, कोई भूसी।

एक बालक ने कहा- 'ऐसे बैल किसी के पास न होंगे।'

दूसरे ने समर्थन किया - 'इतनी दूर से दोनों अकेले चले आए।'

तीसरा बोला - 'बैल नहीं हैं वे, उस जन्म के आदमी हैं।'

इसका प्रतिवाद करने का किसी को साहस नहीं हुआ, झूरी की स्त्री ने बैलों को द्वार पर देखा तो जल उठी, बोली - 'कैसे नमक-हराम बैल हैं कि एक दिन वहां काम न किया, भाग खड़े हुए।'

झूरी अपने बैलों पर यह आक्षेप न सुन सका-'नमक हराम क्यों हैं? चारा-दाना न दिया होगा तो क्या करते?'

स्त्री ने रोब के साथ कहा-'बस, तुम्हीं तो बैलों को खिलाना जानते हो, और तो सभी पानी पिला-पिलाकर रखते हैं।'

झूरी ने चिढ़ाया-'चारा मिलता तो क्यों भागते?'

स्त्री चिढ़ गयी-'भागे इसलिए कि वे लोग तुम जैसे बुद्धुओं की तरह बैल को सहलाते नहीं, खिलाते हैं तो रगड़कर जोतते भी हैं, ये दोनों ठहरे कामचोर, भाग निकले, अब देखूं कहां से खली और चोकर मिलता है, सूखे भूसे के सिवा कुछ न दूंगी, खाएं चाहें मरें।'

वही हुआ, मजूर की बड़ी ताकीद की गई कि बैलों को खाली सूखा भूसा दिया जाए।

बैलों ने नांद में मुंह डाला तो फीका-फीका, न कोई चिकनाहट, न कोई रस!

क्या खाएं? आशा-भरी आंखों से द्वार की ओर ताकने लगे, झूरी ने मजूर से कहा- 'थोड़ी-सी खली क्यों नहीं डाल देता बे?'

'मालकिन मुझे मार ही डालेंगी।'

'चुराकर डाल आ।'

'ना दादा, पीछे से तुम भी उन्हीं की-सी कहोगे।'

दूसरे दिन झूरी का साला फिर आया और बैलों को ले चला, अबकी उसने दोनों को गाड़ी में जोता।

दो-चार बार मोती ने गाड़ी को खाई में गिराना चाहा, पर हीरा ने संभाल लिया, वह ज्यादा सहनशील था।

संध्या-समय घर पहुंचकर उसने दोनों को मोटी रस्सियों से बांधा और कल की शरारत का मजा चखाया फिर वही सूखा भूसा डाल दिया, अपने दोनों बैलों को खली चूनी सब कुछ दी, दोनों बैलों का ऐसा अपमान कभी न हुआ था, झूरी ने इन्हें फूल की छड़ी से भी छूता था, उसकी टिटकार पर दोनों उड़ने लगते थे, यहां मार पड़ी, आहत सम्मान की व्यथा तो थी ही, उस पर मिला सूखा भूसा!

नांद की तरफ आंखें तक न उठाईं, दूसरे दिन गया ने बैलों को हल में जोता, पर इन दोनों ने जैसे पांव न उठाने की कसम खा ली थी, वह मारते-मारते थक गया, पर दोनों ने पांव न उठाया, एक बार जब उस निर्दयी ने हीरा की नाक पर खूब डंडे जमाये तो मोती का गुस्सा काबू से बाहर हो गया, हल लेकर भागा, हल, रस्सी, जुआ, जोत, सब टूट-टाटकर बराबर हो गया, गले में बड़ी-बड़ी रस्सियाँ न होतीं तो दोनों पकड़ाई में न आते, हीरा ने मूक-भाषा में कहा-भागना व्यर्थ है।'

मोती ने उत्तर दिया-'तुम्हारी तो इसने जान ही ले ली थी।'

'अबकी बड़ी मार पड़ेगी।'

'पड़ने दो, बैल का जन्म लिया है तो मार से कहां तक बचेंगे?'

'गया दो आदमियों के साथ दौड़ा आ रहा है, दोनों के हाथों में लाठियां हैं।'

मोती बोला-'कहो तो दिखा दूं मजा मैं भी, लाठी लेकर आ रहा है।'

हीरा ने समझाया-'नहीं भाई! खड़े हो जाओ।'

'मुझे मारेगा तो मैं एक-दो को गिरा दूंगा।'

'नहीं हमारी जाति का यह धर्म नहीं है।'

मोती दिल में ऐंठकर रह गया, गया आ पहुंचा और दोनों को पकड़कर ले चला, कुशल हुई कि उसने इस वक्त मारपीट न की, नहीं तो मोती पलट पड़ता, उसके तेवर देख गया और उसके सहायक समझ गए कि इस वक्त टाल जाना ही भलमनसाहत है।

आज दोनों के सामने फिर वही सूखा भूसा लाया गया, दोनों चुपचाप खड़े रहे, घर में लोग भोजन करने लगे, उस वक्त छोटी-सी लड़की दो रोटियां लिए निकली और दोनों के मुंह में देकर चली गई, उस एक रोटी से इनकी भूख तो क्या शान्त होती, पर दोनों के हृदय को मानो भोजन मिल गया, यहां भी किसी सज्जन का वास है, लड़की भैरो की थी, उसकी मां मर चुकी थी, सौतेली मां उसे मारती रहती थी, इसलिए इन बैलों से एक प्रकार की आत्मीयता हो गई थी।

दोनों दिन-भर जाते, डंडे खाते, अड़ते, शाम को थान पर बांध दिए जाते और रात को वही बालिका उन्हें दो रोटियां खिला जाती, प्रेम के इस प्रसाद की यह बरकत थी कि दो-दो गाल सूखा भूसा खाकर भी दोनों दुर्बल न होते थे, मगर दोनों की आंखों में रोम-रोम में विद्रोह भरा हुआ था, एक दिन मोती ने मूक-भाषा में कहा-'अब तो नहीं सहा जाता हीरा!

'क्या करना चाहते हो?'

'एकाध को सींगों पर उठाकर फेंक दूंगा।'

'लेकिन जानते हो, वह प्यारी लड़की, जो हमें रोटियां खिलाती है, उसी की लड़की है, जो इस घर का मालिक है, यह बेचारी अनाथ हो जाएगी।'

'तो मालकिन को फेंक दूं, वही तो इस लड़की को मारती है।'

'लेकिन औरत जात पर सींग चलाना मना है, यह भूल जाते हो।'

'तुम तो किसी तरह निकलने ही नहीं देते, बताओ, तुड़ाकर भाग चलें।'

'हां, यह मैं स्वीकार करता, लेकिन इतनी मोटी रस्सी टूटेगी कैसे।'

इसका एक उपाय है, पहले रस्सी को थोड़ा चबा लो, फिर एक झटके में जाती है।'

रात को जब बालिका रोटियां खिलाकर चली गई तो दोनों रस्सियां चबने लगे, पर मोटी रस्सी मुंह में न आती थी, बेचारे बार-बार जोर लगाकर रह जाते थे।

साहसा घर का द्वार खुला और वह लड़की निकली, दोनों सिर झुकाकर उसका हाथ चाटने लगे, दोनों की पूंछें खड़ी हो गईं, उसने उनके माथे सहलाए और बोली-'खोल देती हूँ, चुपके से भाग जाओ, नहीं तो ये लोग मार डालेंगे, आज घर में सलाह हो रही है कि इनकी नाकों में नाथ डाल दी जाएं।'

उसने गरांव खोल दिया, पर दोनों चुप खड़े रहे।

मोती ने अपनी भाषा में पूछा-'अब चलते क्यों नहीं?'

हीरा ने कहा-'चलें तो, लेकिन कल इस अनाथ पर आफत आएगी, सब इसी पर संदेह करेंगे, साहसा बालिका चिल्लाई-'दोनों फूफा वाले बैल भागे जे रहे हैं, ओ दादा! दादा! दोनों बैल भागे जा रहे हैं, ओ दादा! दादा! दोनों बैल भागे जा रहे हैं, जल्दी दौड़ो, गया हड़बड़ाकर भीतर से निकला और बैलों को पकड़ने चला, वे दोनों भागे, गया ने पीछा किया, और भी तेज हुए, गया ने शोर मचाया, फिर गांव के कुछ आदमियों को भी साथ लेने के लिए लौटा, दोनों मित्रों को भागने का मौका मिल गया, सीधे दौड़ते चले गए, जहां तक कि मार्ग का ज्ञान रहा, जिस परिचित मार्ग से आए थे, उसका यहां पता न था, नए-नए गांव मिलने लगे, तब दोनों एक खेत के किनारे खड़े होकर सोचने लगे, अब क्या करना चाहिए, हीरा ने कहा-'मुझे मालूम होता है, राह भूल गए।'

'तुम भी बेतहाशा भागे, वहीं उसे मार गिराना था।'

'उसे मार गिराते तो दुनिया क्या कहती? वह अपना धर्म छोड़ दें, लेकिन हम अपना धर्म क्यों छोडें?'

दोनों भूख से व्याकुल हो रहे थे, खेत में मटर खड़ी थी, चरने लगे, रह-रहकर आहट लेते रहे थे, कोई आता तो नहीं है।

जब पेट भर गया, दोनों ने आजादी का अनुभव किया तो मस्त होकर उछलने-कूदने लगे, पहले दोनों ने डकार ली, फिर सींग मिलाए और एक-दूसरे को ठेकने लगे, मोती ने हीरा को कई कदम पीछे हटा दिया, यहां तक कि वह खाई में गिर गया, तब उसे भी क्रोध आ गया, संभलकर उठा और मोती से भिड़ गया, मोती ने देखा कि खेल में झगड़ा हुआ चाहता है तो किनारे हट गया।

अरे! यह क्या? कोई सांड़ डौंकता चला आ रहा है, हां, सांड़ ही है, वह सामने आ पहुंचा, दोनों मित्र बगलें झांक रहे थे, सांड़ पूरा हाथी था, उससे भिड़ना जान से हाथ धोना है, लेकिन न भिड़ने पर भी जान बचती नजर नहीं आती, इन्हीं की तरफ आ भी रहा है, कितनी भयंकर सूरत है!

मोती ने मूक-भाषा में कहा-'बुरे फंसे, जान बचेगी? कोई उपाय सोचो।'

हीरा ने चिंतित स्वर में कहा-'अपने घमंड में फूला हुआ है, आरजू-विनती न सुनेगा।'

'भाग क्यों न चलें?'

'भागना कायरता है।'

'तो फिर यहीं मरो, बंदा तो नौ दो ग्यारह होता है।'

'और जो दौड़ाए?'

'तो फिर कोई उपाए सोचो जल्द!'

'उपाय यह है कि उस पर दोनों जने एक साथ चोट करें, मैं आगे से रगेदता हूँ, तुम पीछे से रगेदो, दोहरी मार पड़ेगी तो भाग खड़ा होगा, मेरी ओर झपटे, तुम बगल से उसके पेट में सींग घुसेड़ देना, जान जोखिम है, पर दूसरा उपाय नहीं है।'

दोनों मित्र जान हथेली पर लेकर लपके, सांड़ को भी संगठित शत्रुओं से लड़ने का तजुरबा न था।

वह तो एक शत्रु से मल्लयुद्ध करने का आदी था, ज्यों-ही हीरा पर झपटा, मोती ने पीछे से दौड़ाया, सांड़ उसकी तरफ मुड़ा तो हीरा ने रगेदा, सांड़ चाहता था, कि एक-एक करके दोनों को गिरा ले, पर ये दोनों भी उस्ताद थे, उसे वह अवसर न देते थे, एक बार सांड़

झल्लाकर हीरा का अन्त कर देने के लिए चला कि मोती ने बगल से आकर उसके पेट में सींग भोंक दिया, सांड़ क्रोध में आकर पीछे फिरा तो हीरा ने दूसरे पहलू में सींग चुभा दिया।

आखिरकार बेचारा जख्मी होकर भागा और दोनों मित्रों ने दूर तक उसका पीछा किया, यहां तक कि सांड़ बेदम होकर गिर पड़ा, तब दोनों ने उसे छोड़ दिया, दोनों मित्र जीत के नशे में झूमते चले जाते थे।

मोती ने सांकेतिक भाषा में कहा-'मेरा जी चाहता था कि बचा को मार ही डालूं।'

हीरा ने तिरस्कार किया-'गिरे हुए बैरी पर सींग न चलाना चाहिए।'

'यह सब ढोंग है, बैरी को ऐसा मारना चाहिए कि फिर न उठे।'

'अब घर कैसे पहुंचोगे वह सोचो।'

'पहले कुछ खा लें, तो सोचें।'

सामने मटर का खेत था ही, मोती उसमें घुस गया, हीरा मना करता रहा, पर उसने एक न सुनी, अभी दो ही चार ग्रास खाये थे कि आदमी लाठियां लिए दौड़ पड़े और दोनों मित्र को घेर लिया, हीरा तो मेड़ पर था निकल गया, मोती सींचे हुए खेत में था, उसके खुर कीचड़ में धंसने लगे, न भाग सका, पकड़ लिया, हीरा ने देखा, संगी संकट में है तो लौट पड़ा, फंसेंगे तो दोनों फंसेंगे, रखवालों ने उसे भी पकड़ लिया।

प्रात:काल दोनों मित्र कांजी हौस में बंद कर दिए गए।

दोनों मित्रों को जीवन में पहली बार ऐसा साबिका पड़ा था कि सारा दिन बीत गया और खाने को एक तिनका भी न मिला, समझ में न आता था, यह कैसा स्वामी है, इससे तो गया फिर भी अच्छा था, यहां कई भैंसे थीं, कई बकरियां, कई घोड़े, कई गधे, पर किसी के सामने चारा न था, सब जमीन पर मुर्दों की तरह पड़े थे।

कई तो इतने कमजोर हो गये थे कि खड़े भी न हो सकते थे, सारा दिन मित्र फाटक की ओर टकटकी लगाए रहते, पर कोई चारा न लेकर आता दिखाई दिया, तब दोनों ने दीवार की नमकीन मिट्टी चाटनी शुरू की, पर इससे क्या तृप्ति होती।

रात को भी जब कुछ भोजन न मिला तो हीरा के दिल में विद्रोह की ज्वाला दहक उठी, मोती से बोला-'अब नहीं रहा जाता मोती!

मोती ने सिर लटकाए हुए जवाब दिया-'मुझे तो मालूम होता है कि प्राण निकल रहे हैं।'

'आओ दीवार तोड़ डालें।'

'मुझसे तो अब कुछ नहीं होगा।'

'बस इसी बूत पर अकड़ते थे!'

'सारी अकड़ निकल गई।'

बाड़े की दीवार कच्ची थी, हीरा मजबूत तो था ही, अपने नुकीले सींग दीवार में गड़ा दिए और जोर मारा तो मिट्टी का एक चिप्पड़ निकल आया, फिर तो उसका साहस बढ़ा उसने दौड़-दौड़कर दीवार पर चोटें कीं और हर चोट में थोड़ी-थोड़ी मिट्टी गिराने लगा।

उसी समय कांजी हौस का चौकीदार लालटेन लेकर जानवरों की हाजिरी लेने आ निकला, हीरा का उद्दंडुपन्न देखकर उसे कई डंडे रसीद किए और मोटी-सी रस्सी से बांध दिया।

मोती ने पड़े-पड़े कहा-'आखिर मार खाई, क्या मिला?'

'अपने बूते-भर जोर तो मार दिया।'

'ऐसा जोर मारना किस काम का कि और बंधन में पड़ गए।'

'जोर तो मारता ही जाऊंगा, चाहे कितने ही बंधन पड़ते जाएं।'

'जान से हाथ धोना पड़ेगा।'

'कुछ परवाह नहीं, यों भी तो मरना ही है, सोचो, दीवार खुद जाती तो कितनी जाने बच जातीं, इतने भाई यहां बंद हैं, किसी की देह में जान नहीं है, दो-चार दिन यही हाल रहा तो मर जाएंगे।'

'हां, यह बात तो है, अच्छा, तो ला फिर मैं भी जोर लगाता हूँ।'

मोती ने भी दीवार में सींग मारा, थोड़ी-सी मिट्टी गिरी और फिर हिम्मत बढ़ी, फिर तो वह दीवार में सींग लगाकर इस तरह जोर करने लगा, मानो किसी प्रतिद्वंद्वी से लड़ रहा है, आखिर कोई दो घंटे की जोर-आजमाई के बाद दीवार ऊपर से लगभग एक हाथ गिर गई, उसने दूनी शक्ति से दूसरा धक्का मारा तो आधी दीवार गिर पड़ी।

दीवार का गिरना था कि अधमरे-से पड़े हुए सभी जानवर चेत उठे, तीनों घोड़ियां सरपट भाग निकलीं, फिर बकरियां निकलीं। इसके बाद भैंस भी खसक गई, पर गधे अभी तक ज्यों के त्यों खड़े थे।

हीरा ने पूछा-'तुम दोनों क्यों नहीं भाग जाते?'

एक गधे ने कहा-'जो कहीं फिर पकड़ लिए जाएं।'

'तो क्या हरज है, अभी तो भागने का अवसर है।'

'हमें तो डर लगता है, हम यहीं पड़े रहेंगे।'

आधी रात से ऊपर जा चुकी थी, दोनों गधे अभी तक खड़े सोच रहे थे कि भागें, या न भागें, और मोती अपने मित्र की रस्सी तोड़ने में लगा हुआ था, जब वह हार गया तो हीरा ने कहा-'तुम जाओ, मुझे यहीं पड़ा रहने दो, शायद कहीं भेंट हो जाए।'

मोती ने आंखों में आंसू लाकर कहा-'तुम मुझे इतना स्वार्थी समझते हो, हीरा हम और तुम इतने दिनों एक साथ रहे हैं, आज तुम विपत्ति में पड़ गए हो तो मैं तुम्हें छोड़कर अलग हो जाऊं?'

हीरा ने कहा-'बहुत मार पड़ेगी, लोग समझ जाएंगे, यह तुम्हारी शरारत है।'

मोती ने गर्व से बोला-'जिस अपराध के लिए तुम्हारे गले में बंधना पड़ा, उसके लिए अगर मुझे मार पड़े, तो क्या चिंता, इतना तो हो ही गया कि नौ-दस प्राणियों की जान बच गई, वे सब तो आशीर्वाद देंगे।'

यह कहते हुए मोती ने दोनों गधों को सींगों से मार-मारकर बाड़े से बाहर निकाला और तब अपने बंधु के पास आकर सो रहा ।

भोर होते ही मुंशी और चौकीदार तथा अन्य कर्मचारियों में कैसी खलबली मची, इसके लिखने की जरूरत नहीं, बस, इतना ही काफी है कि मोती की खूब मरम्मत हुई और उसे भी मोटी रस्सी से बांध दिया गया।

एक सप्ताह तक दोनों मित्र वहां बंधे पड़े रहे, किसी ने चारे का एक तृण भी न डाला, हां, एक बार पानी दिखा दिया जाता था, यही उनका आधार था, दोनों इतने दुर्बल हो गए थे कि उठा तक नहीं जाता था, ठठरियां निकल आईं थीं, एक दिन बाड़े के सामने डुग्गी बजने लगी और दोपहर होते-होते वहां पचास-साठ आदमी जमा हो गए, तब दोनों मित्र निकाले गए और लोग आकर उनकी सूरत देखते और मन फीका करके चले जाते।

ऐसे मृतक बैलों का कौन खरीददार होता? सहसा एक दढ़ियल आदमी, जिसकी आंखें लाल थीं और मुद्रा अत्यन्त कठोर, आया और दोनों मित्र के कूल्हों में उंगली गोदकर मुंशीजी से बातें करने लगा, चेहरा देखकर अंतर्ज्ञान से दोनों मित्रों का दिल कांप उठे, वह क्यों है और क्यों टटोल रहा है, इस विषय में उन्हें कोई संदेह न हुआ, दोनों ने एक-दूसरे को भीत नेत्रों से देखा और सिर झुका लिया।

हीरा ने कहा-'गया के घर से नाहक भागे, अब तो जान न बचेगी।' मोती ने अश्रद्धा के भाव से उत्तर दिया-'कहते हैं, भगवान सबके ऊपर दया करते हैं, उन्हें हमारे ऊपर दया क्यों नहीं आती?'

'भगवान के लिए हमारा जीना मरना दोनों बराबर है, चलो, अच्छा ही है, कुछ दिन उसके पास तो रहेंगे, एक बार उस भगवान ने उस लड़की के रूप में हमें बचाया था, क्या अब न बचाएंगे?'

'यह आदमी छुरी चलाएगा, देख लेना।'

'तो क्या चिंता है? मांस, खाल, सींग, हड्डी सब किसी के काम आ जाएगा।'

नीलाम हो जाने के बाद दोनों मित्र उस दढ़ियल के साथ चले, दोनों की बोटी-बोटी कांप रही थी, बेचारे पांव तक न उठा सकते थे, पर भय के मारे गिरते-पड़ते भागे जाते थे, क्योंकि वह जरा भी चाल धीमी हो जाने पर डंडा जमा देता था।

राह में गाय-बैलों का एक रेवड़ हरे-भरे हार में चरता नजर आया, सभी जानवर प्रसन्न थे, चिकने, चपल, कोई उछलता था, कोई आनंद से बैठा पागुर करता था कितना सुखी जीवन था इनका, पर कितने स्वार्थी हैं सब, किसी को चिंता नहीं कि उनके दो भाई बधिक के हाथ पड़े कैसे दु:खी हैं।

सहसा दोनों को ऐसा मालूम हुआ कि परिचित राह है, हां, इसी रास्ते से गया उन्हें ले गया था, वही खेत, वही बाग, वही गांव मिलने लगे, प्रतिक्षण उनकी चाल तेज होने लगी, सारी थकान, सारी दुर्बलता गायब हो गई, आह! यह लो! अपना ही घर आ गया, इसी कुएं पर हम पुर चलाने आया करते थे, यही कुआं है।

मोती ने कहा-'हमारा घर नजदीक आ गया है।'

हीरा बोला - 'भगवान की दया है।'

'मैं तो अब घर भागता हूँ।'

'यह जाने देगा?'

'इसे मैं मार गिराता हूँ'

'नहीं-नहीं, दौड़कर थान पर चलो, वहां से आगे हम न जाएंगे।'

दोनों उन्मत्त होकर बछड़ों की भांति कुलेलें करते हुए घर की ओर दौड़े, वह हमारा थान है, दोनों दौड़कर अपने थान पर आए और खड़े हो गए, दढ़ियल भी पीछे-पीछे दौड़ा चला आता था।

झूरी द्वार पर बैठा धूप खा रहा था, बैलों को देखते ही दौड़ा और उन्हें बारी-बारी से गले लगाने लगा, मित्रों की आंखों से आनन्द के आंसू बहने लगे, एक झूरी का हाथ चाट रहा था।

दढ़ियल ने जाकर बैलों की रस्सियां पकड़ लीं, झूरी ने कहा-'मेरे बैल हैं।'

'तुम्हारे बैल कैसे हैं? मैं मवेसीखाने से नीलाम लिए आता हूँ।'

'मैं तो समझता हूँ, चुराए लिए जाते हो! चुपके से चले जाओ, मेरे बैल हैं, मैं बेचूंगा तो बिकेंगे, किसी को मेरे बैल नीलाम करने का क्या अख्तियार हैं?'

'जाकर थाने में रपट कर दूँगा।'

'मेरे बैल हैं, इसका सबूत यह है कि मेरे द्वार पर खड़े हैं।

दढ़ियल झल्लाकर बैलों को जबरदस्ती पकड़ ले जाने के लिए बढ़ा, उसी वक्त मोती ने सींग चलाया, दढ़ियल पीछे हटा, मोती ने पीछा किया, दढ़ियल भागा, मोती पीछे दौड़ा, गांव

के बाहर निकल जाने पर वह रुका, पर खड़ा दढ़ियल का रास्ता वह देख रहा था, दढ़ियल दूर खड़ा धमकियां दे रहा था, गालियां निकाल रहा था, पत्थर फेंक रहा था, और मोती विजयी शूर की भांति उसका रास्ता रोके खड़ा था, गांव के लोग यह तमाशा देखते थे और हँसते थे, जब दढ़ियल हारकर चला गया तो मोती अकड़ता हुआ लौटा, हीरा ने कहा-'मैं तो डर गया था कि कहीं तुम गुस्से में आकर मार न बैठो।'

'अब न आएगा।'

'आएगा तो दूर से ही खबर लूंगा, देखूं, कैसे ले जाता है।'

'जो गोली मरवा दे?'

'मर जाऊंगा, पर उसके काम न आऊंगा।'

'हमारी जान को कोई जान ही नहीं समझता।'

'इसलिए कि हम इतने सीधे हैं।'

जरा देर में नाँदों में खली भूसा, चोकर और दाना भर दिया गया और दोनों मित्र खाने लगे, झूरी खड़ा दोनों को सहला रहा था, वह उनसे लिपट गया।

झूरी की पत्नी भी भीतर से दौड़ी-दौड़ी आई, उसने आकर दोनों बैलों के माथे चूम लिए।

•••

बड़े भाई साहब

मेरे भाई साहब मुझसे पाँच साल बड़े थे, लेकिन केवल तीन दरजे आगे। उन्होंने भी उसी उम्र में पढ़ना शुरू किया था जब मैंने शुरू किया था; लेकिन तालीम जैसे महत्व के मामले में वह जल्दबाजी से काम लेना पसंद न करते थे। इस भावना की बुनियाद खूब मजबूत डालना चाहते थे जिस पर आलीशान महल बन सके। एक साल का काम दो साल में करते थे। कभी-कभी तीन साल भी लग जाते थे। बुनियाद ही पुख्ता न हो, तो मकान कैसे पायेदार बने।

मैं छोटा था, वह बड़े थे। मेरी उम्र नौ साल की थी, वह चौदह साल के थे। उन्हें मेरी तंबीह और निगरानी का पूरा जन्मसिद्ध अधिकार था। और मेरी शालीनता इसी में थी कि उनके हुक्म को कानून समझूँ।

वह स्वभाव से बड़े अध्ययनशील थे। हरदम किताब खोले बैठे रहते और शायद दिमाग को आराम देने के लिए कभी कापी पर, कभी किताब के हाशियों पर चिड़ियों, कुत्तों, बिल्लियों की तस्वीरें बनाया करते थे। कभी-कभी एक ही नाम या शब्द या वाक्य दस-बीस बार लिख डालते। कभी एक शेर को बार-बार सुंदर अक्षर में नकल करते। कभी ऐसी शब्द-रचना करते, जिसमें न कोई अर्थ होता, न कोई सामंजस्य! मसलन एक बार उनकी कापी पर मैंने यह इबारत देखी - स्पेशल, अमीना, भाइयों-भाइयों, दर-असल, भाई-भाई, राधेश्याम, श्रीयुत राधेश्याम, एक घंटे तक इसके बाद एक आदमी का चेहरा बना हुआ था। मैंने चेष्टा की कि इस पहेली का कोई अर्थ निकालूँ; लेकिन असफल रहा और उनसे पूछने का साहस न हुआ। वह नवीं जमात में थे, मैं पाँचवीं में। उनकी रचनाओं को समझना मेरे लिए छोटा मुँह बड़ी बात थी।

मेरा जी पढ़ने में बिलकुल न लगता था। एक घंटा भी किताब लेकर बैठना पहाड़ था। मौका पाते ही हॉस्टल से निकलकर मैदान में आ जाता और कभी कंकरियाँ उछालता, कभी कागज की तितलियाँ उड़ाता, और कहीं कोई साथी मिल गया तो पूछना ही क्या कभी चारदीवारी पर चढ़कर नीचे कूद रहे हैं, कभी फाटक पर सवार, उसे आगे-पीछे चलाते हुए मोटरकार का आनंद उठा रहे हैं। लेकिन कमरे में आते ही भाई साहब का रौद्र रूप देखकर प्राण सूख जाते। उनका पहला सवाल होता - 'कहाँ थे?' हमेशा यही सवाल, इसी ध्वनि में पूछा जाता था और इसका जवाब मेरे पास केवल मौन था। न जाने मुँह से यह बात क्यों न निकलती कि जरा बाहर खेल रहा था। मेरा मौन कह देता था कि मुझे अपना अपराध

स्वीकार है और भाई साहब के लिए इसके सिवा और कोई इलाज न था कि स्नेह और रोष से मिले हुए शब्दों में मेरा सत्कार करें।

'इस तरह अंग्रेजी पढ़ोगे, तो जिंदगी-भर पढ़ते रहोगे और एक हर्फ़ न आयेगा। अंग्रेजी पढ़ना कोई हँसी-खेल नहीं है कि जो चाहे पढ़ ले, नहीं, ऐरा-गैरा नत्थू-खैरा सभी अंग्रेजी के विद्वान हो जाते। यहाँ रात-दिन आँखें फोड़नी पड़ती है और खून जलाना पड़ता है, तब कहीं यह विधा आती है। और आती क्या है, हाँ, कहने को आ जाती है। बड़े-बड़े विद्वान भी शुद्ध अंग्रेजी नहीं लिख सकते, बोलना तो दूर रहा। और मैं कहता हूँ, तुम कितने घोंघा हो कि मुझे देखकर भी सबक नहीं लेते। मैं कितनी मेहनत करता हूँ, तुम अपनी आँखों देखते हो, अगर नहीं देखते, जो यह तुम्हारी आँखों का कसूर है, तुम्हारी बुद्धि का कसूर है। इतने मेले-तमाशे होते है, मुझे तुमने कभी देखने जाते देखा है, रोज ही क्रिकेट और हाकी मैच होते हैं। मैं पास नहीं फटकता। हमेशा पढ़ता रहता हूँ, उस पर भी एक-एक दरजे में दो-दो, तीन-तीन साल पड़ा रहता हूँ फिर तुम कैसे आशा करते हो कि तुम यों खेल-कूद में वक्त, गँवाकर पास हो जाओगे? मुझे तो दो-तीन साल ही लगते हैं, तुम उम्र-भर इसी दरजे में पड़े सड़ते रहोगे। अगर तुम्हें इस तरह उम्र गँवानी है, तो बेहतर है, घर चले जाओ और मजे से गुल्ली-डंडा खेलो। दादा की गाढ़ी कमाई के रूपये क्यों बरबाद करते हो?'

मैं यह लताड़ सुनकर आँसू बहाने लगता। जवाब ही क्या था। अपराध तो मैंने किया, लताड़ कौन सहे? भाई साहब उपदेश की कला में निपुण थे। ऐसी-ऐसी लगती बातें कहते, ऐसे-ऐसे सूक्ति-बाण चलाते कि मेरे जिगर के टुकड़े-टुकड़े हो जाते और हिम्मत छूट जाती। इस तरह जान तोड़कर मेहनत करने वाली शक्ति मैं अपने में न पाता था और उस निराशा में जरा देर के लिए मैं सोचने लगता - क्यों न घर चला जाऊँ। जो काम मेरे बूते के बाहर है, उसमें हाथ डालकर क्यों अपनी जिंदगी खराब करूँ। मुझे अपना मूर्ख रहना मंजूर था; लेकिन उतनी मेहनत! मुझे तो चक्कर आ जाता था। लेकिन घंटे-दो-घंटे बाद निराशा के बादल फट जाते और मैं इरादा करता कि आगे से खूब जी लगाकर पढ़ूँगा। चटपट एक टाइम-टेबिल बना डालता। बिना पहले से नक्शा बनाये, बिना कोई स्कीम तैयार किये काम कैसे शुरू करूँ? टाइम-टेबिल में, खेल-कूद की मद बिलकुल उड़ जाती। प्रात:काल उठना, छः बजे मुँह-हाथ धो, नाश्ता कर पढ़ने बैठ जाना। छः से आठ तक अंग्रेजी, आठ से नौ तक हिसाब, नौ से साढ़े नौ तक इतिहास, फिर भोजन और स्कूल। साढ़े तीन बजे स्कूल से वापस होकर आधा घंटा आराम, चार से पाँच तक भूगोल, पाँच से छः तक ग्रामर, आधा घंटा हॉस्टल के सामने टहलना, साढ़े छः से सात तक अंग्रेजी कम्पोजीशन, फिर भोजन करके आठ से नौ तक अनुवाद, नौ से दस तक हिंदी, दस से ग्यारह तक विविध विषय, फिर विश्राम।

मगर टाइम-टेबिल बना लेना एक बात है, उस पर अमल करना दूसरी बात। पहले ही दिन से उसकी अवहेलना शुरू हो जाती। मैदान की वह सुखद हरियाली, हवा के वह हल्के-हल्के झोंके, फुटबाल की उछल-कूद, कबड्डी के वह दाँव-घात, बालीबाल की वह तेजी और फुरती मुझे अज्ञात और अनिवार्य रूप से खींच ले जाती और वहाँ जाते ही मैं सब कुछ भूल जाता। वह जानलेवा टाइम-टेबिल, वह आँख फोड़ पुस्तकें किसी की याद न रहती, और फिर भाई साहब को नसीहत और फजीहत का अवसर मिल जाता। मैं उनके साये से भागता, उनकी आँखों से दूर रहने कि चेष्टा करता। कमरे में इस तरह दबे पाँव आता कि उन्हें खबर न हो। उनकी नजर मेरी ओर उठी और मेरे प्राण निकले। हमेशा सिर पर एक नंगी तलवार-सी लटकती मालूम होती। फिर भी जैसे मौत और विपत्ति के बीच में भी आदमी मोह और माया के बंधन में जकड़ा रहता है, मैं फटकार और घुड़कियाँ खाकर भी खेल-कूद का तिरस्कार न कर सकता।

सालाना इम्तहान हुआ। भाई साहब फेल हो गये, मैं पास हो गया और दरजे में प्रथम आया। मेरे और उनके बीच केवल दो साल का अंतर रह गया। जी में आया, भाई साहब को आड़े हाथों लूँ - आपकी वह घोर तपस्या कहाँ गयी? मुझे देखिए, मजे से खेलता भी रहा और दरजे में अव्वल भी हूँ। लेकिन वह इतने दु:खी और उदास थे कि मुझे उनसे दिली हमदर्दी हुई और उनके घाव पर नमक छिड़कने का विचार ही लज्जास्पद जान पड़ा। हाँ, अब मुझे अपने ऊपर कुछ अभिमान हुआ और आत्मसम्मान भी बढ़ा। भाई साहब का वह रोब मुझ पर न रहा। आजादी से खेल– कूद में शरीक होने लगा। दिल मजबूत था। अगर उन्होंने फिर मेरी फजीहत की, तो साफ कह दूँगा - आपने अपना खून जलाकर कौन-सा तीर मार लिया। मैं तो खेलते-कूदते दरजे में अव्वल आ गया। जबान से यह हेकड़ी जताने का साहस न होने पर भी मेरे रंग-ढंग से साफ जाहिर होता था कि भाई साहब का वह आतंक अब मुझ पर नहीं है। भाई साहब ने इसे भाँप लिया - उनकी सहज बुद्धि बड़ी तीव्र थी और एक दिन जब मैं भोर का सारा समय गुल्ली-डंडे की भेंट करके ठीक भोजन के समय लौटा, तो भाई साहब ने मानो तलवार खींच ली और मुझ पर टूट पड़े - देखता हूँ, इस साल पास हो गये और दरजे में अव्वल आ गये, तो तुम्हें दिमाग हो गया है; मगर भाईजान, घमंड तो बड़े-बड़े का नहीं रहा, तुम्हारी क्या हस्ती, है, इतिहास में रावण का हाल तो पढ़ा ही होगा। उसके चरित्र से तुमने कौन-सा उपदेश लिया? या यों ही पढ़ गये? महज इम्तहान पास कर लेना कोई चीज नहीं, असल चीज है बुद्धि का विकास। जो कुछ पढ़ो, उसका अभिप्राय समझो। रावण भूमंडल का स्वामी था। ऐसे राजाओं को चक्रवर्ती कहते हैं। आजकल अंग्रेजों के राज्य का विस्तार बहुत बढ़ा हुआ है, पर इन्हें चक्रवर्ती नहीं कह सकते। संसार में अनेकों राष्ट्र अंग्रेजों का आधिपत्य स्वीकार नहीं करते। बिल्कुल स्वाधीन हैं। रावण चक्रवर्ती राजा था। संसार के सभी महीप उसे कर देते थे। बड़े-बड़े देवता उसकी

गुलामी करते थे। आग और पानी के देवता भी उसके दास थे; मगर उसका अंत क्या हुआ? घमंड ने उसका नाम-निशान तक मिटा दिया, कोई उसे एक चिल्लू पानी देनेवाला भी न बचा। आदमी जो कुकर्म चाहे करे; पर अभिमान न करे, इतराये नहीं। अभिमान किया और दीन-दुनिया से गया।

शैतान का हाल भी पढ़ा ही होगा। उसे यह अभिमान हुआ था कि ईश्वर का उससे बढ़कर सच्चा, भक्त कोई है ही नहीं। अंत में यह हुआ कि स्वर्ग से नरक में ढकेल दिया गया। शाहेरूम ने भी एक बार अहंकार किया था। भीख माँग-माँगकर मर गया। तुमने तो अभी केवल एक दरजा पास किया है और अभी से तुम्हारा सिर फिर गया, तब तो तुम आगे बढ़ चुके। यह समझ लो कि तुम अपनी मेहनत से नहीं पास हुए, अंधे के हाथ बटेर लग गयी। मगर बटेर केवल एक बार हाथ लग सकती है, बार-बार नहीं। कभी-कभी गुल्ली-डंडे में भी अंधा-चोट निशाना पड़ जाता है। उससे कोई सफल खिलाड़ी नहीं हो जाता। सफल खिलाड़ी वह है, जिसका कोई निशान खाली न जाए। मेरे फेल होने पर न जाओ। मेरे दरजे में आओगे, तो दाँतों पसीना आ जायगा। जब अलजेबरा और ज्योमेट्री के लोहे के चने चबाने पड़ेंगे और इंगलिस्तान का इतिहास पढ़ना पड़ेगा! बादशाहों के नाम याद रखना आसान नहीं। आठ-आठ हेनरी ही गुजरे है। कौन-सा कांड किस हेनरी के समय हुआ, क्या यह याद कर लेना आसान समझते हो? हेनरी सातवें की जगह हेनरी आठवाँ लिखा और सब नंबर गायब! सफाचट। सिफर भी न मिलेगा, सिफर भी! हो किस ख्याल में! दर्जनों तो जेम्स हुए हैं, दर्जनों विलियम, कोड़ियों चार्ल्स! दिमाग चक्कर खाने लगता है। आँधी रोग हो जाता है। इन अभागों को नाम भी न जुड़ते थे। एक ही नाम के पीछे दोयम, सोयम, चहारुम, पंजुम लगाते चले गये। मुझसे पूछते, तो दस लाख नाम बता देता। और ज्योमेट्री तो बस खुदा की पनाह! अ ब ज की जगह अ ज ब लिख दिया और सारे नंबर कट गये। कोई इन निर्दयी मुमतहिनों से नहीं पूछता कि आखिर अ ब ज और अ ज ब में क्या फर्क है और व्यर्थ की बात के लिए क्यों छात्रों का खून करते हो। दाल-भात-रोटी खायी या भात-दाल-रोटी खायी, इसमें क्या रखा है; मगर इन परीक्षकों को क्या परवाह! वह तो वही देखते हैं, जो पुस्तक में लिखा है। चाहते हैं कि लड़के अक्षर-अक्षर रट डालें। और इसी रटंत का नाम शिक्षा रख छोड़ा है और आखिर इन बे-सिर-पैर की बातों के पढ़ने से क्या फायदा?

इस रेखा पर वह लंब गिरा दो, तो आधार लंब से दुगुना होगा। पूछिए, इससे प्रयोजन? दुगुना नहीं, चौगुना हो जाए, या आधा ही रहे, मेरी बला से, लेकिन परीक्षा में पास होना है, तो यह सब खुराफात याद करनी पड़ेगी। कह दिया - 'समय की पाबंदी' पर एक निबंध लिखो, जो चार पन्नों से कम न हो। अब आप कापी सामने खोले, कलम हाथ में लिये, उसके नाम को रोइए। कौन नहीं जानता कि समय की पाबंदी बहुत अच्छी बात है। इससे आदमी के जीवन में संयम आ जाता है, दूसरों का उस पर स्नेह होने लगता है और उसके

कारोबार में उन्नति होती है; लेकिन इस जरा-सी बात पर चार पन्ने कैसे लिखें? जो बात एक वाक्य में कही जा सके, उसे चार पन्ने में लिखने की जरूरत? मैं तो इसे हिमाकत समझता हूँ। यह तो समय की किफायत नहीं, बल्कि उसका दुरूपयोग है कि व्यर्थ में किसी बात को ठूँस दिया। हम चाहते हैं, आदमी को जो कुछ कहना हो, चटपट कह दे और अपनी राह ले। मगर नहीं, आपको चार पन्ने रंगने पड़ेंगे, चाहे जैसे लिखिए। और पन्ने, भी पूरे फुलस्केप आकार के। यह छात्रों पर अत्याचार नहीं तो और क्या है? अनर्थ तो यह है कि कहा जाता है, संक्षेप में लिखो। समय की पाबंदी पर संक्षेप में एक निबंध लिखो, जो चार पन्नों से कम न हो। ठीक! संक्षेप में चार पन्ने हुए, नहीं शायद सौ-दो सौ पन्ने लिखवाते। तेज भी दौड़िये और धीरे-धीरे भी। है उल्टी बात या नहीं? बालक भी इतनी-सी बात समझ सकता है, लेकिन इन अध्यापकों को इतनी तमीज भी नहीं। उस पर दावा है कि हम अध्यापक हैं। मेरे दरजे में आओगे लाला, तो ये सारे पापड़ बेलने पड़ेंगे और तब आटे-दाल का भाव मालूम होगा। इस दरजे में अव्वल आ गये हो, तो जमीन पर पाँव नहीं रखते। इसलिए मेरा कहना मानिए। लाख फेल हो गया हूँ, लेकिन तुमसे बड़ा हूँ, संसार का मुझे तुमसे ज्यादा अनुभव है। जो कुछ कहता हूँ, उसे गिरह बाँधिए नहीं पछताइयेगा।

स्कूल का समय निकट था, नहीं ईश्वर जाने, यह उपदेश-माला कब समाप्त होती। भोजन आज मुझे नि:स्वाद-सा लग रहा था। जब पास होने पर यह तिरस्कार हो रहा है, तो फेल हो जाने पर तो शायद प्राण ही ले लिए जाएँ। भाई साहब ने अपने दरजे की पढ़ाई का जो भयंकर चित्र खींचा था; उसने मुझे भयभीत कर दिया। कैसे स्कूल छोड़कर घर नहीं भागा, यही ताज्जुब है; लेकिन इतने तिरस्कार पर भी पुस्तकों में मेरी अरुचि ज्यों-की-त्यों बनी रही। खेल-कूद का कोई अवसर हाथ से न जाने देता। पढ़ता भी था, मगर बहुत कम। बस, इतना कि रोज का टास्क पूरा हो जाए और दरजे में जलील न होना पड़े। अपने ऊपर जो विश्वास पैदा हुआ था, वह फिर लुप्त हो गया और फिर चोरों का-सा जीवन कटने लगा।

फिर सालाना इम्तहान हुआ, और कुछ ऐसा संयोग हुआ कि मैं फिर पास हुआ और भाई साहब फिर फेल हो गये। मैंने बहुत मेहनत न की पर न जाने कैसे दरजे में अव्वल आ गया। मुझे खुद अचरज हुआ। भाई साहब ने प्राणांतक परिश्रम किया था। कोर्स का एक-एक शब्द चाट गये थे; दस बजे रात तक इधर, चार बजे भोर से उधर, छ: से साढ़े नौ तक स्कूल जाने के पहले। मुद्रा कांतिहीन हो गयी थी, मगर बेचारे फेल हो गये। मुझे उन पर दया आती थी। नतीजा सुनाया गया, तो वह रो पड़े और मैं भी रोने लगा। अपने पास होने वाली खुशी आधी हो गयी। मैं भी फेल हो गया होता, तो भाई साहब को इतना दु:ख न होता, लेकिन विधि की बात कौन टाले।

मेरे और भाई साहब के बीच में अब केवल एक दरजे का अंतर और रह गया। मेरे मन में एक कुटिल भावना उदय हुई कि कहीं भाई साहब एक साल और फेल हो जाएँ, तो मैं उनके बराबर हो जाऊँ, फिर वह किस आधार पर मेरी फजीहत कर सकेंगे, लेकिन मैंने इस कमीने विचार को दिल से बलपूर्वक निकाल डाला। आखिर वह मुझे मेरे हित के विचार से ही तो डाँटते हैं। मुझे उस वक्त अप्रिय लगता है अवश्य, मगर यह शायद उनके उपदेशों का ही असर हो कि मैं दनादन पास होता जाता हूँ और इतने अच्छे नंबरों से।

अब भाई साहब बहुत कुछ नर्म पड़ गये थे। कई बार मुझे डाँटने का अवसर पाकर भी उन्होंने धीरज से काम लिया। शायद अब वह खुद समझने लगे थे कि मुझे डाँटने का अधिकार उन्हें नहीं रहा; या रहा तो बहुत कम। मेरी स्वच्छंदता भी बढ़ी। मैं उनकी सहिष्णुता का अनुचित लाभ उठाने लगा। मुझे कुछ ऐसी धारणा हुई कि मैं तो पास ही हो जाऊँगा, पढ़ूँ या न पढ़ूँ मेरी तकदीर बलवान है, इसलिए भाई साहब के डर से जो थोड़ा-बहुत पढ़ लिया करता था, वह भी बंद हुआ। मुझे कनकौए उड़ाने का नया शौक पैदा हो गया था और अब सारा समय पतंगबाजी की ही भेंट होता था, फिर भी मैं भाई साहब का अदब करता था, और उनकी नजर बचाकर कनकौए उड़ाता था। माँझा देना, कन्ने बाँधना, पतंग टूर्नामेंट की तैयारियाँ आदि समस्याएं अब गुप्त रूप से हल की जाती थीं। भाई साहब को यह संदेह न करने देना चाहता था कि उनका सम्मान और लिहाज मेरी नजरों से कम हो गया है।

एक दिन संध्या समय हॉस्टल से दूर मैं एक कनकौआ लूटने बेतहाशा दौड़ा जा रहा था। आँखें आसमान की ओर थीं और मन उस आकाशगामी पथिक की ओर, जो मंद गति से झूमता पतन की ओर चला जा रहा था, मानो कोई आत्मा स्वर्ग से निकलकर विरक्त मन से नये संस्कार ग्रहण करने जा रही हो। बालकों की एक पूरी सेना लग गयी; और झाड़दार बाँस लिये उनका स्वागत करने को दौड़ी आ रही थी। किसी को अपने आगे-पीछे की खबर न थी। सभी मानो उस पतंग के साथ ही आकाश में उड़ रहे थे, जहाँ सब कुछ समतल है, न मोटरकारें हैं, न ट्राम, न गाडियाँ।

सहसा भाई साहब से मेरी मुठभेड़ हो गयी, जो शायद बाजार से लौट रहे थे। उन्होंने वहीं मेरा हाथ पकड़ लिया और उग्र भाव से बोले - इन बाजारी लौंडो के साथ धेले के कनकौए के लिए दौड़ते तुम्हें न शर्म नहीं आती? तुम्हें इसका भी कुछ लिहाज नहीं कि अब नीची जमात में नहीं हो, बल्कि आठवीं जमात में आ गये हो और मुझसे केवल एक दरजा नीचे हो। आखिर आदमी को कुछ तो अपनी पोजीशन का ख्याल करना चाहिए। एक जमाना था कि कि लोग आठवाँ दरजा पास करके नायब तहसीलदार हो जाते थे। मैं कितने ही मिडलचियों को जानता हूँ, जो आज अव्वल दरजे के डिप्टी मजिस्ट्रेट या सुपरिटेंडेंट है। कितने ही आठवीं जमात वाले हमारे लीडर और समाचार-पत्रों के संपादक है। बड़े-बड़े विद्वान उनकी मातहती में काम करते है और तुम उसी आठवें दरजे में आकर बाजारी लौंडों

के साथ कनकौए के लिए दौड़ रहे हो। मुझे तुम्हारी इस कमअकली पर दु:ख होता है। तुम जहीन हो, इसमें शक नहीं; लेकिन वह जेहन किस काम का, जो हमारे आत्मगौरव की हत्या कर डाले? तुम अपने दिन में समझते होंगे, मैं भाई साहब से महज एक दर्जा नीचे हूँ और अब उन्हें मुझको कुछ कहने का हक नहीं है; लेकिन यह तुम्हारी गलती है। मैं तुमसे पाँच साल बड़ा हूँ और चाहे आज तुम मेरी ही जमात में आ जाओ - और परीक्षकों का यही हाल है, तो निस्संदेह अगले साल तुम मेरे समकक्ष हो जाओगे और शायद एक साल बाद तुम मुझसे आगे निकल जाओ - लेकिन मुझमें और तुममें जो पाँच साल का अंतर है, उसे तुम क्या, खुदा भी नहीं मिटा सकता। मैं तुमसे पाँच साल बड़ा हूँ और हमेशा रहूँगा। मुझे दुनिया का और जिंदगी का जो तजरबा है, तुम उसकी बराबरी नहीं कर सकते, चाहे तुम एम.ए. , डी. फिल. और डी. लिट्. ही क्यों न हो जाओ। समझ किताबें पढ़ने से नहीं आती है। हमारी अम्मा ने कोई दरजा पास नहीं किया, और दादा भी शायद पाँचवीं-छठी जमात के आगे नहीं गये, लेकिन हम दोनों चाहे सारी दुनिया की विद्या पढ़ लें, अम्मा और दादा को हमें समझाने और सुधारने का अधिकार हमेशा रहेगा। केवल इसलिए नहीं कि वे हमारे जन्मदाता हैं, बल्कि इसलिए कि उन्हें दुनिया का हमसे ज्यादा तजरबा है और रहेगा। अमेरिका में किस तरह कि राज्य व्यवस्था है और आठवें हेनरी ने कितने विवाह किये और आकाश में कितने नक्षत्र हैं, यह बातें चाहे उन्हें न मालूम हों, लेकिन हजारों ऐसी बातें हैं, जिनका ज्ञान उन्हें हमसे और तुमसे ज्यादा है।

दैव न करे, आज मैं बीमार हो जाऊँ, तो तुम्हारे हाथ-पाँव फूल जाएँगे। दादा को तार देने के सिवा तुम्हें और कुछ न सूझेगा; लेकिन तुम्हारी जगह पर दादा हों, तो किसी को तार न दें, न घबरायें, न बदहवास हों। पहले खुद मरज पहचानकर इलाज करेंगे, उसमें सफल न हुए, तो किसी डाक्टर को बुलायेंगे। बीमारी तो खैर बड़ी चीज है। हम-तुम तो इतना भी नहीं जानते कि महीने भर का खर्च महीने भर कैसे चले। जो कुछ दादा भेजते हैं, उसे हम बीस-बाईस तक खर्च कर डालते हैं और पैसे-पैसे को मोहताज हो जाते हैं। नाश्ता बंद हो जाता है, धोबी और नाई से मुँह चुराने लगते हैं; लेकिन जितना आज हम और तुम खर्च कर रहे हैं, उसके आधे में दादा ने अपनी उम्र का बड़ा भाग इज्जत और नेकनामी के साथ निभाया है और एक कुटुंब का पालन किया है, जिसमें सब मिलाकर नौ आदमी थे। अपने हेडमास्टर साहब ही को देखो। एम.ए. हैं कि नहीं; और यहाँ के एम.ए., नहीं, ऑक्सफोर्ड के। एक हजार रूपये पाते हैं, लेकिन उनके घर इंतजाम कौन करता है? उनकी बूढ़ी माँ। हेडमास्टर साहब की डिग्री यहाँ आकर बेकार हो गयी। पहले खुद घर का इंतजाम करते थे। खर्च पूरा न पड़ता था। कर्जदार रहते थे। जब से उनकी माताजी ने प्रबंध अपने हाथ में ले लिया है, जैसे घर में लक्ष्मी आ गयी हैं। तो भाईजान, यह गरूर दिल से निकाल डालो कि तुम मेरे समीप आ गये हो और अब स्वतंत्र हो। मेरे देखते तुम बेराह नहीं चल पाओगे। अगर तुम यों

न मानोगे, तो मैं (थप्पड़ दिखाकर) इसका प्रयोग भी कर सकता हूँ। मैं जानता हूँ, तुम्हें मेरी बातें जहर लग रही हैं...

मैं उनकी इस नयी युक्ति से नत-मस्तक हो गया। मुझे आज सचमुच अपनी लघुता का अनुभव हुआ और भाई साहब के प्रति मेरे मन में श्रद्धा उत्पन्न हुई। मैंने सजल आँखों से कहा- हरगिज नहीं। आप जो कुछ फरमा रहे हैं, वह बिलकुल सच है और आपको कहने का अधिकार है।

भाई साहब ने मुझे गले लगा लिया और बोले - मैं कनकौए उड़ाने को मना नहीं करता। मेरा जी भी ललचाता है, लेकिन क्या करूँ, खुद बेराह चलूँ तो तुम्हारी रक्षा कैसे करूँ? यह कर्तव्य भी तो मेरे सिर पर है!

संयोग से उसी वक्त एक कटा हुआ कनकौआ हमारे ऊपर से गुजरा। उसकी डोर लटक रही थी। लड़कों का एक गोल पीछे-पीछे दौड़ा चला आता था। भाई साहब लंबे हैं ही, उछलकर उसकी डोर पकड़ ली और बेतहाशा हॉस्टल की तरफ दौड़े। मैं पीछे-पीछे दौड़ रहा था।

•••

ईदगाह

रमजान के पूरे तीस रोजों के बाद ईद आयी है। कितना मनोहर, कितना सुहावना प्रभाव है। वृक्षों पर अजीब हरियाली है, खेतों में कुछ अजीब रौनक है, आसमान पर कुछ अजीब लालिमा है। आज का सूर्य देखो, कितना प्यारा, कितना शीतल है, यानी संसार को ईद की बधाई दे रहा है। गाँव में कितनी हलचल है। ईदगाह जाने की तैयारियाँ हो रही हैं। किसी के कुरते में बटन नहीं है, पड़ोस के घर में सुई-धागा लेने दौड़ा जा रहा है। किसी के जूते कड़े हो गए हैं, उनमें तेल डालने के लिए तेली के घर पर भागा जाता है। जल्दी-जल्दी बैलों को सानी-पानी दे दें। ईदगाह से लौटते-लौटते दोपहर हो जाएगी। तीन कोस का पैदल रास्ता, फिर सैकड़ों आदमियों से मिलना-भेंटना, दोपहर के पहले लौटना असम्भव है। लड़के सबसे ज्यादा प्रसन्न हैं। किसी ने एक रोजा रखा है, वह भी दोपहर तक, किसी ने वह भी नहीं, लेकिन ईदगाह जाने की खुशी उनके हिस्से की चीज है। रोजे बड़े-बूढ़ों के लिए होंगे। इनके लिए तो ईद है। रोज ईद का नाम रटते थे, आज वह आ गयी। अब जल्दी पड़ी है कि लोग ईदगाह क्यों नहीं चलते। इन्हें गृहस्थी की चिंताओं से क्या प्रयोजन! सेवैयों के लिए दूध ओर शक्कर घर में है या नहीं, इनकी बला से, ये तो सेवैयाँ खायेंगे। वह क्या जानें कि अब्बाजान क्यों बदहवास चौधरी कायमअली के घर दौड़े जा रहे हैं। उन्हें क्या खबर कि चौधरी आँखें बदल लें, तो यह सारी ईद मुहर्रम हो जाए। उनकी अपनी जेबों में तो कुबेर का धन भरा हुआ है। बार-बार जेब से अपना खजाना निकालकर गिनते हैं और खुश होकर फिर रख लेते हैं। महमूद गिनता है, एक-दो, दस,-बारह, उसके पास बारह पैसे हैं। मोहसिन के पास एक, दो, तीन, आठ, नौ, पंद्रह पैसे हैं। इन्हीं अनगिनती पैसों में अनगिनती चीजें लाएंगे – खिलौने, मिठाइयाँ, बिगुल, गेंद और जाने क्या-क्या। और सबसे ज्यादा प्रसन्न है हामिद। वह चार-पाँच साल का गरीब-सूरत, दुबला-पतला लड़का, जिसका बाप गत वर्ष हैजे की भेंट हो गया और माँ न जाने क्यों पीली होती-होती एक दिन मर गयी। किसी को पता क्या बीमारी है। कहती तो कौन सुनने वाला था? दिल पर जो कुछ बीतती थी, वह दिल में ही सहती थी ओर जब न सहा गया तो संसार से विदा हो गयी। अब हामिद अपनी बूढ़ी दादी अमीना की गोद में सोता है और उतना ही प्रसन्न है। उसके अब्बाजान रूपये कमाने गए हैं। बहुत-सी थैलियाँ लेकर आयेंगे। अम्मीजान अल्लाह मियाँ के घर से उसके लिए बड़ी अच्छी-अच्छी चीजें लाने गयी हैं, इसलिए हामिद प्रसन्न है। आशा तो बड़ी चीज है, और फिर बच्चों की आशा! उनकी कल्पना तो राई का पर्वत बना लेती है। हामिद के पाँव

में जूते नहीं हैं, सिर पर एक पुरानी-धुरानी टोपी है, जिसका गोटा काला पड़ गया है, फिर भी वह प्रसन्न है। जब उसके अब्बाजान थैलियाँ और अम्मीजान नियामतें लेकर आयेंगी, तो वह दिल से अरमान निकाल लेगा। तब देखेगा, मोहसिन, नूरे और सम्मी कहाँ से उतने पैसे निकालेंगे। अभागिन अमीना अपनी कोठरी में बैठी रो रही है। आज ईद का दिन, उसके घर में दाना नहीं! आज आबिद होता, तो क्या इसी तरह ईद आती ओर चली जाती! इस अंधकार और निराशा में वह डूबी जा रही है। किसने बुलाया था इस निगोड़ी ईद को? इस घर में उसका काम नहीं, लेकिन हामिद! उसे किसी के मरने-जीने से क्या मतलब? उसके अन्दर प्रकाश है, बाहर आशा। विपत्ति अपना सारा दल-बल लेकर आये, हामिद की आनंद-भरी चितवन उसका विध्वंस कर देगी।

हामिद भीतर जाकर दादी से कहता है – तुम डरना नहीं अम्मा, मैं सबसे पहले आऊँगा। बिल्कुल न डरना।

अमीना का दिल कचोट रहा है। गाँव के बच्चे अपने-अपने बाप के साथ जा रहे हैं। हामिद का बाप अमीना के सिवा और कौन है! उसे कैसे अकेले मेले जाने दे? उस भीड़-भाड़ से बच्चा कहीं खो जाए तो क्या हो? नहीं, अमीना उसे यों न जाने देगी। नन्ही-सी जान! तीन कोस चलेगा कैसे? पैर में छाले पड़ जायेंगे। जूते भी तो नहीं हैं। वह थोड़ी-थोड़ी दूर पर उसे गोद में ले लेती, लेकिन यहाँ सेवैयाँ कौन पकायेगा? पैसे होते तो लौटते-लौटते सब सामग्री जमा करके चटपट बना लेती। यहाँ तो घंटों चीजें जमा करते लगेंगे। माँगे का ही तो भरोसा ठहरा। उस दिन फहीमन के कपड़े सिले थे। आठ आने पैसे मिले थे। उस अठन्नी को ईमान की तरह बचाती चली आती थी, इसी ईद के लिए। लेकिन कल ग्वालन सिर पर सवार हो गयी तो क्या करती? हामिद के लिए कुछ नहीं है, तो दो पैसे का दूध तो चाहिए ही। अब तो कुल दो आने पैसे बच रहे हैं। तीन पैसे हामिद की जेब में, पाँच अमीना के बटवे में। यही तो बिसात है और ईद का त्यौहार, अल्लाह ही बेड़ा पार लगावे। धोबन और नाइन ओर मेहतरानी और चुड़िहारिन सभी तो आयेंगी। सभी को सेवैयाँ चाहिए और थोड़ा किसी को आँखों नहीं लगता। किस-किस से मुँह चुरायेगी? और मुँह क्यों चुराये? साल भर का त्यौहार है। ज़िंदगी ख़ैरियत से रहे, उनकी तकदीर भी तो उसी के साथ है। बच्चे को खुदा सलामत रखे, ये दिन भी कट जाएँगे।

गाँव से मेला चला। और बच्चों के साथ हामिद भी जा रहा था। कभी सबके सब दौड़कर आगे निकल जाते। फिर किसी पेड़ के नीचे खड़े होकर साथ वालों का इंतज़ार करते। यह लोग क्यों इतना धीरे-धीरे चल रहे हैं? हामिद के पैरों में तो जैसे पर लग गए हैं। वह कभी थक सकता है? शहर का दामन आ गया। सड़क के दोनों ओर अमीरों के बगीचे हैं। पक्की चारदीवारी बनी हुई है। पेड़ों में आम और लीचियाँ लगी हुई हैं। कभी-कभी कोई लड़का

कंकड़ी उठाकर आम पर निशान लगाता है। माली अंदर से गाली देता हुआ निकलता है। लड़के वहाँ से एक फर्लांग पर हैं। खूब हँस रहे हैं। माली को कैसा उल्लू बनाया है।

बड़ी-बड़ी इमारतें आने लगीं। यह अदालत है, यह कालेज है, यह क्लब-घर है। इतने बड़े कालेज में कितने लड़के पढ़ते होंगे? सब लड़के नहीं हैं जी! बड़े-बड़े आदमी हैं, सच! उनकी बड़ी-बड़ी मूँछें हैं। इतने बड़े हो गए, अभी तक पढ़ने जाते हैं। न जाने कब तक पढ़ेंगे और क्या करेंगे इतना पढ़कर! हामिद के मदरसे में दो-तीन बड़े-बड़े लड़के हैं, बिलकुल तीन कौड़ी के। रोज मार खाते हैं, काम से जी चुराने वाले। इस जगह भी उसी तरह के लोग होंगे ओर क्या। क्लब-घर में जादू होता है। सुना है, यहाँ मुर्दों की खोपड़ियाँ दौड़ती हैं। और बड़े-बड़े तमाशे होते हैं, पर किसी को अंदर नहीं जाने देते। और वहाँ शाम को साहब लोग खेलते हैं। बड़े-बड़े आदमी खेलते हैं, मूँछों दाढ़ी वाले। और मेमें भी खेलती हैं, सच! हमारी अम्मा को यह दे दो, क्या नाम है, बैट, तो उसे पकड़ ही न सकें। घुमाते ही लुढ़क जाएँ।

महमूद ने कहा – हमारी अम्मीजान का तो हाथ काँपने लगे, अल्ला कसम।

मोहसिन बोला – चलो, मनों आटा पीस डालती हैं। ज़रा-सा बैट पकड़ लेंगी, तो हाथ काँपने लगेंगे! सैकड़ों घड़े पानी रोज निकालती हैं। पाँच घड़े तो तेरी भैंस पी जाती है। किसी मेम को एक घड़ा पानी भरना पड़े, तो आँखों तले अँधेरा आ जाए।

महमूद – लेकिन दौड़ती तो नहीं, उछल-कूद तो नहीं सकतीं।

मोहसिन – हाँ, उछल-कूद तो नहीं सकतीं, लेकिन उस दिन मेरी गाय खुल गयी थी और चौधरी के खेत में जा पड़ी थी, अम्मा इतना तेज दौड़ीं कि मैं उन्हें न पा सका, सच।

आगे चले। हलवाइयों की दुकानें शुरू हुईं। आज खूब सजी हुई थीं। इतनी मिठाइयाँ कौन खाता है? देखो न, एक-एक दूकान पर मनों होंगी। सुना है, रात को जिन्नात आकर खरीद ले जाते हैं। अब्बा कहते थे कि आधी रात को एक आदमी हर दुकान पर जाता है और जितना माल बचा होता है, वह तुलवा लेता है और सचमुच के रूपये देता है, बिल्कुल ऐसे ही रूपये।

हामिद को यकीन न आया – ऐसे रूपये जिन्नात को कहाँ से मिल जायेंगे?

मोहसिन ने कहा – जिन्नात को रूपये की क्या कमी? जिस खजाने में चाहें, चले जाएँ। लोहे के दरवाजे तक उन्हें नहीं रोक सकते जनाब, आप हैं किस फेर में! हीरे-जवाहरात तक उनके पास रहते हैं। जिससे खुश हो गये, उसे टोकरों जवाहरात दे दिये। अभी यहीं बैठे हैं, पाँच मिनट में कलकत्ता पहुँच जाएँ।

हामिद ने फिर पूछा – जिन्नात बहुत बड़े-बड़े होते हैं?

मोहसिन – एक-एक सिर आसमान के बराबर होता है जी! जमीन पर खड़ा हो जाए तो उसका सिर आसमान से जा लगे, मगर चाहे तो एक लोटे में घुस जाए।

हामिद – लोग उन्हें कैसे खुश करते होंगे? कोई मुझे यह मंतर बता दे तो एक जिन्न को खुश कर लूँ।

मोहसिन – अब यह तो मैं नहीं जानता, लेकिन चौधरी साहब के काबू में बहुत-से जिन्नात हैं। कोई चीज चोरी जाए चौधरी साहब उसका पता लगा देंगे ओर चोर का नाम बता देंगे। जुमराती का बछवा उस दिन खो गया था। तीन दिन हैरान हुए, कहीं न मिला तब झख मारकर चौधरी के पास गये। चौधरी ने तुरन्त बता दिया, मवेशीखाने में है और वहीं मिला। जिन्नात आकर उन्हें सारे जहान की खबर दे जाते हैं।

अब उसकी समझ में आ गया कि चौधरी के पास क्यों इतना धन है और क्यों उनका इतना सम्मान है।

आगे चले। यह पुलिस लाइन है। यहीं सब कानिसटिबिल कवायद करते हैं। रैटन! फाम फो! रात को बेचारे घूम-घूमकर पहरा देते हैं, नहीं चोरियाँ हो जाएँ। मोहसिन ने प्रतिवाद किया – यह कानिसटिबिल पहरा देते हैं? तभी तुम बहुत जानते हो अजी हजरत, यह चोरी करते हैं। शहर के जितने चोर-डाकू हैं, सब इनसे मिले रहते हैं। रात को ये लोग चोरों से तो कहते हैं, चोरी करो और आप दूसरे मुहल्ले में जाकर 'जागते रहो! जागते रहो!' पुकारते हैं। तभी इन लोगों के पास इतने रूपये आते हैं। मेरे मामू एक थाने में कानिसटिबिल हैं। बीस रूपया महीना पाते हैं, लेकिन पचास रूपये घर भेजते हैं। अल्लाह कसम! मैंने एक बार पूछा था कि मामू, आप इतने रूपये कहाँ से पाते हैं? हँसकर कहने लगे – बेटा, अल्लाह देता है। फिर आप ही बोले – हम लोग चाहें तो एक दिन में लाखों मार लायें। हम तो इतना ही लेते हैं, जिसमें अपनी बदनामी न हो और नौकरी न चली जाए।

हामिद ने पूछा – यह लोग चोरी करवाते हैं, तो कोई इन्हें पकड़ता नहीं?

मोहसिन उसकी नादानी पर दया दिखाकर बोला - अरे, पागल! इन्हें कौन पकड़ेगा! पकड़ने वाले तो यह लोग खुद हैं, लेकिन अल्लाह, इन्हें सजा भी खूब देता है। हराम का माल हराम में जाता है। थोड़े ही दिन हुए, मामू के घर में आग लग गयी। सारी लेई-पूँजी जल गयी। एक बरतन तक न बचा। कई दिन पेड़ के नीचे सोये, अल्लाह कसम, पेड़ के नीचे! फिर न जाने कहाँ से एक सौ कर्ज लाये तो बरतन-भांडे आये।

हामिद – एक सौ तो पचास से ज्यादा होते हैं?

'कहाँ पचास, कहाँ एक सौ। पचास एक थैली-भर होता है। सौ तो दो थैलियों में भी न आएँ?'

अब बस्ती घनी होने लगी। ईदगाह जानेवालों की टोलियाँ नजर आने लगीं। एक से एक भड़कीले वस्त्र पहने हुए। कोई इक्के-ताँगे पर सवार, कोई मोटर पर, सभी इत्र में बसे, सभी के दिलों में उमंग। ग्रामीणों का यह छोटा-सा दल अपनी विपन्नता से बेखबर, सन्तोष ओर

धैर्य में मगन चला जा रहा था। बच्चों के लिए नगर की सभी चीजें अनोखी थीं। जिस चीज की ओर ताकते, ताकते ही रह जाते और पीछे से बार-बार हार्न की आवाज होने पर भी न चेतते। हामिद तो मोटर के नीचे जाते-जाते बचा।

सहसा ईदगाह नजर आयी। ऊपर इमली के घने वृक्षों की छाया है। नीचे पक्का फर्श है, जिस पर जाजम बिछा हुआ है। और रोजेदारों की पंक्तियाँ एक के पीछे एक न जाने कहाँ तक चली गयी हैं, पक्की जगत के नीचे तक, जहाँ जाजम भी नहीं है। नये आने वाले आकर पीछे की कतार में खड़े हो जाते हैं। आगे जगह नहीं है। यहाँ कोई धन और पद नहीं देखता। इस्लाम की निगाह में सब बराबर हैं। इन ग्रामीणों ने भी वजू किया ओर पिछली पंक्ति में खड़े हो गये। कितना सुन्दर संचालन है, कितनी सुन्दर व्यवस्था! लाखों सिर एक साथ सिजदे में झुक जाते हैं, फिर सबके सब एक साथ खड़े हो जाते हैं, एक साथ झुकते हैं, और एक साथ घुटनों के बल बैठ जाते हैं। कई बार यही क्रिया होती है, जैसे बिजली की लाखों बत्तियाँ एक साथ प्रदीप्त हों और एक साथ बुझ जाएँ, और यही क्रम चलता रहा। कितना अपूर्व दृश्य था, जिसकी सामूहिक क्रियाएँ, विस्तार और अनंतता हृदय को श्रद्धा, गर्व और आत्मानंद से भर देती थीं, मानों भ्रातृत्व का एक सूत्र इन समस्त आत्माओं को एक लड़ी में पिरोये हुए है।

नमाज खत्म हो गयी है। लोग आपस में गले मिल रहे हैं। तब मिठाई और खिलौने की दूकान पर धावा होता है। ग्रामीणों का यह दल इस विषय में बालकों से कम उत्साही नहीं है। यह देखो, हिंडोला है एक पैसा देकर चढ़ जाओ। कभी आसमान पर जाते हुए मालूम होंगे, कभी जमीन पर गिरते हुए। यह चर्खी है, लकड़ी के हाथी, घोड़े, ऊँट, छड़ों में लटके हुए हैं। एक पैसा देकर बैठ जाओ और पच्चीस चक्करों का मजा लो। महमूद और मोहसिन ओर नूरे ओर सम्मी इन घोड़ों ओर ऊँटों पर बैठते हैं। हामिद दूर खड़ा है। तीन ही पैसे तो उसके पास हैं। अपने कोष का एक तिहाई जरा-सा चक्कर खाने के लिए नहीं दे सकता।

सब चर्खियों से उतरते हैं। अब खिलौने लेंगे। इधर दूकानों की कतार लगी हुई है। तरह-तरह के खिलौने हैं – सिपाही और गुजरिया, राजा और वकील, भिश्ती और धोबिन और साधु। वाह! कितने सुन्दर खिलौने हैं। अब बोला ही चाहते हैं। महमूद सिपाही लेता है, खाकी वर्दी और लाल पगड़ीवाला, कंधे पर बंदूक रखे हुए, मालूम होता है, अभी कवायद किये चला आ रहा है। मोहसिन को भिश्ती पसंद आया। कमर झुकी हुई है, ऊपर मशक रखे हुए है। मशक का मुँह एक हाथ से पकड़े हुए है। कितना प्रसन्न है! शायद कोई गीत गा रहा है। बस, मशक से पानी उड़ेलना ही चाहता है। नूरे को वकील से प्रेम है। कैसी विद्वत्ता है उसके मुख पर! काला चोगा, नीचे सफेद अचकन, अचकन के सामने की जेब में घड़ी, सुनहरी जंजीर, एक हाथ में कानून का पोथा लिये हुए। मालूम होता है, अभी किसी अदालत से जिरह या बहस किये चले आ रहे हैं। यह सब दो-दो पैसे के खिलौने हैं। हामिद के पास

कुल तीन पैसे हैं, इतने महँगे खिलौने वह कैसे ले? खिलौना कहीं हाथ से छूट पड़े तो चूर-चूर हो जाए। जरा पानी पड़े तो सारा रंग घुल जाए। ऐसे खिलौने लेकर वह क्या करेगा; किस काम के!

मोहसिन कहता है – मेरा भिश्ती रोज पानी दे जायगा साँझ-सबेरे।

महमूद – और मेरा सिपाही घर का पहरा देगा कोई चोर आयेगा, तो फौरन बंदूक से फैर कर देगा।

नूरे – और मेरा वकील खूब मुकदमा लड़ेगा।

सम्मी - और मेरी धोबिन रोज कपड़े धोएगी।

हामिद खिलौनों की निंदा करता है – मिट्टी ही के तो हैं, गिरें तो चकनाचूर हो जाएँ, लेकिन ललचाई हुई आँखों से खिलौनों को देख रहा है और चाहता है कि जरा देर के लिए उन्हें हाथ में ले सकता। उसके हाथ अनायास ही लपकते हैं, लेकिन लड़के इतने त्यागी नहीं होते हैं, विशेषकर जब अभी नया शौक है। हामिद ललचाता रह जाता है।

खिलौने के बाद मिठाइयाँ आती हैं। किसी ने रेवड़ियाँ ली हैं, किसी ने गुलाबजामुन किसी ने सोहन हलवा। मजे से खा रहे हैं। हामिद बिरादरी से पृथक है। अभागे के पास तीन पैसे हैं। क्यों नहीं कुछ लेकर खाता? ललचायी आँखों से सबकी ओर देखता है।

मोहसिन कहता है – हामिद, रेवड़ी ले जा, कितनी खुशबूदार है!

हामिद को संदेह हुआ, ये केवल क्रूर विनोद है, मोहसिन इतना उदार नहीं है, लेकिन यह जानकर भी वह उसके पास जाता है। मोहसिन दोने से एक रेवड़ी निकालकर हामिद की ओर बढ़ाता है। हामिद हाथ फैलाता है। मोहसिन रेवड़ी अपने मुँह में रख लेता है। महमूद, नूरे और सम्मी खूब तालियाँ बजा-बजाकर हँसते हैं। हामिद खिसिया जाता है।

मोहसिन – अच्छा, अबकी जरूर देंगे हामिद, अल्लाह कसम, ले जाव।

हामिद – रखे रहो। क्या मेरे पास पैसे नहीं हैं?

सम्मी – तीन ही पैसे तो हैं। तीन पैसे में क्या-क्या लोगे?

महमूद – हमसे गुलाबजामुन ले जाव हामिद। मोहमिन बदमाश है।

हामिद – मिठाई कौन बड़ी नेमत है। किताब में इसकी कितनी बुराइयाँ लिखी हैं।

मोहसिन – लेकिन दिल में कह रहे होंगे कि मिले तो खा लें। अपने पैसे क्यों नहीं निकालते?

महमूद – हम समझते हैं, इसकी चालाकी। जब हमारे सारे पैसे खर्च हो जायेंगे, तो हमें ललचा-ललचाकर खाएगा।

मिठाइयों के बाद कुछ दूकानें लोहे की चीजों की, कुछ गिलट और कुछ नकली गहनों की। लड़कों के लिए यहाँ कोई आकर्षण न था। वे सब आगे बढ़ जाते हैं, हामिद लोहे की दुकान पर रूक जाता है। कई चिमटे रखे हुए थे। उसे खयाल आया, दादी के पास चिमटा नहीं है। तवे से रोटियाँ उतारती हैं, तो हाथ जल जाता है। अगर वह चिमटा ले जाकर दादी को दे दे, तो वह कितना प्रसन्न होंगी! फिर उनकी उंगलियाँ कभी न जलेंगी। घर में एक काम की चीज हो जाएगी। खिलौने से क्या फायदा? व्यर्थ में पैसे खराब होते हैं। जरा देर ही तो खुशी होती है। फिर तो खिलौने को कोई आँख उठाकर नहीं देखता। यह तो घर पहुँचते-पहुँचते टूट-फूट बराबर हो जायेंगे या छोटे बच्चे जो मेले में नहीं आये हैं जिद कर के ले लेंगे और तोड़ डालेंगे। चिमटा कितने काम की चीज है। रोटियाँ तवे से उतार लो, चूल्हें में सेंक लो। कोई आग माँगने आये तो चटपट चूल्हे से आग निकालकर उसे दे दो। अम्मा बेचारी को कहाँ फुरसत है कि बाजार आयें और इतने पैसे ही कहाँ मिलते हैं? रोज हाथ जला लेती हैं।

हामिद के साथी आगे बढ़ गये हैं। सबील पर सब-के-सब शर्बत पी रहे हैं। देखो, सब कितने लालची हैं। इतनी मिठाइयाँ लीं, मुझे किसी ने एक भी न दी। उस पर कहते है, मेरे साथ खेलो। मेरा यह काम करो। अब अगर किसी ने कोई काम करने को कहा, तो पूछूँगा। खायें मिठाइयाँ, आप मुँह सड़ेगा, फोड़े-फुन्सियाँ निकलेंगी, आप ही जबान चटोरी हो जाएगी। तब घर से पैसे चुरायेंगे और मार खायेंगे। किताब में झूठी बातें थोड़े ही लिखी हैं। मेरी जबान क्यों खराब होगी? अम्मा चिमटा देखते ही दौड़कर मेरे हाथ से ले लेंगी और कहेंगी – मेरा बच्चा अम्मा के लिए चिमटा लाया है। कितना अच्छा लड़का है। इन लोगों के खिलौने पर कौन इन्हें दुआयें देगा? बड़ों की दुआयें सीधे अल्लाह के दरबार में पहुँचती हैं, और तुरंत सुनी जाती हैं। मेरे पास पैसे नहीं हैं। तभी तो मोहसिन और महमूद यों मिजाज दिखाते हैं। मैं भी इनसे मिजाज दिखाऊँगा। खेलें खिलौने और खायें मिठाइयाँ। मैं नहीं खेलता खिलौने, किसी का मिजाज क्यों सहूँ? मैं गरीब सही, किसी से कुछ माँगने तो नहीं जाता। आखिर अब्बाजान कभी न कभी आयेंगे। अम्मा भी आयेंगी ही। फिर इन लोगों से पूछूँगा, कितने खिलौने लोगे? एक-एक को टोकरियों खिलौने दूँ और दिखा दूँ कि दोस्तों के साथ इस तरह का सलूक किया जाता है। यह नहीं कि एक पैसे की रेवड़ियाँ लीं, तो चिढ़ा-चिढ़ाकर खाने लगे। सबके सब खूब हँसेंगे कि हामिद ने चिमटा लिया है। हँसें! मेरी बला से। उसने दुकानदार से पूछा – यह चिमटा कितने का है?

दुकानदार ने उसकी ओर देखा और कोई आदमी साथ न देखकर कहा – तुम्हारे काम का नहीं है जी!

'बिकाऊ है कि नहीं?'

'बिकाऊ क्यों नहीं है? और यहाँ क्यों लाद लाये हैं?'

'तो बताते क्यों नहीं, कै पैसे का है?'

'छ: पैसे लगेंगे।'

हामिद का दिल बैठ गया।

'ठीक-ठीक पाँच पैसे लगेंगे, लेना हो लो, नहीं चलते बनो।'

हामिद ने कलेजा मजबूत करके कहा- तीन पैसे लोगे?

यह कहता हुआ वह आगे बढ़ गया कि दुकानदार की घुड़कियाँ न सुने। लेकिन दुकानदार ने घुड़कियाँ नहीं दी। बुलाकर चिमटा दे दिया। हामिद ने उसे इस तरह कंधे पर रखा, मानो बंदूक है और शान से अकड़ता हुआ संगियों के पास आया। जरा सुनें, सबके सब क्या-क्या आलोचनाएँ करते हैं!

मोहसिन ने हँसकर कहा – यह चिमटा क्यों लाया पगले, इसे क्या करेगा?

हामिद ने चिमटे को जमीन पर पटककर कहा – जरा अपना भिश्ती जमीन पर गिरा दो। सारी पसलियाँ चूर-चूर हो जाएँ बच्चू की।

महमूद बोला – तो यह चिमटा कोई खिलौना है?

हामिद – खिलौना क्यों नहीं है! अभी कंधे पर रखा, बंदूक हो गयी। हाथ में ले लिया, फकीरों का चिमटा हो गया। चाहूँ तो इससे मजीरे का काम ले सकता हूँ। एक चिमटा जमा दूँ, तो तुम लोगों के सारे खिलौनों की जान निकल जाए। तुम्हारे खिलौने कितना ही जोर लगायें, मेरे चिमटे का बाल भी बाँका नहीं कर सकते। मेरा बहादुर शेर है चिमटा।

सम्मी ने खँजरी ली थी। प्रभावित होकर बोला – मेरी खँजरी से बदलोगे? दो आने की है।

हामिद ने खँजरी की ओर उपेक्षा से देखा - मेरा चिमटा चाहे तो तुम्हारी खँजरी का पेट फाड़ डाले। बस, एक चमड़े की झिल्ली लगा दी, ढब-ढब बोलने लगी। जरा-सा पानी लग जाए तो खत्म हो जाए। मेरा बहादुर चिमटा आग में, पानी में, आँधी में, तूफान में बराबर डटा खड़ा रहेगा।

चिमटे ने सभी को मोहित कर लिया, अब पैसे किसके पास धरे हैं? फिर मेले से दूर निकल आये हैं, नौ कब के बज गए, धूप तेज हो रही है। घर पहुँचने की जल्दी हो रही है। बाप से जिद भी करें, तो चिमटा नहीं मिल सकता। हामिद है बड़ा चालाक। इसीलिए बदमाश ने अपने पैसे बचा रखे थे।

अब बालकों के दो दल हो गये हैं। मोहसिन, महमूद, सम्मी और नूरे एक तरफ हैं, हामिद अकेला दूसरी तरफ। शास्त्रार्थ हो रहा है। सम्मी तो विधर्मी हो गया! दूसरे पक्ष से जा मिला, लेकिन मोहसिन, महमूद और नूरे भी हामिद से एक-एक, दो-दो साल बड़े होने पर भी हामिद के आघातों से आतंकित हो उठे हैं। उसके पास न्याय का बल है और नीति की

शक्ति। एक ओर मिट्टी है, दूसरी ओर लोहा, जो इस वक्त अपने को फौलाद कह रहा है। वह अजेय है, घातक है। अगर कोई शेर आ जाए तो मियाँ भिश्ती के छक्के छूट जाएँ, मियाँ सिपाही मिट्टी की बंदूक छोड़कर भागें, वकील साहब की नानी मर जाए, चोगे में मुँह छिपाकर जमीन पर लेट जाएँ। मगर यह चिमटा, यह बहादुर, यह रूस्तमे-हिंद लपककर शेर की गरदन पर सवार हो जायगा और उसकी आँखें निकाल लेगा।

मोहसिन ने एड़ी – चोटी का जोर लगाकर कहा – अच्छा, पानी तो नहीं भर सकता?

हामिद ने चिमटे को सीधा खड़ा करके कहा – भिश्ती को एक डाँट बतायेगा, तो दौड़ा हुआ पानी लाकर उसके द्वार पर छिड़कने लगेगा।

मोहसिन परास्त हो गया, पर महमूद ने कुमुक पहुँचाई – अगर बच्चा पकड़ जाएँ तो अदालत में बँधे-बँधे फिरेंगे। तब तो वकील साहब के पैरों पड़ेंगे।

हामिद इस प्रबल तर्क का जवाब न दे सका। उसने पूछा – हमें पकड़ने कौन आयेगा?

नूरे ने अकड़कर कहा – यह सिपाही बंदूकवाला।

हामिद ने मुँह चिढ़ाकर कहा – यह बेचारे हम बहादुर रूस्तमे – हिंद को पकड़ेंगे! अच्छा लाओ, अभी जरा कुश्ती हो जाए। इसकी सूरत देखकर दूर से भागेंगे। पकड़ेंगे क्या बेचारे!

मोहसिन को एक नयी चोट सूझ गयी – तुम्हारे चिमटे का मुँह रोज आग में जलेगा।

उसने समझा था कि हामिद लाजवाब हो जायगा, लेकिन यह बात न हुई। हामिद ने तुरंत जवाब दिया – आग में बहादुर ही कूदते हैं जनाब, तुम्हारे यह वकील, सिपाही और भिश्ती लौंडियों की तरह घर में घुस जायेंगे। आग में कूदना वह काम है, जो यह रूस्तमे-हिन्द ही कर सकता है।

महमूद ने एक जोर लगाया – वकील साहब कुरसी-मेज पर बैठेंगे, तुम्हारा चिमटा तो बावर्चीखाने में जमीन पर पड़ा रहेगा।

इस तर्क ने सम्मी और नूरे को भी सजीव कर दिया! कितने ठिकाने की बात कही है पट्ठे ने! चिमटा बावरचीखाने में पड़ा रहने के सिवा और क्या कर सकता है?

हामिद को कोई फड़कता हुआ जवाब न सूझा, तो उसने धाँधली शुरू की – मेरा चिमटा बावरचीखाने में नहीं रहेगा। वकील साहब कुर्सी पर बैठेंगे, तो जाकर उन्हें जमीन पर पटक देगा और उनका कानून उनके पेट में डाल देगा।

बात कुछ बनी नहीं। खासी गाली-गलौज थी; लेकिन कानून को पेट में डालने वाली बात छा गयी। ऐसी छा गयी कि तीनों सूरमा मुँह ताकते रह गये मानो कोई धेलचा कनकौआ किसी गंडेवाले कनकौए को काट गया हो। कानून मुँह से बाहर निकलने वाली चीज है। उसको पेट के अंदर डाल दिया जाना बेतुकी-सी बात होने पर भी कुछ नयापन रखती है।

हामिद ने मैदान मार लिया। उसका चिमटा रूस्तमे-हिन्द है। अब इसमें मोहसिन, महमूद नूरे, सम्मी किसी को भी आपत्ति नहीं हो सकती।

विजेता को हारनेवालों से जो सत्कार मिलना स्वभाविक है, वह हामिद को भी मिला। औरों ने तीन-तीन, चार-चार आने पैसे खर्च किए, पर कोई काम की चीज न ले सके। हामिद ने तीन पैसे में रंग जमा लिया। सच ही तो है, खिलौनों का क्या भरोसा? टूट-फूट जाएँगे। हामिद का चिमटा तो बना रहेगा बरसों?

संधि की शर्तें तय होने लगीं। मोहसिन ने कहा – जरा अपना चिमटा दो, हम भी देखें। तुम हमारा भिश्ती लेकर देखो।

महमूद और नूरे ने भी अपने-अपने खिलौने पेश किये।

हामिद को इन शर्तों को मानने में कोई आपत्ति न थी। चिमटा बारी-बारी से सबके हाथ में गया, और उनके खिलौने बारी-बारी से हामिद के हाथ में आये। कितने खूबसूरत खिलौने हैं।

हामिद ने हारने वालों के आँसू पोंछे – मैं तुम्हें चिढ़ा रहा था, सच! यह चिमटा भला, इन खिलौनों की क्या बराबरी करेगा, मालूम होता है, अब बोले, अब बोले।

लेकिन मोहसिन की पार्टी को इस दिलासे से संतोष नहीं होता। चिमटे का सिक्का खूब बैठ गया है। चिपका हुआ टिकट अब पानी से नहीं छूट रहा है।

मोहसिन – लेकिन इन खिलौनों के लिए कोई हमें दुआ तो न देगा?

महमूद – दुआ को लिये फिरते हो। उल्टे मार न पड़े। अम्मा जरूर कहेंगी कि मेले में यही मिट्टी के खिलौने मिले?

हामिद को स्वीकार करना पड़ा कि खिलौनों को देखकर किसी की माँ इतनी खुश न होंगी, जितनी दादी चिमटे को देखकर होंगी। तीन पैसों ही में तो उसे सब कुछ करना था ओर उन पैसों के इस उपयोग पर पछतावे की बिलकुल जरूरत न थी। फिर अब तो चिमटा रूस्तमे-हिन्द है ओर सभी खिलौनों का बादशाह।

रास्ते में महमूद को भूख लगी। उसके बाप ने केले खाने को दिये। महमूद ने केवल हामिद को साझी बनाया। उसके अन्य मित्र मुँह ताकते रह गये। यह उस चिमटे का प्रसाद था।

ग्यारह बजे गाँव में हलचल मच गयी। मेलेवाले आ गये। मोहसिन की छोटी बहन ने दौड़कर भिश्ती उसके हाथ से छीन लिया और मारे खुशी के जा उछली, तो मियाँ भिश्ती नीचे आ रहे और सुरलोक सिधारे। इस पर भाई-बहन में मार-पीट हुई। दानों खूब रोये। उनकी अम्मा यह शोर सुनकर बिगड़ीं और दोनों को ऊपर से दो-दो चाँटे और लगाए।

मियाँ नूरे के वकील का अंत उनके प्रतिष्ठानुकूल इससे ज्यादा गौरवमय हुआ। वकील जमीन पर या ताक पर तो नहीं बैठ सकता। उसकी मर्यादा का विचार तो करना ही होगा। दीवार में खूँटियाँ गाड़ी गयी। उन पर लकड़ी का एक पटरा रखा गया। पटरे पर कागज का कालीन बिछाया गया। वकील साहब राजा भोज की भाँति सिंहासन पर विराजे। नूरे ने उन्हें पंखा झलना शुरू किया। अदालतों में खस की टट्टियाँ और बिजली के पंखे रहते हैं। क्या यहाँ मामूली पंखा भी न हो! कानून की गर्मी दिमाग पर चढ़ जाएगी कि नहीं? बाँस का पंखा आया और नूरे हवा करने लगे। मालूम नहीं, पंखे की हवा से या पंखे की चोट से वकील साहब स्वर्गलोक से मृत्युलोक में आ रहे और उनका माटी का चोला माटी में मिल गया! फिर बड़े जोर-शोर से मातम हुआ और वकील साहब की अस्थि घूरे पर डाल दी गयी।

अब रहा महमूद का सिपाही। उसे चटपट गाँव का पहरा देने का चार्ज मिल गया, लेकिन पुलिस का सिपाही कोई साधारण व्यक्ति तो नहीं, जो अपने पैरों चलें। वह पालकी पर चलेगा। एक टोकरी आयी, उसमें कुछ लाल रंग के फटे-पुराने चिथड़े बिछाये गये, जिसमें सिपाही साहब आराम से लेटे। नूरे ने यह टोकरी उठायी और अपने द्वार का चक्कर लगाने लगे। उनके दोनों छोटे भाई सिपाही की तरह 'छोनेवाले, जागते लहो' पुकारते चलते हैं। मगर रात तो अँधेरी ही होनी चाहिये। महमूद को ठोकर लग जाती है। टोकरी उसके हाथ से छूटकर गिर पड़ती है और मियाँ सिपाही अपनी बन्दूक लिये जमीन पर आ जाते हैं और उनकी एक टाँग में विकार आ जाता है।

महमूद को आज ज्ञात हुआ कि वह अच्छा डाक्टर है। उसको ऐसा मरहम मिला गया है, जिससे वह टूटी टाँग को आनन-फानन जोड़ सकता है। केवल गूलर का दूध चाहिए। गूलर का दूध आता है। टाँग जवाब दे देती है। शल्य-क्रिया असफल हुई, तब उसकी दूसरी टाँग भी तोड़ दी जाती है। अब कम-से-कम एक जगह आराम से बैठ तो सकता है। एक टाँग से तो न चल सकता था, न बैठ सकता था। अब वह सिपाही संन्यासी हो गया है। अपनी जगह पर बैठा-बैठा पहरा देता है। कभी-कभी देवता भी बन जाता है। उसके सिर का झालरदार साफा खुरच दिया गया है। अब उसका जितना रूपांतर चाहो, कर सकते हो। कभी-कभी तो उससे बाट का काम भी लिया जाता है।

अब मियाँ हामिद का हाल सुनिए। अमीना उसकी आवाज सुनते ही दौड़ी और उसे गोद में उठाकर प्यार करने लगी। सहसा उसके हाथ में चिमटा देखकर वह चौंकी।

'यह चिमटा कहाँ था?'

'मैंने मोल लिया है।

'कै पैसे में?'

'तीन पैसे दिये।'

अमीना ने छाती पीट ली। यह कैसा बेसमझ लड़का है कि दोपहर हुआ, कुछ खाया न पिया। लाया क्या, चिमटा! सारे मेले में तुझे और कोई चीज न मिली, जो यह लोहे का चिमटा उठा लाया।

हामिद ने अपराधी भाव से कहा – तुम्हारी उँगलियाँ तवे से जल जाती थीं, इसलिए मैंने इसे लिया।

बुढ़िया का क्रोध तुरन्त स्नेह में बदल गया, और स्नेह भी वह नहीं, जो प्रगल्भ होता है और अपनी सारी कसक शब्दों में बिखेर देता है। यह मूक स्नेह था, खूब ठोस, रस और स्वाद से भरा हुआ। बच्चे में कितना त्याग, कितना सद्भाव और कितना विवेक है! दूसरों को खिलौने लेते और मिठाई खाते देखकर इसका मन कितना ललचाया होगा? इतना जब्त इससे हुआ कैसे? वहाँ भी इसे अपनी बुढ़िया दादी की याद बनी रही। अमीना का मन गदगद हो गया।

और अब एक बड़ी विचित्र बात हुई। हामिद के इस चिमटे से भी विचित्र। बच्चे हामिद ने बूढ़े हामिद का पार्ट खेला था। बुढ़िया अमीना बालिका अमीना बन गयी। वह रोने लगी। दामन फैलाकर हामिद को दुआएं देती जाती थी और आँसू की बड़ी-बड़ी बूँदें गिराती जाती थी। हामिद इसका रहस्य क्या समझता?

•••

गुल्ली-डंडा

हमारे अँग्रेजी दोस्त मानें या न मानें मैं तो यही कहूँगा कि गुल्ली-डंडा सब खेलों का राजा है। अब भी कभी लड़कों को गुल्ली-डंडा खेलते देखता हूँ, तो जी लोट-पोट हो जाता है कि इनके साथ जाकर खेलने लगूँ। न लान की जरूरत, न कोर्ट की, न नेट की, न थापी की। मजे से किसी पेड़ से एक टहनी काट ली, गुल्ली बना ली, और दो आदमी भी आ जाए, तो खेल शुरू हो गया।

विलायती खेलों में सबसे बड़ा ऐब है कि उसके सामान महँगे होते हैं। जब तक कम-से-कम एक सैकड़ा न खर्च कीजिए, खिलाड़ियों में शुमार ही नहीं हो पाता। यहाँ गुल्ली-डंडा है कि बना हर्र-फिटकरी के चोखा रंग देता है; पर हम अँग्रेजी चीजों के पीछे ऐसे दीवाने हो रहे हैं कि अपनी सभी चीजों से अरूचि हो गई। स्कूलों में हरेक लड़के से तीन-चार रूपये सालाना केवल खेलने की फीस ली जाती है। किसी को यह नहीं सूझता कि भारतीय खेल खिलाएँ, जो बिना दाम-कौड़ी के खेले जाते हैं। अँग्रेजी खेल उनके लिए हैं, जिनके पास धन है। गरीब लड़कों के सिर क्यों यह व्यसन मढ़ते हो? ठीक है, गुल्ली से आँख फूट जाने का भय रहता है, तो क्या क्रिकेट से सिर फूट जाने, तिल्ली फट जाने, टाँग टूट जाने का भय नहीं रहता! अगर हमारे माथे में गुल्ली का दाग आज तक बना हुआ है, तो हमारे कई दोस्त ऐसे भी हैं, जो थापी को बैसाखी से बदल बैठे। यह अपनी-अपनी रूचि है। मुझे गुल्ली ही सब खेलों से अच्छी लगती है और बचपन की मीठी स्मृतियों में गुल्ली ही सबसे मीठी है।

वह प्रातःकाल घर से निकल जाना, वह पेड़ पर चढ़कर टहनियाँ काटना और गुल्ली-डंडे बनाना, वह उत्साह, वह खिलाड़ियों के जमघटे, वह पदना और पदाना, वह लड़ाई-झगड़े, वह सरल स्वभाव, जिससे छूत-अछूत, अमीर-गरीब का बिल्कुल भेद न रहता था, जिसमें अमीराना चोचलों की, प्रदर्शन की, अभिमान की गुंजाइश ही न थी, यह उसी वक्त भूलेगा जब... जब...। घरवाले बिगड़ रहे हैं, पिताजी चौके पर बैठे वेग से रोटियों पर अपना क्रोध उतार रहे हैं, अम्मा की दौड़ केवल द्वार तक है, लेकिन उनकी विचार-धारा में मेरा अंधकारमय भविष्य टूटी हुई नौका की तरह डगमगा रहा है; और मैं हूँ कि पदाने में मस्त हूँ, न नहाने की सुधि है, न खाने की। गुल्ली है तो जरा-सी, पर उसमें दुनिया-भर की मिठाइयों की मिठास और तमाशों का आनंद भरा हुआ है।

मेरे हमजोलियों में एक लड़का गया नाम का था। मुझसे दो-तीन साल बड़ा होगा। दुबला, बंदरों की-सी लम्बी-लम्बी, पतली-पतली उँगलियाँ, बंदरों की-सी चपलता, वही झल्लाहट। गुल्ली कैसी ही हो, पर इस तरह लपकता था, जैसे छिपकली कीड़ों पर लपकती है। मालूम नहीं, उसके माँ-बाप थे या नहीं, कहाँ रहता था, क्या खाता था; पर था हमारे गुल्ली-क्लब का चैम्पियन। जिसकी तरफ वह आ जाए, उसकी जीत निश्चित थी। हम सब उसे दूर से आते देख, उसका दौड़कर स्वागत करते थे और अपना गोइयाँ बना लेते थे।

एक दिन मैं और गया दो ही खेल रहे थे। वह पदा रहा था। मैं पद रहा था, मगर कुछ विचित्र बात है कि पदाने में हम दिन-भर मस्त रह सकते है; पदना एक मिनट का भी अखरता है। मैंने गला छुड़ाने के लिए सब चालें चलीं, जो ऐसे अवसर पर शास्त्र-विहित न होने पर भी क्षम्य हैं, लेकिन गया अपना दाँव लिए बगैर मेरा पिंड न छोड़ता था।

मैं घर की ओर भागा। अनुनय-विनय का कोई असर न हुआ था।

गया ने मुझे दौड़कर पकड़ लिया और डंडा तानकर बोला-मेरा दाँव देकर जाओ। पदाया तो बड़े बहादुर बनके, पदने के बेर क्यों भागे जाते हो।

'तुम दिन-भर पदाओ तो मैं दिन-भर पदता रहूँ?'

'हाँ, तुम्हें दिन-भर पदना पड़ेगा।'

'न खाने जाऊँ, न पीने जाऊँ?'

'हाँ! मेरा दाँव दिये बिना कहीं नहीं जा सकते।'

'मैं तुम्हारा गुलाम हूँ?'

'हाँ, मेरे गुलाम हो।'

'मैं घर जाता हूँ, देखूँ मेरा क्या कर लेते हो!'

'घर कैसे जाओगे; कोई दिल्लगी है। दाँव दिया है, दाँव लेंगे।'

'अच्छा, कल मैंने अमरूद खिलाया था। वह लौटा दो। '

'वह तो पेट में चला गया।'

'निकालो पेट से। तुमने क्यों खाया मेरा अमरूद?'

'अमरूद तुमने दिया, तब मैंने खाया। मैं तुमसे माँगने न गया था।'

'जब तक मेरा अमरूद न दोगे, मैं दाँव न दूँगा।'

मैं समझता था, न्याय मेरी ओर है। आखिर मैंने किसी स्वार्थ से ही उसे अमरूद खिलाया होगा। कौन नि:स्वार्थ किसी के साथ सलूक करता है। भिक्षा तक तो स्वार्थ के लिए देते हैं। जब गया ने अमरूद खाया, तो फिर उसे मुझसे दाँव लेने का क्या अधिकार है? रिश्वत

देकर तो लोग खून पचा जाते हैं, यह मेरा अमरूद यों ही हजम कर जाएगा? अमरूद पैसे के पाँचवाले थे, जो गया के बाप को भी नसीब न होंगे। यह सरासर अन्याय था।

गया ने मुझे अपनी ओर खींचते हुए कहा-मेरा दाँव देकर जाओ, अमरूद-समरूद मैं नहीं जानता।

मुझे न्याय का बल था। वह अन्याय पर डटा हुआ था। मैं हाथ छुड़ाकर भागना चाहता था। वह मुझे जाने न देता! मैंने उसे गाली दी, उसने उससे कड़ी गाली दी, और गाली-ही नहीं, एक चाँटा जमा दिया। मैंने उसे दाँत काट लिया। उसने मेरी पीठ पर डंडा जमा दिया। मैं रोने लगा! गया मेरे इस अस्त्र का मुकाबला न कर सका। मैंने तुरन्त आँसू पोंछ डाले, डंडे की चोट भूल गया और हँसता हुआ घर जा पहुँचा! मैं थानेदार का लड़का एक नीच जात के लौंडे के हाथों पिट गया, यह मुझे उस समय भी अपमानजनक मालूम हुआ; लेकिन घर में किसी से शिकायत न की।

2

उन्हीं दिनों पिताजी का वहाँ से तबादला हो गया। नई दुनिया देखने की खुशी में ऐसा फूला कि अपने हमजोलियों से बिछुड़ जाने का बिलकुल दु:ख न हुआ। पिताजी दु:खी थे। वह बड़ी आमदनी की जगह थी। अम्माँजी भी दु:खी थीं यहाँ सब चीज सस्ती थीं, और मुहल्ले की स्त्रियों से घराव-सा हो गया था लेकिन मैं सारे खुशी के फूला न समाता था। लड़कों में जीट उड़ा रहा था, वहाँ ऐसे घर थोड़े ही होते हैं। ऐसे-ऐसे ऊँचे घर हैं कि आसमान से बातें करते हैं। वहाँ के अँग्रेजी स्कूल में कोई मास्टर लड़कों को पीटे, तो उसे जेल हो जाए। मेरे मित्रों की फैली हुई आँखें और चकित मुद्रा बतला रही थी कि मुझसे उनकी निगाह में कितनी स्पर्द्धा हो रही थी! मानो कह रहे थे-तू भगवान हो भाई, जाओ। हमें तो इसी ऊजड़ ग्राम में जीना भी है और मरना भी।

बीस साल गुजर गए। मैंने इंजीनियरी पास की और उसी जिले का दौरा करता हुआ उसी कस्बे में पहुँचा और डाकबँगले में ठहरा। उस स्थान को देखते ही इतनी मधुर बाल-स्मृतियाँ हृदय में जाग उठीं कि मैंने छड़ी उठाई और कस्बे की सैर करने निकला। आँखें किसी प्यासे पथिक की भाँति बचपन के उन क्रीड़ा-स्थलों को देखने के लिए व्याकुल हो रही थीं; पर उस परिचित नाम के सिवा वहाँ और कुछ परिचित न था। जहाँ खँडहर था, वहाँ पक्के मकान खड़े थे। जहाँ बरगद का पुराना पेड़ था, वहाँ अब एक सुन्दर बगीचा था। स्थान की काया पलट हो गई थी। अगर उसके नाम और स्थिति का ज्ञान न होता, तो मैं उसे पहचान भी न सकता। बचपन की संचित और अमर स्मृतियाँ बाँहें खोले अपने उन पुराने मित्रों से गले मिलने को अधीर हो रही थीं; मगर वह दुनिया बदल गई थी। ऐसा जी होता था कि उस

धरती से लिपटकर रोऊँ और कहूँ, तुम मुझे भूल गई! मैं तो अब भी तुम्हारा वही रूप देखना चाहता हूँ।

सहसा एक खुली जगह में मैंने दो-तीन लड़कों को गुल्ली-डंडा खेलते देखा। एक क्षण के लिए मैं अपने को बिल्कुल भूल गया। भूल गया कि मैं एक ऊँचा अफसर हूँ, साहबी ठाठ में, रौब और अधिकार के आवरण में।

जाकर एक लड़के से पूछा-क्यों बेटे, यहाँ कोई गया नाम का आदमी रहता है?

एक लड़के ने गुल्ली-डंडा समेटकर सहमे हुए स्वर में कहा-कौन गया? गया चमार?

मैंने यों ही कहा-हाँ-हाँ वही। गया नाम का कोई आदमी है तो? शायद वही हो।

'हाँ, है तो।'

'जरा उसे बुला सकते हो?'

लड़का दौड़ता हुआ गया और एक क्षण में एक पाँच हाथ के काले देव को साथ लिए आता दिखाई दिया। मैं दूर से ही पहचान गया। उसकी ओर लपकना चाहता था कि उसके गले लिपट जाऊँ, पर कुछ सोचकर रह गया। बोला-कहो गया, मुझे पहचानते हो?

गया ने झुककर सलाम किया-हाँ मालिक, भला पहचानूँगा क्यों नहीं! आप मजे में हो?

'बहुत मजे में। तुम अपनी कहो।'

'डिप्टी साहब का साईस हूँ।'

'मतई, मोहन, दुर्गा सब कहाँ हैं? कुछ खबर है?

'मतई तो मर गया, दुर्गा और मोहन दोनों डाकिया हो गए हैं। आप?'

'मैं तो जिले का इंजीनियर हूँ।'

'सरकार तो पहले ही बड़े जहीन थे।

'अब कभी गुल्ली-डंडा खेलते हो?'

गया ने मेरी ओर प्रश्न-भरी आँखों से देखा-अब गुल्ली-डंडा क्या खेलूँगा सरकार, अब तो धंधे से छुट्टी नहीं मिलती।

'आओ, आज हम-तुम खेलें। तुम पदाना, हम पदेंगे। तुम्हारा एक दाँव हमारे ऊपर है। वह आज ले लो।'

गया बड़ी मुश्किल से राजी हुआ। वह ठहरा टके का मजदूर, मैं एक बड़ा अफसर। हमारा और उसका क्या जोड़? बेचारा झेंप रहा था। लेकिन मुझे भी कुछ कम झेंप न थी; इसलिए नहीं कि मैं गया के साथ खेलने जा रहा था बल्कि इसलिए कि लोग इस खेल को अजूबा समझकर इसका तमाशा बना लेंगे और अच्छी-खासी भीड़ लग जाएगी। उस भीड़ में

वह आनंद कहाँ रहेगा, पर खेले बगैर तो रहा नहीं जाता। आखिर निश्चय हुआ कि दोनों जने बस्ती से बहुत दूर खेलेंगे और बचपन की उस मिठाई को खूब रस ले-लेकर खाएंगे। मैं गया को लेकर डाकबँगले पर आया और मोटर में बैठकर दोनों मैदान की ओर चले। साथ में एक कुल्हाड़ी ले ली। मैं गंभीर भाव धारण किए हुए था, लेकिन गया इसे अभी तक मजाक ही समझ रहा था। फिर भी उसके मुख पर उत्सुकता या आनंद का कोई चिह्न न था। शायद वह हम दोनों में जो अंतर हो गया था, यही सोचने में मगन था।

मैंने पूछा-तुम्हें कभी हमारी याद आती थी गया? सच कहना।

गया झेंपता हुआ बोला-मैं आपको याद करता हजूर, किस लायक हूँ। भाग में आपके साथ कुछ दिन खेलना बदा था; नहीं मेरी क्या गिनती?

मैंने कुछ उदास होकर कहा-लेकिन मुझे तो बराबर, तुम्हारी याद आती थी। तुम्हारा वह डंडा, जो तुमने तानकर जमाया था, याद है न?

गया ने पछताते हुए कहा-वह लड़कपन था सरकार, उसकी याद न दिलाओ।

'वाह! वह मेरे बाल-जीवन की सबसे रसीली याद है। तुम्हारे उस डंडे में जो रस था, वह तो अब न आदर-सम्मान में पाता हूँ, न धन में।'

इतनी देर में हम बस्ती से कोई तीन मील निकल आये। चारों तरफ सन्नाटा है। पश्चिम ओर कोसों तक भीमताल फैला हुआ है, जहाँ आकर हम किसी समय कमल पुष्प तोड़ ले जाते थे और उसके झूमक बनाकर कानों में डाल लेते थे। जेठ की संध्या केसर में डूबी चली आ रही है। मैं लपककर एक पेड़ पर चढ़ गया और एक टहनी काट लाया। चटपट गुल्ली-डंडा बन गया।

खेल शुरू हो गया। मैंने गुच्ची में गुल्ली रखकर उछाली। गुल्ली गया के सामने से निकल गई। उसने हाथ लपकाया, जैसे मछली पकड़ रहा हो। गुल्ली उसके पीछे जाकर गिरी। यह वही गया है, जिसके हाथों में गुल्ली जैसे आप ही आकर बैठ जाती थी। वह दाहिने-बाएँ कहीं हो, गुल्ली उसकी हथेली में ही पहुँचती थी। जैसे गुल्लियों पर वशीकरण डाल देता हो। नयी गुल्ली, पुरानी गुल्ली, छोटी गुल्ली, बड़ी गुल्ली, नोकदार गुल्ली, सपाट गुल्ली सभी उससे मिल जाती थी। जैसे उसके हाथों में कोई चुम्बक हो, गुल्लियों को खींच लेता हो; लेकिन आज गुल्ली को उससे वह प्रेम नहीं रहा। फिर तो मैंने पदाना शुरू किया। मैं तरह-तरह की धाँधलियाँ कर रहा था। अभ्यास की कसर बेईमानी से पूरी कर रहा था। हुच जाने पर भी डंडा खेले जाता था। हालाँकि शास्त्र के अनुसार गया की बारी आनी चाहिए थी। गुल्ली पर ओछी चोट पड़ती और वह जरा दूर पर गिर पड़ती, तो मैं झपटकर उसे खुद उठा लेता और दोबारा टाँड़ लगाता। गया यह सारी बे-कायदगियाँ देख रहा था; पर कुछ न

बोलता था, जैसे उसे वह सब कायदे-कानून भूल गए। उसका निशाना कितना अचूक था। गुल्ली उसके हाथ से निकलकर टन से डंडे से आकर लगती थी। उसके हाथ से छूटकर उसका काम था डंडे से टकरा जाना, लेकिन आज वह गुल्ली डंडे में लगती ही नहीं! कभी दाहिने जाती है, कभी बाएँ, कभी आगे, कभी पीछे।

आध घंटे पदाने के बाद एक गुल्ली डंडे में आ लगी। मैंने धाँधली की-गुल्ली डंडे में नहीं लगी। बिलकुल पास से गई; लेकिन लगी नहीं।

गया ने किसी प्रकार का असंतोष प्रकट नहीं किया।

'न लगी होगी।'

'डंडे में लगती तो क्या मैं बेईमानी करता?'

'नहीं भैया, तुम भला बेईमानी करोगे?'

बचपन में मजाल था कि मैं ऐसा घपला करके जीता बचता! यही गया गर्दन पर चढ़ बैठता, लेकिन आज मैं उसे कितनी आसानी से धोखा दिए चला जाता था। गधा है! सारी बातें भूल गया।

सहसा गुल्ली फिर डंडे से लगी और इतनी जोर से लगी, जैसे बन्दूक छूटी हो। इस प्रमाण के सामने अब किसी तरह की धाँधली करने का साहस मुझे इस वक्त भी न हो सका, लेकिन क्यों न एक बार सबको झूठ बताने की चेष्टा करूँ? मेरा हरज की क्या है। मान गया तो वाह-वाह, नहीं दो-चार हाथ पदना ही तो पड़ेगा। अँधेरा का बहाना करके जल्दी से छुड़ा लूँगा। फिर कौन दाँव देने आता है।

गया ने विजय के उल्लास में कहा-लग गई, लग गई। टन से बोली।

मैंने अनजान बनने की चेष्टा करके कहा-तुमने लगते देखा? मैंने तो नहीं देखा।

'टन से बोली है सरकार!'

'और जो किसी ईंट से टकरा गई हो?

मेरे मुख से यह वाक्य उस समय कैसे निकला, इसका मुझे खुद आश्चर्य है। इस सत्य को झुठलाना वैसा ही था, जैसे दिन को रात बताना। हम दोनों ने गुल्ली को डंडे में जोर से लगते देखा था; लेकिन गया ने मेरा कथन स्वीकार कर लिया।

'हाँ, किसी ईंट में ही लगी होगी। डंडे में लगती तो इतनी आवाज न आती।'

मैंने फिर पदाना शुरू कर दिया; लेकिन इतनी प्रत्यक्ष धाँधली कर लेने के बाद गया की सरलता पर मुझे दया आने लगी; इसीलिए जब तीसरी बार गुल्ली डंडे में लगी, तो मैंने बड़ी उदारता से दाँव देना तय कर लिया।

गया ने कहा-अब तो अँधेरा हो गया है भैया, कल पर रखो।

मैंने सोचा, कल बहुत-सा समय होगा, यह न जाने कितनी देर पदाए, इसलिए इसी वक्त मुआमला साफ कर लेना अच्छा होगा।

'नहीं, नहीं। अभी बहुत उजाला है। तुम अपना दाँव ले लो।'

'गुल्ली सूझेगी नहीं।'

'कुछ परवाह नहीं।'

गया ने पदाना शुरू किया; पर उसे अब बिलकुल अभ्यास न था। उसने दो बार टाँड लगाने का इरादा किया; पर दोनों ही बार हुच गया। एक मिनिट से कम में वह दाँव खो बैठा। मैंने अपनी हृदय की विशालता का परिचय दिया।

'एक दाँव और खेल लो। तुम तो पहले ही हाथ में हुच गए।'

'नहीं भैया, अब अँधेरा हो गया।'

'तुम्हारा अभ्यास छूट गया। कभी खेलते नहीं?'

'खेलने का समय कहाँ मिलता है भैया!'

हम दोनों मोटर पर जा बैठे और चिराग जलते-जलते पड़ाव पर पहुँच गए। गया चलते-चलते बोला-कल यहाँ गुल्ली-डंडा होगा। सभी पुराने खिलाड़ी खेलेंगे। तुम भी आओगे? जब तुम्हें फुरसत हो, तभी खिलाड़ियों को बुलाऊँ।

मैंने शाम का समय दिया और दूसरे दिन मैच देखने गया। कोई दस-दस आदमियों की मंडली थी। कई मेरे लड़कपन के साथी निकले! अधिकांश युवक थे, जिन्हें मैं पहचान न सका। खेल शुरू हुआ। मैं मोटर पर बैठा-बैठा तमाशा देखने लगा। आज गया का खेल, उसका नैपुण्य देखकर मैं चकित हो गया। टाँड़ लगाता, तो गुल्ली आसमान से बातें करती। कल की-सी वह झिझक, वह हिचकिचाहट, वह बेदिली आज न थी। लड़कपन में जो बात थी, आज उसने प्रौढ़ता प्राप्त कर ली थी। कहीं कल इसने मुझे इस तरह पदाया होता, तो मैं जरूर रोने लगता। उसके डंडे की चोट खाकर गुल्ली दो सौ गज की खबर लाती थी।

पदने वालों में एक युवक ने कुछ धाँधली की। उसने अपने विचार में गुल्ली लपक ली थी। गया का कहना था-गुल्ली जमीन में लगकर उछली थी। इस पर दोनों में ताल ठोकने की नौबत आई है। युवक दब गया। गया का तमतमाया हुआ चेहरा देखकर डर गया। अगर वह दब न जाता, तो जरूर मार-पीट हो जाती।

मैं खेल में न था; पर दूसरों के इस खेल में मुझे वही लड़कपन का आनन्द आ रहा था, जब हम सबकुछ भूलकर खेल में मस्त हो जाते थे। अब मुझे मालूम हुआ कि कल गया ने मेरे साथ खेला नहीं, केवल खेलने का बहाना किया। उसने मुझे दया का पात्र समझा। मैंने

धाँधली की, बेईमानी की, पर उसे जरा भी क्रोध न आया। इसलिए कि वह खेल न रहा था, मुझे खेला रहा था, मेरा मन रख रहा था। वह मुझे पदाकर मेरा कचूमर नहीं निकालना चाहता था। मैं अब अफसर हूँ। यह अफसरी मेरे और उसके बीच में दीवार बन गई है। मैं अब उसका लिहाज पा सकता हूँ, अदब पा सकता हूँ, साहचर्य नहीं पा सकता। लड़कपन था, तब मैं उसका समकक्ष था। यह पद पाकर अब मैं केवल उसकी दया योग्य हूँ। वह मुझे अपना जोड़ नहीं समझता। वह बड़ा हो गया है, मैं छोटा हो गया हूँ।

•••

सत्याग्रह

हिज एक्सेलेंसी वाइसराय बनारस आ रहे थे। सरकारी कर्मचारी, छोटे से बड़े तक, उनके स्वागत की तैयारियाँ कर रहे थे। इधर काँग्रेस ने शहर में हड़ताल मनाने की सूचना दे दी थी। इससे कर्मचारियों में बड़ी हलचल थी। एक ओर सड़कों पर झंडियाँ लगायी जा रही थीं, सफाई हो रही थी; पंडाल बन रहा था; दूसरी ओर फौज और पुलिस के सिपाही संगीनें चढ़ाये शहर की गलियों में और सड़कों पर कवायद करते फिरते थे। कर्मचारियों की सिरतोड़ कोशिश थी कि हड़ताल न होने पाये, मगर काँग्रेसियों की धुन थी कि हड़ताल हो और जरूर हो। अगर कर्मचारियों को पशुबल का जोर है तो हमें नैतिक बल का भरोसा, इस बार दोनों की परीक्षा हो जाए कि मैदान किसके हाथ रहता है।

घोड़े पर सवार मजिस्ट्रेट सुबह से शाम तक दूकानदारों को धमकियाँ देता फिरता कि एक-एक को जेल भिजवा दूँगा, बाजार लुटवा दूँगा, यह करूँगा और वह करूँगा! दूकानदार हाथ बाँधकर कहते - हुजूर बादशाह हैं, विधाता हैं; जो चाहें कर सकते हैं। पर हम क्या करें? काँग्रेसवाले हमें जीता न छोड़ेंगे। हमारी दूकानों पर धरने देंगे, हमारे ऊपर बाल बढ़ायेंगे, कुएँ में गिरेंगे, उपवास करेंगे। कौन जाने, दो-चार प्राण ही दे दें तो हमारे मुँह पर सदैव के लिए कालिख पुत जाएगी। हुजूर, उन्हीं काँग्रेसवालों को समझायें, तो हमारे ऊपर बड़ा एहसान करें। हड़ताल न करने से हमारी कुछ हानि थोड़े ही होगी। देश के बड़े-बड़े आदमी आवेंगे, हमारी दूकानें खुली रहेंगी, तो एक के दो लेंगे, महँगे सौदे बेचेंगे, पर करें क्या, इन शैतानों से कोई बस नहीं चलता।

राय हरनंदन साहब, राजा लालचंद और खाँबहादुर मौलवी महमूदअली तो कर्मचारियों से भी ज्यादा बेचैन थे। मैजिस्ट्रेट के साथ-साथ और अकेले भी बड़ी कोशिश करते थे। अपने मकान पर बुलाकर दूकानदारों को समझाते, अनुनय-विनय करते, आँखें दिखाते, इक्के-बग्गीवालों को धमकाते, मजदूरों की खुशामद करते; पर काँग्रेस के मुट्ठी-भर आदमियों का कुछ ऐसा आतंक छाया हुआ था कि कोई इनकी सुनता ही न था। यहाँ तक कि पड़ोस की कुँजड़िन ने भी निर्भय होकर कह दिया - हुजूर, चाहे मार डालो पर दूकान न खुलेगी। नाक न कटवाऊँगी। सबसे बड़ी चिंता यह थी कि कहीं पंडाल बनाने वाले मजदूर, बढ़ई, लोहार वगैरह काम न छोड़ दें; नहीं तो अनर्थ ही हो जायगा। रायसाहब ने कहा- हुजूर, दूसरे शहरों से दूकानदार बुलवायें और एक बाजार अलग खोलें।

खाँसाहब ने फरमाया - वक्त इतना कम रह गया है कि दूसरा बाजार तैयार नहीं हो सकता। हुजूर काँग्रेसवालों को गिरफ्तार कर लें, या उनकी जायदाद जब्त कर लें, फिर देखिए कैसे काबू में नहीं आते!

राजासाहब बोले - पकड़-धकड़ से तो लोग और झल्लायेंगे। काँग्रेस से हुजूर कहें कि तुम हड़ताल बंद कर दो, तो सबको सरकारी नौकरी दे दी जाएगी। उसमें अधिकांश बेकार लोग पड़े हैं, यह प्रलोभन पाते ही फूल उठेंगे।

मगर मजिस्ट्रेट को कोई राय न जँची। यहाँ तक कि वाइसराय के आने में तीन दिन और रह गये।

2

आखिर राजासाहब को एक युक्ति सूझी। क्यों न हम लोग भी नैतिक बल का प्रयोग करें? आखिर काँग्रेसवाले धर्म और नीति के नाम पर ही तो यह तूमार बाँधते हैं। हम लोग भी उन्हीं का अनुकरण करें, शेर को उनके माँद में पछाड़ें। कोई ऐसा आदमी पैदा करना चाहिए, जो व्रत करे कि दूकानें न खुलीं, तो मैं प्राण दे दूँगा। यह जरूरी है कि वह ब्राह्मण हो और ऐसा जिसको शहर के लोग मानते हों, आदर करते हों। अन्य सहयोगियों के मन में भी यह बात बैठ गयी। उछल पड़े। रायसाहब ने कहा- बस, अब पड़ाव मार लिया। अच्छा, ऐसा कौन पंडित है, पण्डित गदाधर शर्मा?

राजा - जी नहीं, उसे कौन मानता है? खाली समाचार-पत्रों में लिखा करता है। शहर के लोग उसे क्या जानें?

रायसाहब - दमड़ी ओझा तो है इस ढंग का।

राजा - जी नहीं, कालेज के विद्यार्थियों के सिवा उसे और कौन जानता है?

रायसाहब - पंडित मोटेराम शास्त्री?

राजा - बस, बस। आपने खूब सोचा। बेशक वह है इस ढंग का। उसी को बुलाना चाहिए। विद्वान् है, धर्म-कर्म से रहता है। चतुर भी है। वह अगर हाथ में आ जाए तो फिर बाजी हमारी है।

रायसाहब ने तुरंत पंडित मोटेराम के घर संदेश भेजा। उस समय शास्त्री जी पूजा पर थे। यह पैगाम सुनते ही जल्दी से पूजा समाप्त की और चले। राजासाहब ने बुलाया है, धन्य भाग! धर्मपत्नी से बोले - आज चंद्रमा कुछ बली मालूम होते हैं। कपड़े लाओ, देखूँ, क्यों बुलाया है?

स्त्री ने कहा- भोजन तैयार है करते जाओ; न जाने कब लौटने का अवसर मिले।

किंतु शास्त्री जी ने आदमी को इतनी देर खड़ा रखना उचित न समझा। जाड़े के दिन थे। हरी बनात की अचकन पहनी, जिस पर लाल शंजाफ लगी हुई थी। गले में एक जरी का दुपट्टा डाला। फिर सिर पर बनारसी साफा बाँधा। लाल चौड़े किनारे की रेशमी धोती पहनी, और खड़ाऊँ पर चले। उनके मुख से ब्रह्मतेज टपकता था। दूर ही से मालूम होता था कि कोई महात्मा आ रहे हैं। रास्ते में जो मिलता, सिर झुकाता; कितने ही दूकानदारों ने खड़े होकर पैलगी की। आज काशी का नाम इन्हीं की बदौलत चल रहा है, नहीं तो और कौन रह गया है। कितना नम्र स्वभाव है। बालकों से हँसकर बातें करते हैं। इस ठाट से पंडितजी राजासाहब के मकान पर पहुँचे। तीनों मित्रों ने खड़े होकर उनका सम्मान किया। खाँबहादुर बोले - कहिए पंडित जी, मिजाज तो अच्छे हैं? वल्लाह, आप नुमाइश में रखने के काबिल आदमी हैं। आपका वजन तो दस मन से कम न होगा।

रायसाहब - एक मन इल्म के लिए दस मन अक्ल चाहिए। उसी कायदे से एक मन अक्ल के लिए दस मन का जिस्म जरूरी है, नहीं तो उसका बोझ कौन उठाये?

राजासाहब - आप लोग इसका मतलब नहीं समझ सकते। बुद्धि एक प्रकार का नजला है, जब दिमाग में नहीं समाती, जिस्म में आ जाती है।

खाँसाहब - मैंने तो बुजुर्गों की जबानी सुना है कि मोटे आदमी अक्ल के दुश्मन होते हैं।

रायसाहब - आपका हिसाब कमजोर था, वरना आपकी समझ में इतनी बात जरूर आ जाती कि जब अक्ल और जिस्म में 1 और 10 की निस्बत है, तो जितना ही मोटा आदमी होगा, उतना ही उसकी अक्ल का वजन भी ज्यादा होगा।

राजासाहब - इससे यह साबित हुआ कि जितना मोटा आदमी, उतनी ही मोटी उसकी अक्ल।

मोटेराम - जब मोटी अक्ल की बदौलत राज-दरबार में पूछ होती है तो मुझे पतली अक्ल लेकर क्या करना है!

हास - परिहास के बाद राजासाहब ने वर्तमान समस्या पंडित जी के सामने उपस्थित की और उसके निवारण का जो उपाय सोचा था, वह भी प्रकट किया! बोले - बस, यह समझ लीजिए कि इस साल आपका भविष्य पूर्णतया अपने हाथों में है। शायद किसी आदमी को अपने भाग्य-निर्णय का ऐसा महत्त्वपूर्ण अवसर न मिला होगा। हड़ताल न हुई, तो और तो कुछ नहीं कह सकते, आपको जीवन-भर किसी के दरवाजे जाने की जरूरत न होगी। बस, ऐसा कोई व्रत ठानिए कि शहरवाले थर्रा उठें। काँग्रेसवालों ने धर्म की आड़ लेकर इतनी शक्ति बढ़ायी है। बस, ऐसी कोई युक्ति निकालिए कि जनता के धार्मिक भावों को चोट पहुँचे।

मोटेराम ने गम्भीर भाव से उत्तर दिया - यह तो कोई ऐसा कठिन काम नहीं है। मैं तो ऐसे-ऐसे अनुष्ठान कर सकता हूँ कि आकाश से जल की वर्षा कर दूँ; मरी के प्रकोप को भी शांत कर दूँ; अन्न का भाव घटा-बढ़ा दूँ। काँग्रेसवालों को परास्त कर देना तो कोई बड़ी बात नहीं। अँग्रेजी पढ़े-लिखे महानुभाव समझते हैं कि जो काम हम कर सकते हैं, वह कोई नहीं कर सकता। पर गुप्त विद्याओं का उन्हें ज्ञान ही नहीं।

खाँसाहब - तब तो जनाब, यह कहना चाहिए कि आप दूसरे खुदा हैं। हमें क्या मालूम था कि आप में कुदरत है; नहीं तो इतने दिनों तक क्यों परेशान होते ?

मोटेराम - साहब, मैं गुप्त-धन का पता लगा सकता हूँ। पितरों को बुला सकता हूँ, केवल गुण-ग्राहक चाहिए। संसार में गुणियों का अभाव नहीं, गुणज्ञों का ही अभाव है - गुन ना हिरानो गुन-गाहक हिरानो है।

राजा - भला इस अनुष्ठान के लिए आपको क्या भेंट करना होगा ?

मोटेराम - जो कुछ आपकी श्रद्धा हो।

राजा - कुछ बतला सकते हैं कि यह कौन-सा अनुष्ठान होगा ?

मोटेराम - अनशन-व्रत के साथ मंत्रों का जप होगा। सारे शहर में हलचल न मचा दूँ तो मोटेराम नाम नहीं !

राजा - तो फिर कब से।

मोटेराम - आज ही हो सकता है। हाँ, पहले देवताओं के आवाहन के निमित्त थोड़े से रुपये दिला दीजिए।

रुपये की कमी ही क्या थी। पंडित जी को रुपये मिल गये और वह खुश-खुश घर आये। धर्म पत्नी से सारा समाचार कहा। उसने चिंतित होकर कहा- तुमने नाहक यह रोग अपने सिर लिया ! भूख न बरदाश्त हुई, तो ? सारे शहर में भद्द हो जाएगी, लोग हँसी उड़ावेंगे। रुपये लौटा दो।

मोटेराम ने आश्वासन देते हुए कहा- भूख कैसे न बरदाश्त होगी ? मैं ऐसा मूर्ख थोड़े ही हूँ कि यों ही जा बैठूँगा। पहले मेरे भोजन का प्रबंध करो, अमृतियाँ, लड्डू, रसगुल्ले मँगाओ। पेट-भर भोजन कर लूँ। फिर आध सेर मलाई खाऊँगा, उसके ऊपर आध सेर बादाम की तह जमाऊँगा। बची-खुची कसर मलाईवाले दही से पूरी कर दूँगा। फिर देखूँगा, भूख क्योंकर पास फटकती है। तीन दिन तक तो साँस ही न ली जायगी, भूख की कौन चलावे। इतने में तो सारे शहर में खलबली मच जाएगी। भाग्य-सूर्य उदय हुआ है, इस समय आगा-पीछा करने से पछताना पड़ेगा। बाजार न बंद हुआ, तो समझ लो मालामाल हो जाऊँगा, नहीं तो यहाँ गाँठ से क्या जाता है ! सौ रुपये तो हाथ लग ही गये।

इधर तो भोजन का प्रबंध हुआ उधर पंडित मोटेराम ने डौंडी पिटवा दी कि संध्या-समय टाउनहाल मैदान में पंडित मोटेराम देश की राजनीतिक समस्या पर व्याख्यान देंगे, लोग अवश्य आयें। पंडितजी सदैव राजनीतिक विषयों से अलग रहते थे। आज वह इस विषय पर कुछ बोलेंगे, सुनना चाहिए। लोगों को उत्सुकता हुई, पंडितजी का शहर में बड़ा मान था। नियत समय पर कई हजार आदमियों की भीड़ लग गयी। पंडितजी घर से अच्छी तरह तैयार होकर पहुँचे। पेट इतना भरा हुआ था कि चलना कठिन था। ज्यों ही यह वहाँ पहुँचे, दर्शकों ने खड़े होकर इन्हें साष्टांग दंडवत्-प्रणाम किया।

मोटेराम बोले - नगरवासियों, व्यापारियों, सेठों और महाजनों! मैंने सुना है तुम लोगों ने काँग्रेसवालों के कहने में आकर बड़े लाट साहब के शुभागमन के अवसर पर हड़ताल करने का निश्चय किया है। यह कितनी बड़ी कृतघ्नता है? वह चाहें, तो आज तुम लोगों को तोप के मुँह पर उड़वा दें, सारे शहर को खुदवा डालें। राजा हैं, हँसी-ठट्ठा नहीं। वह तरह देते जाते हैं, तुम्हारी दीनता पर दया करते हैं और तुम गउओं की तरह हत्या के बल खेत चरने को तैयार हो! लाट साहब चाहें तो आज रेल बंद कर दें, डाक बंद कर दें, माल का आना-जाना बंद कर दें। तब बताओ, क्या करोगे? तुम उनसे भागकर कहाँ जा सकते हो? है कहीं ठिकाना! इसलिए जब इस देश में और उन्हीं के अधीन रहना है, तो इतना उपद्रव क्यों मचाते हो? याद रखो, तुम्हारी जान उनकी मुट्ठी में है! टाउन के कीड़े फैला दें तो सारे नगर में हाहाकार मच जाए। तुम झाड़ू से आँधी को रोकने चले हो? खबरदार जो किसी ने बाजार बंद किया; नहीं तो कहे देता हूँ, यहीं अन्न-जल बिना प्राण दे दूँगा।

एक आदमी ने शंका की - महाराज, आपके प्राण निकलते-निकलते महीने-भर से कम न लगेगा। तीन दिनों में क्या होगा?

मोटेराम ने गरजकर कहा- प्राण शरीर में नहीं रहता, ब्रह्मांड में रहता है। मैं चाहूँ तो योगबल से अभी प्राण त्याग कर सकता हूँ। मैंने तुम्हें चेतावनी दे दी, अब तुम जानो, तुम्हारा काम जाने। मेरा कहना मानोगे, तो तुम्हारा कल्याण होगा। न मानोगे, हत्या लगेगी, संसार में कहीं मुँह न दिखला सकोगे। बस, यह लो, मैं यहीं आसन जमाता हूँ।

3

शहर में यह समाचार फैला, तो लोगों के होश उड़ गये। अधिकारियों की इस नयी चाल ने उन्हें हतबुद्धि-सा कर दिया। काँग्रेस के कर्मचारी तो अब भी कहते थे कि यह सब पाखंड है। राजभक्तों ने पंडित को कुछ दे-दिला-कर यह स्वाँग खड़ा किया है। जब और कोई बस न चला, फौज, पुलिस, कानून सभी युक्तियों से हार गये, तो यह नयी माया रची है। यह और कुछ नहीं, राजनीति का दिवाला है। नहीं पंडितजी ऐसे कहाँ देश-सेवक थे जो देश की दशा से दुःखी होकर व्रत ठानते। इन्हें भूखा मरने दो, दो दिन में बोल जायेंगे। इस नयी चाल

की जड़ अभी से काट देनी चाहिए! कहीं यह चाल सफल हो गयी, तो समझ लो, अधिकारियों के हाथ में एक नया अस्त्र आ जाएगा और वह सदैव इसका प्रयोग करेंगे। जनता इतनी समझदार तो है नहीं कि इन रहस्यों को समझे। गीदड़-भभकी में आ जाएगी।

लेकिन नगर के बनिये-महाजन, जो प्राय: धर्मभीरु होते हैं, ऐसे घबरा गये कि उन पर इन बातों का कुछ असर ही न होता था। वे कहते थे - साहब, आप लोगों के कहने से सरकार से बुरे बने, नुकसान उठाने को तैयार हुए, रोजगार छोड़ा, कितनों के दिवाले हो गये, अफसरों को मुँह दिखाने लायक नहीं रहे। पहले जाते थे, अधिकारी लोग 'आइए, आइए सेठजी' कहकर सम्मान करते थे; अब रेलगाड़ियों में धक्के खाते हैं, पर कोई नहीं सुनता; आमदनी चाहे कुछ हो न हो, बहियों की तौल देखकर कर (टैक्स) बढ़ा दिया जाता है। यह सब सहा, और सहेंगे, लेकिन धर्म के मामले में हम आप लोगों का नेतृत्व नहीं स्वीकार कर सकते। जब एक विद्वान्, कुलीन, धर्मनिष्ठ ब्राह्मण हमारे ऊपर अन्न-जल त्याग कर रहा है, तब हम क्योंकर भोजन करके टाँगें फैलाकर सोयें? कहीं मर गया, तो भगवान् के सामने क्या जवाब देंगे?

सारांश यह है कि काँग्रेसवालों की एक न चली। व्यापारियों का एक डेपुटेशन 9 बजे रात पंडित जी की सेवा में उपस्थित हुआ। पंडित जी ने आज भोजन तो खूब डटकर किया था, लेकिन डटकर भोजन करना उनके लिए कोई असाधारण बात न थी। महीने में प्राय: 20 दिन वह अवश्य ही न्योता पाते थे और निमंत्रण में डटकर भोजन करना एक स्वाभाविक बात है। अपने सहभोजियों की देखा-देखी, लाग-डाँट की धुन में, या गृह-स्वामी के सविनय आग्रह से और सबसे बढ़कर पदार्थों की उत्कृष्टता के कारण, भोजन मात्रा से अधिक हो ही जाता है। पंडित जी की जठराग्नि ऐसी परीक्षाओं में उत्तीर्ण होती रहती थी। अतएव इस समय भोजन का समय आ जाने से उनकी नीयत कुछ डावाँडोल हो रही थी। यह बात नहीं कि वह भूख से व्याकुल थे। लेकिन भोजन का समय आ जाने पर अगर पेट अफरा हुआ न हो, अजीर्ण न हो गया हो तो मन में एक प्रकार की भोजन की चाह होने लगती है। शास्त्री जी की इस समय यही दशा हो रही थी। चाहता था, किसी खोंचेवाले को पुकारकर कुछ ले लेते, किंतु अधिकारियों ने उनकी शरीर-रक्षा के लिए वहाँ कई सिपाहियों को तैनात कर दिया था। वे सब हटने का नाम न लेते थे। पंडित जी की विशाल बुद्धि इस समय यही समस्या हल कर रही थी कि इन यमदूतों को कैसे टालूँ? खामख्वाह इन पाजियों को यहाँ खड़ा कर दिया! मैं कोई कैदी तो हूँ नहीं कि भाग जाऊँगा।

अधिकारियों ने शायद वह व्यवस्था इसलिए कर रखी थी काँग्रेसवाले जबरदस्ती पंडित जी को वहाँ से भगाने की चेष्टा न कर सकें। कौन जाने, वे क्या चाल चलें। ऐसे अनुचित और अपमानजनक व्यवहारों से पंडित जी की रक्षा करना अधिकारियों का कर्तव्य था।

वह अभी इस चिंता में थे कि व्यापारियों का डेपुटेशन आ पहुँचा। पंडित जी कुहनियों के बल लेटे हुए थे, सँभल बैठे। नेताओं ने उनके चरण छू कर कहा- महाराज, हमारे ऊपर आपने क्यों यह कोप किया है? आपकी जो आज्ञा हो, वह हम शिरोधार्य करें। आप उठिए, अन्न-जल ग्रहण कीजिए। हमें नहीं मालूम था कि आप सचमुच यह व्रत ठाननेवाले हैं, नहीं तो हम पहले ही आपसे विनती करते। आप कृपा कीजिए, दस बजने का समय है। हम आपका वचन कभी न टालेंगे।

मोटेराम - ये काँग्रेसवाले तुम्हें मटियामेट करके छोड़ेंगे! आप तो डूबते ही हैं; तुम्हें भी अपने साथ ले डूबेंगे! बाजार बन्द रहेगा, तो इससे तुम्हारा ही टोटा होगा; सरकार को क्या? तुम नौकरी छोड़ दोगे, आप भूखों मरोगे; सरकार को क्या? तुम जेल जाओगे, आप चक्की पीसोगे, सरकार को क्या? न जाने इन सबको क्या सनक सवार हो गयी है कि अपनी नाक काटकर दूसरों का असगुन मानते हैं। तुम इन कुपंथियों के कहने में न आओ। क्यों, दूकानें खुली रखोगे?

सेठ - महाराज, जब तक शहर-भर के आदमियों की पंचायत न हो जाय, तब तक हम इसका बीमा कैसे ले सकते हैं। काँग्रेसवालों ने कहीं लूट मचवा दी, तो कौन हमारी मदद करेगा? आप उठिए, भोजन पाइए, हम कल पंचायत करके आपकी सेवा में जैसा कुछ होगा, हाल देंगे।

मोटेराम - तो फिर पंचायत करके आना।

डेपुटेशन जब निराश होकर लौटने लगा, तो पंडित जी ने कहा- किसी के पास सुँघनी तो नहीं है?

एक महाशय ने डिबिया निकालकर दे दी।

लोगों के जाने के बाद मोटेराम ने पुलिसवालों से पूछा - तुम यहाँ क्यों खड़े हो?

सिपाहियों ने कहा- साहब का हुक्म है, क्या करें?

मोटेराम - यहाँ से चले जाओ।

सिपाही - आपके कहने से चले जाएं? कल नौकरी छूट जाएगी, तो आप खाने को देंगे?

मोटेराम - हम कहते हैं, चले जाओ; नहीं तो हम ही यहाँ से चले जायेंगे। हम कोई कैदी हैं, जो तुम घेरे खड़े हो?

सिपाही - चले क्या जाइएगा, मजाल है।

मोटेराम - मजाल क्यों नहीं है बे! कोई जुर्म किया है?

सिपाही - अच्छा, जाओ तो देखें?

पंडित जी - ब्रह्म-तेज में आकर उठे और एक सिपाही को इतनी जोर से धक्का दिया कि वह कई कदम पर जा गिरा। दूसरे सिपाहियों की हिम्मत छूट गयी। पंडित जी को उन सबने थल-थल समझ लिया था, पराक्रम देखा, तो चुपके से सटक गये।

मोटेराम अब लगे इधर-उधर नजरें दौड़ाने कि कोई खोंचेवाला नजर आ जाय, उससे कुछ लें। किन्तु ध्यान आ गया, कहीं उसने किसी से कह दिया, तो लोग तालियाँ बजाने लगेंगे। नहीं, ऐसी चतुराई से काम करना चाहिए कि किसी को कानोंकान खबर न हो। ऐसे ही संकटों में तो बुद्धिबल का परिचय मिलता है। एक क्षण में उन्होंने इस कठिन प्रश्न को हल कर लिया।

दैवयोग से उसी समय एक खोंचेवाला जाता दिखायी दिया। 11 बज चुके थे, चारों तरफ सन्नाटा छा गया था। पंडित जी ने बुलाया - खोंचेवाले, ओ खोंचेवाले!

खोंचेवाला - कहिए क्या दूँ? भूख लग आयी न? अन्न-जल छोड़ना साधुओं का काम है, हमारा-आपका नहीं।

मोटेराम - अबे क्या कहता है? यहाँ क्या किसी साधु से कम हैं? चाहें तो महीनों पड़े रहें और भूख-प्यास न लगे। तुझे तो केवल इसलिए बुलाया है कि जरा अपनी कुप्पी मुझे दे। देखूँ तो वहाँ क्या रेंग रहा है। मुझे भय होता है कि साँप न हो।

खोंचेवाले ने कुप्पी उतारकर दे दी। पंडितजी उसे लेकर इधर-उधर जमीन पर कुछ खोजने लगे। इतने में कुप्पी उनके हाथ से छूटकर गिर पड़ी, और बुझ गयी। सारा तेल बह गया। पंडितजी ने उसमें एक ठोकर और लगायी कि बचा खुचा तेल भी बह जाय।

खोंचेवाला - (कुप्पी को हिलाकर) महाराज, इसमें तो जरा भी तेल नहीं बचा। अब तक चार पैसे का सौदा बेचता, आपने यह खटराग बढ़ा दिया।

मोटेराम - भैया, हाथ ही तो है, छूट गिरी, तो अब क्या हाथ काट डालूँ? यह लो पैसे, जाकर कहीं से तेल भरा लो।

खोंचेवाला - (पैसे लेकर) तो अब तेल भरवाकर मैं यहाँ थोड़े ही आऊँगा।

मोटेराम - खोंचा रखे जाओ, लपककर थोड़ा तेल ले लो; नहीं मुझे कोई साँप काट लेगा तो तुम्हीं पर हत्या पड़ेगी। कोई जानवर है जरूर। देखो, वह रेंगता है। गायब हो गया। दौड़ जाओ पट्ठे, तेल लेते आओ, मैं तुम्हारा खोंचा देखता रहूँगा। डरते हो तो अपने रुपये-पैसे लेते जाओ।

खोंचेवाला बड़े धर्म-संकट में पड़ा। खोंचे से पैसे निकालता है तो भय है, कि पंडितजी अपने दिल में बुरा न मानें। सोचें मुझे बेईमान समझ रहा है। छोड़कर जाता है तो कौन जाने, इनकी नीयत क्या हो। किसी की नीयत सदा ठीक नहीं रहती। अंत को उसने यही निश्चय किया कि खोंचा यहीं छोड़ दूँ, जो कुछ तकदीर में होगा, वह होगा। वह उधर बाजार की

तरफ चला, इधर पंडितजी ने खोंचे पर निगाह दौड़ायी, तो बहुत हताश हुए। मिठाई बहुत कम बच रही थी। पाँच-छ: चीजें थीं, मगर किसी में दो अदद से ज्यादा निकालने की गुंजाइश न थी। भंडा फूट जाने का खटका था। पंडितजी ने सोचा - इतने से क्या होगा? केवल क्षुधा और प्रबल हो जायेगी, शेर के मुँह खून लग जायगा। गुनाह बेलज्जत है। अपनी जगह पर जा बैठे। लेकिन दम-भर के बाद प्यास ने फिर जोर किया। सोचे - कुछ तो सहारा हो ही जायगा। आहार कितना ही सूक्ष्म हो, फिर भी आहार ही है। उठे, मिठाई निकाली; पर पहला ही लड्डू मुँह में रखा था कि देखा, खोंचेवाला तेल की कुप्पी जलाये कदम बढ़ाता चला आ रहा है, उसके पहुँचने के पहले मिठाई का समाप्त हो जाना अनिवार्य था। एक साथ दो चीज मुँह में रखीं। अभी चुबला ही रहे थे कि वह निशाचर दस कदम और आगे बढ़ आया। एक साथ चार चीजें मुँह में डालीं और अधकुचली ही निगल गये। अभी 6 अदद और थीं, और खोंचेवाला फाटक तक आ चुका था। सारी की सारी मिठाई मुँह में डाल ली अब न चबाते बनता है, न उगलते। वह शैतान मोटरकार की तरह कुप्पी चमकाता हुआ चला ही आता था। जब वह बिलकुल सामने आ गया, तो पंडितजी ने जल्दी से सारी मिठाई निगल ली। आखिर आदमी ही थे, कोई मगर तो थे नहीं। आँखों में पानी भर आया, गला फँस गया, शरीर में रोमांच हो आया, जोर से खाँसने लगे। खोंचेवाले ने तेल की कुप्पी बढ़ाते हुए कहा यह लीजिए, देख लीजिए, चले तो हैं आप उपवास करने पर प्राणों का इतना डर है। आपको क्या चिंता, प्राण भी निकल जायेंगे, तो सरकार बाल-बच्चों की परवस्ती करेगी।

पंडितजी को क्रोध तो ऐसा आया कि इस पाजी को खोटी-खरी सुनाऊँ, लेकिन गले से आवाज न निकली। कुप्पी चुपके से ले ली और झूठ-मूठ इधर-उधर देखकर लौटा दी।

खोंचेवाला - आपको क्या पड़ी जो चले सरकार का पच्छ करने? कहीं कल दिन-भर पंचायत होगी, तो रात तक कुछ तय होगा। तब तक तो आपकी आँखों में तितलियाँ उड़ने लगेंगी।

यह कहकर वह चला गया और पंडितजी भी थोड़ी देर तक खाँसने के बाद सो रहे।

4

दूसरे दिन सबेरे ही से व्यापारियों ने मिसकौट करनी शुरू की। उधर काँग्रेसवालों में भी हलचल मची। अमन-सभा के अधिकारियों ने भी कान खड़े किये। यह तो इन भोले-भाले बनियों को धमकाने की अच्छी तरकीब हाथ आयी। पंडित-समाज ने अलग एक सभा की और उसमें यह निश्चय किया कि पंडित मोटेराम को राजनीतिक मामलों में पड़ने का कोई अधिकार नहीं। हमारा राजनीति से क्या संबंध? गरज सारा दिन इसी वाद-विवाद में कट गया और किसी ने पंडितजी की खबर न ली। लोग खुल्लमखुल्ला कहते थे कि पंडितजी ने

एक हजार रुपये सरकार से लेकर यह अनुष्ठान किया है। बेचारे पंडितजी ने रात तो लोट-पोटकर काटी, पर उठे तो शरीर मुरदा-सा जान पड़ता था। खड़े होते थे, आँखें तिलमिलाने लगती थीं, सिर में चक्कर आ जाता था। पेट में जैसे कोई बैठा हुआ कुरेद रहा हो। सड़क की तरफ आँखें लगी हुई थीं कि लोग मनाने तो नहीं आ रहे हैं। संध्योपासना का समय इसी प्रतीक्षा में गया। इस समय पूजन के पश्चात् नित्य नाश्ता किया करते थे। आज अभी मुँह में पानी भी न गया। न-जाने वह शुभ घड़ी कब आयेगी। फिर पंडिताइन पर बड़ा क्रोध आने लगा। आप तो रात को भर-पेट खाकर सोयी होंगी, इस वक्त भी जलपान कर ही चुकी होंगी, पर इधर भूलकर भी न झाँका कि मरे या जीते हैं। कुछ बात करने के बहाने से क्या थोड़ा-सा मोहनभोग बनाकर न ला सकती थीं? पर किसे इतनी चिंता है? रुपये लेकर रख लिये, फिर जो कुछ मिलेगा, वह भी रख लेंगी। मुझे उल्लू बनाया।

किस्सा-कोताह पंडितजी ने दिन-भर इंतजार किया, पर कोई मनानेवाला नजर न आया। लोगों के दिल में जो यह संदेह पैदा हुआ था कि पंडितजी ने कुछ ले-देकर वह स्वाँग रचा है, स्वार्थ के वशीभूत होकर यह पाखंड खड़ा किया है, वही उनको मनाने में बाधक होता था।

5

रात को नौ बज गये थे। सेठ भोंदूमल ने, जो व्यापारी-समाज के नेता थे, निश्चयात्मक भाव से कहा- मान लिया, पंडितजी ने स्वार्थवश ही यह अनुष्ठान किया है; पर इससे वह कष्ट तो कम नहीं हो सकता, जो अन्न-जल के बिना प्राणि-मात्र को होता है। यह धर्म-विरुद्ध है कि एक ब्राह्मण हमारे ऊपर दाना-पानी त्याग दे और हम पेट भर-भरकर चैन की नींद सोयें। अगर उन्होंने धर्म के विरुद्ध आचरण किया है, तो उसका दंड उन्हें भोगना पड़ेगा। हम क्यों अपने कर्त्तव्य से मुँह फेरें?

काँग्रेस के मंत्री ने दबी हुई आवाज से कहा- मुझे तो जो कहना था, वह मैं कह चुका। आप लोग समाज के अगुआ हैं, जो फैसला कीजिए, हमें मंजूर है। चलिए मैं अभी आपके साथ चलूँगा। धर्म का कुछ अंश मुझे भी मिल जाएगा; पर एक विनती सुन लीजिए - आप लोग पहले मुझे वहाँ जाने दीजिए। मैं एकांत में उनसे दस मिनट बातें करना चाहता हूँ। आप लोग फाटक पर खड़े रहिएगा। जब मैं वहाँ से लौट आऊँ तो फिर जाइएगा। इसमें किसी को क्या आपत्ति हो सकती थी? प्रार्थना स्वीकृत हो गयी।

मंत्रीजी पुलिस-विभाग में बहुत दिनों तक रह चुके थे, मानव-चरित्र की कमजोरियों को जानते थे। वह सीधे बाजार गये और 5 रु. की मिठाई ली। उसमें मात्रा से अधिक सुगंध डालने का प्रयत्न किया, चाँदी के वरक लगवाये और एक दोने में लिये रूठे हुए ब्रह्मदेव की पूजाकरने चले। एक झझ्झर में ठंडा पानी लिया और उसमें केवड़े का जल मिलाया। दोनों

ही चीजों से खुशबू की लपटें उड़ रही थीं। सुगंध में इतनी उत्तेजित शक्ति है, कौन नहीं जानता। इससे बिना भूख की भूख लग जाती है, भूखे आदमी की तो बात ही क्या?

पंडितजी इस समय भूमि पर अचेत पड़े हुए थे। रात को कुछ नहीं मिला। दस-पाँच छोटी-छोटी मिठाइयों का क्या जिक्र! दोपहर को कुछ नहीं मिला। और इस वक्त भी भोजन की बेला टल गयी थी। भूख में अब आशा की व्याकुलता नहीं; निराशा की शिथिलता थी। सारे अंग ढीले पड़ गये थे। यहाँ तक कि आँखें भी न खुलती थीं। उन्हें खोलने की बार-बार चेष्टा करते; पर वे आप-ही-आप बंद हो जातीं। ओंठ सूख गये थे। जिंदगी का कोई चिह्न था, तो बस, उनका धीरे-धीरे कराहना। ऐसा संकट उनके ऊपर कभी न पड़ा था। अजीर्ण की शिकायत तो उन्हें महीने में दो-चार बार हो जाती थी, जिसे वह हड़ आदि की फंकियों से शांत कर लिया करते थे; पर अजीर्णावस्था में ऐसा कभी न हुआ था कि उन्होंने भोजन छोड़ दिया हो। नगर-निवासियों को, अमन-सभा को, सरकार को, ईश्वर को, काँग्रेस को और धर्म-पत्नी को जी-भरकर कोस चुके थे। किसी से कोई आशा न थी। अब इतनी शक्ति भी न रही थी कि स्वयं खड़े होकर बाजार जा सकें। निश्चय हो गया था कि आज रात को अवश्य प्राण-पखेरू उड़ जायेंगे। जीवन-सूत्र कोई रस्सी तो है नहीं कि चाहे जितने झटके दो, टूटने का नाम न ले!

मंत्रीजी ने पुकारा - शास्त्रीजी!

मोटेराम ने पड़े-पड़े आँखें खोल दीं। उनमें ऐसी करुण वेदना भरी हुई थी, जैसे किसी बालक के हाथ से कौआ मिठाई छीन ले गया हो।

मंत्रीजी ने दोने की मिठाई सामने रख दी और झझ्झर पर कुल्हड़ औंधा दिया। इस काम से सुचित होकर बोले - यहाँ कब तक पड़े रहिएगा?

सुगंध ने पंडितजी की इंद्रियों पर संजीवनी का काम किया। पंडितजी उठ बैठे और बोले - देखो, कब तक निश्चय होता है।

मंत्री - यहाँ कुछ निश्चय-विश्चय न होगा। आज दिन-भर पंचायत हुई थी, कुछ तय न हुआ। कल कहीं शाम को लाट साहब आयेंगे। तब तक तो आपकी न-जाने क्या दशा होगी? आपका चेहरा बिलकुल पीला पड़ गया है!

मोटेराम - यहीं मरना बदा होगा, तो कौन टाल सकता है? इस दोने में कलाकंद है क्या?

मंत्री - हाँ, तरह-तरह की मिठाइयाँ हैं। एक नातेदार के यहाँ बैना भेजने के लिए विशेष रीति से बनवायी हैं।

मोटेराम - जभी इनमें इतनी सुगंध है। जरा दोना खोलिए तो?

मंत्रीजी ने मुस्कराकर दोना खोल दिया और पंडितजी नेत्रों से मिठाइयाँ खाने लगे। अंधा आँखें पाकर भी संसार को ऐसे तृष्णापूर्ण नेत्रों से न देखेगा। मुँह में पानी भर आया।

मंत्रीजी ने कहा- आपका व्रत न होता, तो दो-चार मिठाइयाँ आपको चखाता। 5 रु. सेर के दाम दिये हैं।

मोटेराम - तब तो बहुत ही श्रेष्ठ होंगी। मैंने बहुत दिन हुए कलाकंद नहीं खाया।

मंत्री - आपने भी तो बैठे-बैठाये झंझट मोल ले लिया। प्राण ही न रहेंगे, तो धन किस काम आयेगा?

मोटेराम - क्या करूँ, फँस गया, मैं इतनी मिठाइयों का जलपान कर जाता था। (हाथ से मिठाइयों को टटोलकर) भोला की दूकान की होंगी?

मंत्री - चखिएगा दो-चार?

मोटेराम - क्या चखूँ? धर्म-संकट में पड़ा हूँ।

मंत्री - अजी चखिए भी! इस समय जो आनंद प्राप्त होगा, वह लाख रुपये से भी नहीं मिल सकता। कोई किसी से कहने जाता है क्या?

मोटेराम - मुझे भय किसका है। मैं यहाँ दाना-पानी बिना मर रहा हूँ, और किसी को परवा ही नहीं। तो फिर मुझे क्या डर? लाओ, इधर दोना बढ़ाओ। जाओ, सबसे कह देना शास्त्रीजी ने व्रत तोड़ दिया। भाड़ में जाय बाजार और व्यापार! यहाँ किसी की चिंता नहीं। जब धर्म नहीं रहा, तो मैंने ही धर्म का बीड़ा थोड़े ही उठाया है!

यह कहकर पंडितजी ने दोना अपनी तरफ खींच लिया और लगे बढ़-बढ़कर हाथ मारने। यहाँ तक कि पल-भर में आधा दोना समाप्त हो गया। सेठ लोग आकर फाटक पर खड़े थे, मंत्री ने जाकर कहा- जरा चलकर तमाशा देखिए। आप लोगों को न बाजार खोलना पड़ेगा; न खुशामद करनी पड़ेगी। मैंने सारी समस्याएँ हल कर दीं। यह काँग्रेस का प्रताप है।

चाँदनी छिटकी हुई थी। लोगों ने आकर देखा, पंडितजी मिठाई ठिकाने लगाने में वैसे ही तन्मय हो रहे हैं, जैसे कोई महात्मा समाधि में मग्न हो।

भोंदूमल ने कहा- पंडितजी के चरण छूता हूँ। हम लोग तो आ ही रहे थे, आपने क्यों जल्दी की? ऐसी जुगुत बताते कि आपकी प्रतीज्ञा भी न टूटती और कार्य भी सिद्ध हो जाता।

मोटेराम - मेरा काम सिद्ध हो गया। यह अलौकिक आनंद है, जो धन के ढेरों से नहीं प्राप्त हो सकता। अगर कुछ श्रद्धा हो, तो इसी दूकान की इतनी ही मिठाई और मँगवा दो।

•••

लेखक

प्रात:काल महाशय प्रवीण ने बीस दफा उबाली हुई चाय का प्याला तैयार किया और बिना शक्कर और दूध के पी गये। यही उनका नाश्ता था। महीनों से मीठी, दूधिया चाय न मिली थी। दूध और शक्कर उनके लिए जीवन के आवश्यक पदार्थों में न थे। घर में गये जरूर, कि पत्नी को जगाकर पैसे माँगें; पर उसे फटे-मैले लिहाफ़ में निद्रा-मग्न देखकर जगाने की इच्छा न हुई। सोचा, शायद मारे सर्दी के बेचारी को रात भर नींद न आयी होगी, इस वक्त जाकर आँख लगी है। कच्ची नींद जगा देना उचित न था। चुपके से चले आये।

चाय पीकर उन्होंने कलम-दवात सँभाली और किताब लिखने में तल्लीन हो गये, जो उनके विचार में इस शताब्दी की सबसे बड़ी रचना होगी, जिसका प्रकाशन उन्हें गुमनाम से निकालकर ख्याति और समृद्धि के स्वर्ग पर पहुँचा देगा।

आध घण्टे बाद पत्नी आँखें मलती हुई आकर बोली-क्या तुम चाय पी चुके?

प्रवीण ने सहास्य मुख से कहा-हाँ, पी चुका। बहुत अच्छी बनी थी।

'पर दूध और शक्कर कहाँ से लाये?'

'दूध और शक्कर तो कई दिन से नहीं मिलता। मुझे आजकल सादी चाय ज्यादा स्वादिष्ट लगती है। दूध और शक्कर मिलाने से उसका स्वाद बिगड़ जाता है। डाक्टरों की भी यही राय है कि चाय हमेशा सादी पीनी चाहिए। योरोप में तो दूध का बिलकुल रिवाज नहीं है। यह तो हमारे यहाँ के मधुर-प्रिय रईसों की ईजाद है।'

'जाने तुम्हें फीकी चाय कैसे अच्छी लगती है! मुझे जगा क्यों न लिया? पैसे तो रखे थे।'

महाशय प्रवीण फिर लिखने लगे। जवानी ही में उन्हें यह रोग लग गया था, और आज बीस साल से वह उसे पाले हुए थे। इस रोग में देह घुल गयी, स्वास्थ्य घुल गया, और चालीस की अवस्था में बुढ़ापे ने आ घेरा; पर यह रोग असाध्य था। सूर्योदय से आधी रात तक यह साहित्य का उपासक अन्तर्जगत् में डूबा हुआ, समस्त संसार से मुँह मोड़े, हृदय के पुष्प और नैवेद्य चढ़ाता रहता था। पर भारत में सरस्वती की उपासना लक्ष्मी की अभक्ति है। मन तो एक ही था। दोनों देवियों को एक साथ कैसे प्रसन्न करता, दोनों के वरदान का पात्र क्योंकर बनता? और लक्ष्मी की यह अकृपा केवल धनाभाव के रूप में न प्रकट होती थी। उसकी सबसे निर्दय क्रीड़ा यह थी कि पत्रों के सम्पादक और पुस्तकों के प्रकाशक उदारता-पूर्वक सहायता का दान भी न देते थे। कदाचित् सारी दुनिया ने उसके विरुद्ध कोई षड्यन्त्र-

सा रच डाला था। यहाँ तक कि इस निरन्तर अभाव ने उसके आत्म-विश्वास को जैसे कुचल दिया था। कदाचित् अब उसे यह ज्ञात होने लगा था, कि उसकी रचनाओं में कोई सार, कोई प्रतिभा नहीं है, और यह भावना अत्यन्त हृदय-विदारक थी। यह दुर्लभ मानव-जीवन यों ही नष्ट हो गया! यह तस्कीन भी नहीं कि संसार ने चाहे उसका सम्मान न किया हो, पर उसकी जीवनकृति इतनी तुच्छ नहीं। जीवन की आवश्यकताएँ घटते-घटते संन्यास की सीमा को भी पार कर चुकी थीं। अगर कोई सन्तोष था, तो उसकी जीवन-सहचरी त्याग और तप में उनसे भी दो कदम आगे थी। सुमित्रा इस दशा में भी प्रसन्न थी। प्रवीणजी को दुनिया से शिकायत हो, पर सुमित्रा जैसे गेंद में भरी हुई वायु की भाँति उन्हें बाहर की ठोकरें से बचाती रहती थी। अपने भाग्य का रोना तो दूर की बात थी, इस देवी ने कभी माथे पर बल भी न आने दिया।

सुमित्रा ने चाय का प्याला समेटते हुए कहा-तो जाकर घण्टा-आध-घण्टा कहीं घूम फिर क्यों नहीं आते? जब मालूम हो गया कि प्राण देकर काम करने से भी कोई नतीजा नहीं, तो व्यर्थ क्यों सिर खपाते हो?

प्रवीण ने बिना मस्तक उठाये, कागज पर कलम चलाते हुए कहा-लिखने में कम-से-कम यह सन्तोष तो होता है कि कुछ कर रहा हूँ। सैर करने में तो मुझे ऐसा जान पड़ता कि समय का नाश कर रहा हूँ।

'यह इतने पढ़े-लिखे आदमी नित्य-प्रति हवा खाने जाते हैं, तो अपने समय का नाश करते हैं?'

'मगर इनमें अधिकांश वही लोग हैं, जिनके सैर करने से उनकी आमदनी में बिल्कुल कमी नहीं होती। अधिकांश तो सरकारी नौकर हैं, जिनको मासिक वेतन मिलता है, या तो ऐसे पेशों के लोग हैं, जिनका लोग आदर करते हैं। मैं तो मिल का मजूर हूँ। तुमने किसी मजूर को हवा खाते देखा है? जिन्हें भोजन की कमी नहीं, उन्हीं को हवा खाने की भी जरूरत है। जिनको रोटियों के लाले हैं, वे हवा खाने नहीं जाते। फिर स्वास्थ्य और जीवन-वृद्धि की जरूरत उन लोगों को है जिनके जीवन में आनन्द और स्वाद है। मेरे लिए तो जीवन भार है। इस भार को सिर पर कुछ दिन और बनाये रहने की अभिलाषा मुझे नहीं है।

सुमित्रा निराशा में डूबे हुये शब्द सुनकर आँखों में आँसू भरे अन्दर चली गयी। उसका दिल कहता था, इस तपस्वी की कीर्ति-कौमुदी एक दिन अवश्य फैलेगी। चाहे लक्ष्मी की अकृपा बनी रहे। किन्तु प्रवीण महोदय अब निराशा की उस सीमा तक पहुँच चुके थे, जहाँ से प्रतिकूल दिशा में उदय होने वाली आशामय उषा की लाली भी नहीं दिखाई देती थी।

एक रईस के यहाँ कोई उत्सव है। उसने महाशय प्रवीण को भी निमन्त्रित किया है। आज उनका मन आनन्द के घोड़े पर बैठा हुआ नाच रहा है। सारे दिन वह इसी कल्पना में मग्न रहे। राजा साहब किन शब्दों में उनका स्वागत करेंगे और वह किन शब्दों में उनको धन्यवाद देंगे, किन प्रसंगों पर वार्तालाप होगी, और वहाँ किन महानुभावों से उनका परिचय होगा, सारे दिन वह इन्हीं कल्पनाओं का आनन्द उठाते रहे। इस अवसर के लिए उन्होंने एक कविता भी रची, जिसमें उन्होंने जीवन की एक उद्यान से तुलना की थी। अपनी सारी धारणाओं की उन्होंने आज उपेक्षा कर दी, क्योंकि रईसों के मनोभावों को वह आघात न पहुँचा सकते थे।

दोपहर ही से उन्होंने तैयारियाँ शुरू कीं। हजामत बनायी, साबुन से नहाया, सिर में तेल डाला। मुश्किल कपड़ों की थी। मुद्दत गुजरी, जब उन्होंने एक अचकन बनवाई थी। उसकी दशा भी उन्हीं की दशा जैसी जीर्ण हो चुकी थी। जैसा जरा-सी सर्दी या गर्मी से उन्हें जुकाम या सिरदर्द हो जाता था, उसी तरह वह अचकन भी नाजुक-मिजाज थी। उसे निकाला और झाड़-पोंछकर रखा।

सुमित्रा ने कहा-तुमने व्यर्थ ही यह निमन्त्रण स्वीकार किया। लिख देते, मेरी तबियत अच्छी नहीं है। इन फटेहालों जाना तो और भी बुरा है।

प्रवीण ने दार्शनिक गम्भीरता से कहा-जिन्हें ईश्वर ने हृदय और परख दी है, वे आदमियों की पोशाक नहीं देखते-उनके गुण और चरित्र देखते हैं। आखिर कुछ बात तो है कि राजा साहब ने मुझे निमन्त्रित किया। मैं कोई ओहदेदार नहीं, जमींदार नहीं, जागीरदार नहीं, ठेकेदार नहीं, केवल एक साधारण लेखक हूँ। लेखक का मूल्य उसकी रचनाएँ होती हैं। इस एतबार से मुझे किसी भी लेखक से लज्जित होने का कारण नहीं है।

सुमित्रा उनकी सरलता पर दया करके बोली-तुम कल्पनाओं के संसार में रहते-रहते प्रत्यक्ष संसार से अलग हो गये हो। मैं कहती हूँ, राजा साहब के यहाँ लोगों की निगाह सबसे ज्यादा कपड़ों पर ही पड़ेगी। सरलता जरूर अच्छी चीज है, पर इसका अर्थ यह तो नहीं कि आदमी फूहड़ बन जाए।

प्रवीण को इस कथन में कुछ सार जान पड़ा। विद्वज्जनों की भाँति उन्हें भी अपनी भूलों को स्वीकार करने में कुछ विलम्ब न होता था। बोले-मैं समझता हूँ, दीपक जल जाने के बाद जाऊँ।

'मैं तो कहती हूँ, जाओ ही क्यों?'

'अब तुम्हें कैसे समझाऊँ, प्रत्येक प्राणी के मन में आदर और सम्मान की एक क्षुधा होती है। तुम पूछोगी, यह क्षुधा क्यों होती है? इसलिए कि यह हमारे आत्मविश्वास की एक

मंजिल है। हम उस महान सत्ता के सूक्ष्मांश हैं, जो समस्त ब्रह्माण्ड में व्याप्त हैं। अंश में पूर्ण के गुणों का होना लाजिमी है। इसलिए कीर्ति और सम्मान, आत्मोन्नति और ज्ञान की ओर हमारी स्वाभाविक रुचि है। मैं इस लालसा को बुरा नहीं समझता।'

सुमित्रा ने गला छुड़ाने के लिए कहा-अच्छा भाई, जाओ। मैं तुमसे बहस नहीं करती, लेकिन कल के लिए कोई व्यवस्था करते आना; क्योंकि मेरे पास केवल एक आना और रह गया है। जिनसे उधार मिल सकता था, उनसे ले चुकी और जिससे लिया उसे देने की नौबत नहीं आयी। मुझे तो और अब कोई उपाय नहीं सूझता।

प्रवीण ने एक क्षण के बाद कहा-दो पत्रिकाओं से मेरे लेखों के रुपये आने वाले हैं। शायद कल तक आ जाएँ। और अगर कल उपवास ही करना पड़े तो क्या चिन्ता? हमारा धर्म है काम करना। हम काम करते हैं और तन-मन से करते हैं। अगर इस पर भी हमें फाका करना पड़े, तो मेरा दोष नहीं। मर ही तो जाऊँगा। हमारे जैसे लाखों आदमी रोज मरते हैं। संसार का काम ज्यों-का-त्यों चलता रहता है। फिर इसका क्या गम कि हम भूखों मर जाएँगे? मौत डरने की वस्तु नहीं। मैं तो कबीरपन्थियों का कायल हूँ, जो अर्थी को गाते-बजाते ले जाते हैं। मैं इससे नहीं डरता। तुम्हीं कहो, मैं जो कुछ करता हूँ, इससे अधिक और कुछ मेरी शक्ति के बाहर है या नहीं। सारी दुनिया मीठी नींद सोती होती है ओर मैं क़लम लिये बैठा रहता हूँ। लोग हँसी-दिल्लगी, आमोद-प्रमोद करते रहते हैं, मेरे लिए वह सब हराम है। यहाँ तक कि महीनों से हँसने की नौबत नहीं आयी। होली के दिन भी मैंने तातील नहीं मनाई। बीमार भी होता हूँ, तो लिखने की फिक्र सिर पर सवार रहती है। सोचो, तुम बीमार थीं, और मैं वैद्य के यहाँ जाने के लिए समय न पाता था। अगर दुनिया नहीं कदर करती, न करे। इसमें दुनिया का ही नुकसान है। मेरी कोई हानि नहीं! दीपक का काम है जलना। उसका प्रकाश फैलता है या उसके सामने कोई ओट है, उसे इससे प्रयोजन नहीं।

मेरा भी ऐसा कौन मित्र, परिचित या सम्बन्धी है, जिसका मैं आभारी नहीं? यहाँ तक कि अब घर से निकलते शर्म आती है। सन्तोष इतना ही है कि लोग मुझे बदनीयत नहीं समझते। वे मेरी कुछ अधिक मदद न कर सकें, पर उन्हें मुझसे सहानुभूति अवश्य है। मेरी खुशी के लिए इतना ही काफी है कि आज वह अवसर तो आया कि एक रईस ने मेरा सम्मान किया।

फिर सहसा उन पर एक नशा-सा छा गया। गर्व से बोले-नहीं, मैं अब रात को न जाऊँगा। मेरी ग़रीबी अब रुसवाई की हद तक पहुँच चुकी है। उस पर परदा डालना व्यर्थ है। मैं इसी वक्त जाऊँगा। जिसे रईस और राजे आमन्त्रित करें, वह कोई ऐसा-वैसा आदमी नहीं हो सकता। राजा साहब साधारण रईस नहीं हैं। वह इस नगर के ही नहीं, भारत के विख्यात रईसों में हैं। अगर अब भी मुझे कोई नीचा समझे, तो वह खुद नीचा है।

सन्ध्या का समय है। प्रवीणजी अपनी फटी-पुरानी अचकन और सड़े हुए जूते और बेढंगी-सी टोपी पहने घर से निकले। खामख्वाह बाँगड़ू उचक्के-से मालूम होते थे। डीलडौल और चेहरे-मुहरे के आदमी होते, तो इस ठाठ में भी एक शान होती। स्थूलता स्वयं रोब डालने वाली वस्तु है। पर साहित्य-सेवा और स्थूलता में विरोध है। अगर कोई साहित्य-सेवी मोटा-ताजा, डबल आदमी है, तो समझ लो, उसमें माधुर्य नहीं, लोच नहीं, हृदय नहीं। दीपक का काम है, लजना। दीपक वही लबालब भरा होगा, जो जला न हो। फिर भी आप अकड़े जाते हैं। एक-एक अंग से गर्व टपक रहा है।

यों घर से निकलकर वह दूकानदारों से आँखें चुराते, गलियों से निकल जाते थे। पर आज वह गरदन उठाये, उनके सामने से जा रहे हैं। आज वह उनके तकाजों का दन्दाँशिकन जवाब देने को तैयार थे। पर सन्ध्या का समय है, हरेक दूकान पर ग्राहक बैठे हुए हैं। कोई उनकी तरफ नहीं देखता। जिस रकम को वह अपनी हीनावस्था में दुर्विचार समझते थे, वह दूकानदारों की निगाह में इतनी जोखिम न थीं, कि एक जाने-पहचाने आदमी को सा-बाज़ार टोकते, विशेषकर जब वह आज किसी से मिलने जाते हुए मालूम होते थे।

प्रवीण ने एक बार सरे-बाज़ार का चक्कर लगाया, पर जी न भरा तब दूसरा चक्कर लगाया, पर वह भी निष्फल। तब वह खुद हाफ़िज समद की दूकान पर जाकर खड़े हो गये। हाफ़िज जी बिसाते का कारोबार करते थे। बहुत दिन हुए प्रवीण इस दूकान से एक छतरी ले गये थे और अभी तक दाम न चुका सके थे। प्रवीण को देखकर बोले-महाशय जी, अभी तक छतरी के दाम नहीं मिले। ऐसे सौ-पचास ग्राहक मिल जाएँ, तो दिवाला ही हो जाए। अब तो बहुत दिन हुए।

प्रवीण की बाछें खिल गईं। दिली मुराद पूरी हुई। बोले-मैं भूला नहीं हूँ हाफ़िज जी, इन दिनों काम इतना ज्यादा था कि घर से निकलना मुश्किल था। रुपये तो नहीं हाथ आते, पर आपकी दुआ से क़दरशिनासों की कमी नहीं। दो-चार आदमी घेरे ही रहते हैं। इस वक़्त भी राजा साहब-अजी वही जो नुक्कड़ वाले बँगले में रहते हैं-उन्हीं के यहाँ जा रहा हूँ। दावत है। रोज ऐसा कोई-न-कोई मौक़ा आता ही रहता है।

हाफ़िज समद प्रभावित होकर बोला-अच्छा! आज राजा साहब के यहाँ तशरीफ ले जा रहे हैं। ठीक है, आप जैसे बाक़मालों की कदर रईस ही कर सकते हैं, और कौन करेगा? सुभानल्लाह! आप इस जमाने में यकता हैं। अगर कोई मौका हाथ आ जाए, तो गरीबों को न भूल जाइएगा। राजा साहब की अगर इधर निगाह हो जाए, तो फिर क्या पूछना! एक पूरा बिसाता तो उन्हीं के लिए चाहिए। ढाई-तीन लाख सालाना की आमदनी है।

प्रवीण को ढाई-तीन लाख कुछ तुच्छ जान पड़े। जबानी जमाखर्च है, तो दस-बीस लाख कहने से क्या हानि? बोले-ढाई-तीन लाख! आप तो उन्हें गालियाँ देते हैं। उनकी

आमदनी दस लाख से कम नहीं। एक साहब का अन्दाज तो बीस लाख का है। इलाका है, मकानात हैं, दूकानें हैं, ठीका है, अमानती रुपये हैं और फिर सबसे बड़ी सरकार बहादुर की निगाह है।

हाफ़िज ने बड़ी नम्रता से कहा-यह दूकान आप की है जनाब, बस इतनी ही अरज है। अरे मुरादी, जरा दो पैसे के अच्छे-से पान बना ला आपके लिए। आइए दो मिनट बैठिए। कोई चीज पसन्द हो तो दिखाऊँ। आपसे तो घर का वास्ता है।

प्रवीण ने पान खाते हुए कहा-इस वक्त तो मुआफ़ रखिए। वहाँ देर होगी। फिर कभी हाज़िर हूँगा।

यहाँ से उठकर वह एक कपड़े वाले की दूकान के सामने रुके। मनोहरदास नाम था। इन्हें खड़े देखकर आँखें उठायीं। बेचारा इनके नाम को रो बैठा था। समझ लिया, शायद इस शहर में हैं ही नहीं। समझा रुपये देने आये हैं। बोले-भाई प्रवीण जी, आपने तो बहुत दिनों दर्शन ही नहीं दिये। रुक्का कई बार भेजा, मगर प्यादे को आपके घर का पता ही न मिला। मुनीम जी, जरा देखो तो आपके नाम क्या है?

प्रवीण के प्राण तकाजों से सूख जाते थे; पर आज वह इस तरह खड़े थे, मानों उन्होंने कवच धारण कर लिया है, जिस पर किसी अस्त्र का आघात नहीं हो सकता। बोले-जरा इन राजा साहब के यहाँ से लौट आऊँ, तो निश्चित होकर बैठूँ। इस समय जल्दी में हूँ। राजा साहब पर मनोहरदास के कई हज़ार रुपये आते थे। फिर भी उनका दामन न छोड़ता था। एक के तीन वसूल करता। उसने प्रवीण जी को ऊँची श्रेणी में रखा जिनका पेशा रईसों को लूटना है। बोला-'पान तो खाते जाइए महाशय!' राजा साहब एक दिन के हैं। हम तो बारहों मास के हैं, भाई साहब! कुछ कपड़े दरकार हों तो ले जाइए। अब तो होली आ रही है। मौका हो, तो जरा राजा साहब के खजानची से कहिएगा पुराना हिसाब बहुत दिन से पड़ा हुआ है, अब तो सफ़ाई हो जाए! हम सब ऐसा कौन-सा नफ़ा लेते हैं कि दो-दो साल हिसाब ही न हो?

प्रवीण ने कहा-इस समय तो पान-वान रहने दो भाई? देर हो जाएगी। जब उन्हें मुझसे मिलने का इतना शौक है और मेरा इतना सम्मान करते हैं, तो अपना भी धर्म है कि उनको मेरे कारण कष्ट न हो। हम तो गुणग्राहक चाहते हैं, दौलत के भूखे नहीं। कोई अपना सम्मान करे, तो उसकी गुलामी करें। अगर किसी को रियासत का घमण्ड हो, तो हमें उसकी परवाह नहीं।

प्रवीण जी राजा साहब के विशाल भवन के सामने पहुँचे, तो दीये जल चुके थे। अमीरों और रईसों की मोटरें खड़ी थीं। वरदी-पोश दरबान द्वार पर खड़े थे। एक सज्जन मेहमानों

का स्वागत कर रहे थे। प्रवीण जी को देखकर वह जरा झिझके। फिर उन्हें सिर से पाँव तक देखकर बोले-आपके पास नवेद है?

प्रवीण की जेब में नवेद था। पर इस भेदभाव पर उन्हें क्रोध आ गया। उन्हीं से क्यों नवेद माँगा जाए? औरों से भी क्यों न पूछा जाए? बोले-जी नहीं, मेरे पास नवेद नहीं है। अगर आप अन्य महाशयों से माँगते हों; तो मैं भी दिखा सकता हूँ। वरना मैं इस भेद को अपने लिए अपमान की बात समझता हूँ। आप राजा साहब से कह दीजिए, 'प्रवीण जी आये थे और द्वार से लौट गये।'

'नहीं-नहीं, महाशय अन्दर चलिए। मुझे आपसे परिचय न था। बेअदबी माफ कीजिए। आप ही ऐसे महानुभावों से तो महफिल की शोभा है। ईश्वर ने आपको वह वाणी प्रदान की है, कि क्या कहना।'

इस व्यक्ति ने प्रवीण को कभी न देखा था। लेकिन जो कुछ उसने कहा, वह हरेक साहित्य-सेवी के विषय में कह सकते हैं, और हमें विश्वास है कि कोई साहित्य-सेवी इस दाद की उपेक्षा नहीं कर सकता।

प्रवीण अन्दर पहुँचे तो देखा, बारहदरी के सामने विस्तृत और सुसज्जित प्रांगण में बिजली के कुमकुमें अपना प्रकाश फैला रहे हैं। मध्य में एक हौज है, हौज में संगमरमर की परी, परी के सिर पर फौवारा, फौवारे की फुहारें रंगीन कुमकुमों से रंजित होकर ऐसी मालूम होती थीं, मानो इन्द्र-धनुष पिघलकर ऊपर से बरस रहा है। हौज के चारों ओर मेजें लगी हुई थीं। मेजों पर सफेद मेज-पोश, ऊपर सुन्दर गुलदस्ते।

प्रवीण को देखते ही राजा साहब ने स्वागत किया-आइए, आइए! अबकी 'हंस' में आपका लेख देखकर दिल फड़क उठा। मैं तो चकित हो गया। मालूम ही न था, कि इस नगर में आप-जैसे रत्न भी छिपे हुए हैं।

फिर उपस्थित सज्जनों से उनका परिचय देने लगे-आपने महाशय प्रवीण का नाम तो सुना होगा। वह आप ही हैं। क्या माधुर्य है, क्या ओज है, क्या भाव है, क्या भाषा है, क्या सूझ है, क्या चमत्कार है, क्या प्रवाह है कि वाह! वाह! मेरी तो आत्मा जैसे नृत्य करने लगती है।

एक सज्जन ने, जो अँग्रेजी सूट में थे, प्रवीण को ऐसी निगाह से देखा मानो वह चिड़िया-घर के कोई जीव हों और बोले-आपने अँग्रेजी के कवियों का भी अध्ययन किया है-बायरन, शेली, कीट्स आदि।

प्रवीण ने रुखाई से जवाब दिया-जी हाँ, थोड़ा-बहुत देखा तो है।

'आप इन महाकवियों में से किसी की रचनाओं का अनुवाद कर दें, तो आज हिन्दी-भाषा की अमर सेवा करें।'

प्रवीण अपने को बायरन, शैली आदि से जौ-भर भी कम न समझते थे। वह अँग्रेजी के कवि थे। उनकी भाषा, शैली, विषय-व्यंजना सभी अँग्रेज की रुचि के अनुकूल था। उनका अनुवाद करना वह अपने लिए गौरव की बात न समझते थे, उसी तरह जैसे वे उनकी रचनाओं का अनुवाद करना अपने लिए गौरव की वस्तु न समझते। बोले-हमारे यहाँ आत्म-दर्शन का अभी इतना अभाव नहीं है, कि हम विदेशी कवियों से भिक्षा माँगें। मेरा विचार है कि कम-से-कम इस विषय में भारत अब भी पश्चिम को कुछ सिखा सकता है।

यह अनर्गल बात थी। अँग्रेजी के भक्त महाशय ने प्रवीण को पागल समझा।

राजा साहब ने प्रवीण को ऐसी आँखों से देखा, जो कह रही थीं-जरा मौका-महल देखकर बातें करो! और बोले-अंग्रेजी साहित्य का क्या पूछना! कविता में तो वह अपना जोड़ नहीं रखता।

अंग्रेजी के भक्त महाशय ने प्रवीण को सगर्व नेत्रों से देखा-हमारे कवियों ने अभी तक कविता का अर्थ ही नहीं समझा, अभी तक वियोग और नख-शिख को कविता का आधार बनाये हुए हैं।

प्रवीण ने ईंट का जवाब पत्थर से दिया-मेरा विचार है कि आपने वर्तमान कवियों का अध्ययन नहीं किया, या किया तो उतरी आँखों से।

राजा साहब ने अब प्रवीण की जबान बन्द कर देने का निश्चय किया-आप मिस्टर परांजपे हैं, प्रवीण जी! आपके लेख अंग्रेजी पत्रों में छपते हैं और बड़े आदर की दृष्टि से देखे जाते हैं।

उसका आशय यह था, कि अब आप न बहकिए।

प्रवीण समझ गये। परांजपे के सामने उन्हें नीचा देखना पड़ा। विदेशी वेश-भूषा और भाषा का यह भक्त जाति-द्रोही होकर भी इतना सम्मान पाये, यह उनके लिए असह्य था। पर क्या करते?

उसी भेष के एक-दूसरे सज्जन आये। राजा साहब ने तपाक से उनका अभिवादन किया-आइए डाक्टर चड्ढ़ा! कैसे मिजाज हैं?

डाक्टर साहब ने राजा साहब से हाथ मिलाया और फिर प्रवीण की ओर जिज्ञासा-भरी आँखों से देखकर पूछा-आपकी तारीफ़?

राजा साहब ने प्रवीण का परिचय दिया-आप महाशय प्रवीण हैं। आप भाषा के अच्छे कवि और लेखक हैं।

डाक्टर साहब ने एक खास अन्दाज से कहा-अच्छा! आप कवि हैं! और बिना कुछ पूछे आगे बढ़ गये।

फिर उसी भेष में एक और महाशय पधारे। यह नामी बैरिस्टर थे। राजा साहब ने उनसे भी प्रवीण का परिचय कराया। उन्होंने भी उसी अन्दाज में कहा-अच्छा! आप कवि हैं? और आगे बढ़ गये। यही अभिनय कई बार हुआ। और हर बार प्रवीण को यही दाद मिली-'अच्छा! आप कवि हैं?'

यह वाक्य हर बार प्रवीण के हृदय पर एक नया आघात पहुँचाता था। उसके नीचे जो भाव था उसे प्रवीण खूब समझते थे। उसका सीधा-सादा आशय यह था कि तुम अपने खयाली-पुलाव पकाते हो, पकाओ! यहाँ तुम्हारा क्या प्रयोजन? तुम्हारा इतना साहस कि तुम इस सभ्य-समाज में बेधड़क आओ।

प्रवीण मन-ही-मन अपने ऊपर झुँझला रहे थे। निमन्त्रण पाकर उन्होंने अपने को धन्य माना था, पर यहाँ आकर उनका जितना अपमान हो रहा था, उसके देखते तो वह सन्तोष की कुटिया स्वर्ग थी। उन्होंने अपने मन को धिक्कारा-तुम जैसे सम्मान के लोभियों का यह दण्ड है। अब तो आँखें खुलीं, तुम कितने सम्मान के पात्र हो! तुम इस स्वार्थमय संसार में किसी के काम नहीं आ सकते। वकील-बैरिस्टर तुम्हारा सम्मान क्यों करें? तुम उनके मुवक्किल नहीं हो सकते, न उन्हें तुम्हारे द्वारा कोई मुकदमा पाने की आशा है। डाक्टर या हकीम तुम्हारा सम्मान क्यों करें? उन्हें तुम्हारे घर बिना फीस आने की इच्छा नहीं। तुम लिखने के लिए बने हो, लिखे जाओ। बस, और संसार में तुम्हारा कोई प्रयोजन नहीं।

सहसा लोगों में हलचल पड़ गयी। आज के प्रधान अतिथि का आगमन हुआ। यह महाशय हाईकोर्ट के जज नियुक्त हुए थे। इसी उपलक्ष्य में यह जलसा हो रहा था। राजा साहब ने लपककर जल्द हाथ मिलाया और आकर प्रवीण जी से बोले-आप अपनी कविता तो लिख ही लाये होंगे?

प्रवीण ने कहा-मैंने कोई कविता नहीं लिखी।

'सच! तब तो आपने ग़जब ही कर दिया। अरे भले आदमी, अबसे कोई चीज लिख डालो। दो-ही चार पंक्तियाँ हो जाएँ। बस! ऐसे अवसर पर एक कविता का पढ़ा जाना लाज़िमी है।'

'मैं इतनी जल्दी कोई चीज नहीं लिख सकता।'

'मैंने व्यर्थ ही इतने आदमियों से आपका परिचय कराया?'

'बिल्कुल व्यर्थ।'

'अरे भाई जान, किसी प्राचीन कवि की ही कोई चीज सुना दीजिए। यहाँ कौन जानता है।'

'जी नहीं, क्षमा कीजिएगा। मैं भाट नहीं हूँ, न कथक हूँ।'

यह कहते हुए प्रवीण जी तुरन्त वहाँ से चल दिये। घर पहुँचे तो उनका चेहरा खिला हुआ था।

सुमित्रा ने प्रसन्न होकर पूछा-इतनी जल्दी कैसे आ गये?

'मेरी वहाँ कोई जरूरत न थी।'

'चलो, चेहरा खिला हुआ है खूब सम्मान हुआ होगा।'

'हाँ सम्मान तो, जैसी आशा न थी वैसा हुआ।'

'खुश बहुत हो।'

इसी से कि आज मुझे हमेशा के लिए सबक मिल गया। मैं दीपक हूँ और जलने के लिए बना हूँ। आज मैं इस तत्व को भूल गया था। ईश्वर ने मुझे ज्यादा बहकने न दिया। मेरी यह कुटिया ही मेरे लिए स्वर्ग है। मैं आज यह तत्व पा गया कि साहित्य-सेवा पूरी तपस्या है।

•••

माँ

आज बन्दी छूटकर घर आ रहा है। करुणा ने एक दिन पहले ही घर लीप-पोत रखा था। इन तीन वर्षों में उसने कठिन तपस्या करके जो दस-पाँच रूपये जमा कर रखे थे, वह सब पति के सत्कार और स्वागत की तैयारियों में खर्च कर दिये। पति के लिए धोतियों का नया जोड़ा लायी थी, नये कुरते बनवाये थे, बच्चे के लिए नये कोट और टोपी की आयोजना की थी। बार-बार बच्चे को गले लगाती ओर प्रसन्न होती। अगर इस बच्चे ने सूर्य की भाँति उदय होकर उसके अंधेरे जीवन को प्रदीप्त न कर दिया होता, तो कदाचित् ठोकरों ने उसके जीवन का अंत कर दिया होता। पति के कारावास-दण्ड के तीन ही महीने बाद इस बालक का जन्म हुआ। उसी का मुँह देख-देखकर करूणा ने यह तीन साल काट दिये थे। वह सोचती - जब मैं बालक को उनके सामने ले जाऊँगी, तो वह कितने प्रसन्न होंगे! उसे देखकर पहले तो चकित हो जायेंगे, फिर गोद में उठा लेंगे और कहेंगे - करूणा, तुमने यह रत्न देकर मुझे निहाल कर दिया। कैद के सारे कष्ट बालक की तोतली बातों में भूल जायेंगे, उनकी एक सरल, पवित्र, मोहक दृष्टि दृदय की सारी व्यथाओं को धो डालेगी। इस कल्पना का आनंद लेकर वह फूली न समाती थी।

वह सोच रही थी - आदित्य के साथ बहुत-से आदमी होंगे। जिस समय वह द्वार पर पहुँचेगे, जय-जयकार' की ध्वनि से आकाश गूँज उठेगा। वह कितना स्वर्गीय दृश्य होगा! उन आदमियों के बैठने के लिए करूणा ने एक फटा-सा टाट बिछा दिया था, कुछ पान बना दिये थे ओर बार-बार आशामय नेत्रों से द्वार की ओर ताकती थी। पति की वह सुदृढ़ उदार तेजपूर्ण मुद्रा बार-बार आँखों में फिर जाती थी। उनकी वे बातें बार-बार याद आती थीं, जो चलते समय उनके मुख से निकलती थी, उनका वह धैर्य, वह आत्मबल, जो पुलिस के प्रहारों के सामने भी अटल रहा था, वह मुस्कराहट जो उस समय भी उनके अधरों पर खेल रही थी; वह आत्मभिमान, जो उस समय भी उनके मुख से टपक रहा था, क्या करूणा के ह्दय से कभी विस्मृत हो सकता था! उसका स्मरण आते ही करुणा के निस्तेज मुख पर आत्मगौरव की लालिमा छा गयी। यही वह अवलम्ब था, जिसने इन तीन वर्षों की घोर यातनाओं में भी उसके ह्दय को आश्वासन दिया था। कितनी ही राते फाकों से गुजरीं, बहुधा घर में दीपक जलने की नौबत भी न आती थी, पर दीनता के आँसू कभी उसकी आँखों से न गिरे। आज उन सारी विपत्तियों का अंत हो जाएगा। पति के प्रगाढ़ आलिंगन में वह सब कुछ हँसकर झेल लेगी। वह अनंत निधि पाकर फिर उसे कोई अभिलाषा न रहेगी।

गगन-पथ का चिरगामी लपका हुआ विश्राम की ओर चला जाता था, जहाँ संध्या ने सुनहरा फर्श सजाया था और उज्जवल पुष्पों की सेज बिछा रखी थी। उसी समय करूणा को एक आदमी लाठी टेकता आता दिखाई दिया, मानो किसी जीर्ण मनुष्य की वेदना-ध्वनि हो। पग-पग पर रूककर खाँसने लगता थी। उसका सिर झुका हुआ था, करणा उसका चेहरा न देख सकती थी, लेकिन चाल-ढाल से कोई बूढ़ा आदमी मालूम होता था; पर एक क्षण में जब वह समीप आ गया, तो करूणा पहचान गयी। वह उसका प्यारा पति ही था, किन्तु शोक! उसकी सूरत कितनी बदल गयी थी। वह जवानी, वह तेज, वह चपलता, वह सुगठन, सब प्रस्थान कर चुका था। केवल हड्डियों का एक ढाँचा रह गया था। न कोई संगी, न साथी, न यार, न दोस्त। करूणा उसे पहचानते ही बाहर निकल आयी, पर आलिंगन की कामना हृदय में दबकर रह गयी। सारे मनसूबे धूल में मिल गये। सारा मनोल्लास आँसुओं के प्रवाह में बह गया,विलीन हो गया।

आदित्य ने घर में कदम रखते ही मुस्कराकर करूणा को देखा। पर उस मुस्कान में वेदना का एक संसार भरा हुआ था। करूणा ऐसी शिथिल हो गयी, मानो हृदय का स्पंदन रूक गया हो। वह फटी हुई आँखों से स्वामी की ओर टकटकी बाँधे खड़ी थी, मानो उसे अपनी आँखों पर अब भी विश्वास न आता हो। स्वागत या दुःख का एक शब्द भी उसके मुँह से न निकला। बालक भी गोद में बैठा हुआ सहमी आँखों से इस कंकाल को देख रहा था और माता की गोद में चिपटा जाता था।

आखिर उसने कातर स्वर में कहा- यह तुम्हारी क्या दशा है? बिलकुल पहचाने नहीं जाते!

आदित्य ने उसकी चिन्ता को शांत करने के लिए मुस्कराने की चेष्टा करके कहा- कुछ नहीं, जरा दुबला हो गया हूँ। तुम्हारे हाथों का भोजन पाकर फिर स्वस्थ हो जाऊँगा।

करूणा - छी! सूखकर काँटा हो गये। क्या वहाँ भरपेट भोजन नहीं मिलता? तुम कहते थे, राजनैतिक आदमियों के साथ बड़ा अच्छा व्यवहार किया जाता है और वह तुम्हारे साथी क्या हो गये जो तुम्हें आठों पहर घेरे रहते थे और तुम्हारे पसीने की जगह खून बहाने को तैयार रहते थे?

आदित्य की त्योरियों पर बल पड़ गये। बोले - यह बड़ा ही कटु अनुभव है करूणा! मुझे न मालूम था कि मेरे कैद होते ही लोग मेरी ओर से यों आँखें फेर लेंगे, कोई बात भी न पूछेगा। राष्ट्र के नाम पर मिटनेवालों का यही पुरस्कार है, यह मुझे न मालूम था। जनता अपने सेवकों को बहुत जल्द भूल जाती है, यह तो मैं जानता था, लेकिन अपने सहयोगी ओर सहायक इतने बेवफा होते हैं, इसका मुझे यह पहला ही अनुभव हुआ। लेकिन मुझे किसी से शिकायत नहीं। सेवा स्वयं अपना पुरस्कार हैं। मेरी भूल थी कि मैं इसके लिए यश और नाम चाहता था।

करूणा - तो क्या वहाँ भोजन भी न मिलता था?

आदित्य - यह न पूछो करूणा, बड़ी करूण कथा है। बस, यही गनीमत समझो कि जीता लौट आया। तुम्हारे दर्शन बदे थे, नहीं कष्ट तो ऐसे-ऐसे उठाए कि अब तक मुझे प्रस्थान कर जाना चाहिए था। मैं जरा लेटूँगा। खड़ा नहीं रहा जाता। दिन-भर में इतनी दूर आया हूँ।

करूणा - चलकर कुछ खा लो, तो आराम से लेटो। (बालक को गोद में उठाकर) बाबूजी हैं बेटा, तुम्हारे बाबूजी। इनकी गोद में जाओ, तुम्हें प्यार करेंगे।

आदित्य ने आँसू-भरी आँखों से बालक को देखा और उनका एक-एक रोम उनका तिरस्कार करने लगा। अपनी जीर्ण दशा पर उन्हें कभी इतना दु:ख न हुआ था। ईश्वर की असीम दया से यदि उनकी दशा संभल जाती, तो वह फिर कभी राष्ट्रीय आन्दोलन के समीप न जाते। इस फूल-से बच्चे को यों संसार में लाकर दरिद्रता की आग में झोंकने का उन्हें क्या अधिकार था? वह अब लक्ष्मी की उपासना करेंगे और अपना क्षुद्र जीवन बच्चे के लालन-पालन के लिए अपिर्त कर देंगे। उन्हें इस समय ऐसा ज्ञात हुआ कि बालक उन्हें उपेक्षा की दृष्टि से देख रहा है, मानो कह रहा है - 'मेरे साथ आपने कौन-सा कर्तव्य-पालन किया?' उनकी सारी कामना, सारा प्यार बालक को हृदय से लगा देने के लिए अधीर हो उठा, पर हाथ फैल न सके। हाथों में शक्ति ही न थी।

करूणा बालक को लिये हुए उठी और थाली में कुछ भोजन निकालकर लायी। आदित्य ने क्षुधापूर्ण, नेत्रों से थाली की ओर देखा, मानो आज बहुत दिनों के बाद कोई खाने की चीज सामने आयी है। जानता था कि कई दिनों के उपवास के बाद और आरोग्य की इस गयी-गुजरी दशा में उसे जबान को काबू में रखना चाहिए पर सब्र न कर सका, थाली पर टूट पड़ा और देखते-देखते थाली साफ कर दी। करूणा सशंक हो गयी। उसने दोबारा किसी चीज के लिए न पूछा। थाली उठाकर चली गयी, पर उसका दिल कह रहा था - इतना तो कभी न खाते थे।

करूणा बच्चे को कुछ खिला रही थी, कि एकाएक कानों में आवाज आयी - करूणा!

करूणा ने आकर पूछा - क्या तुमने मुझे पुकारा है?

आदित्य का चेहरा पीला पड़ गया था और साँस जोर-जोर से चल रही थी। हाथों के सहारे वहीं टाट पर लेट गये थे। करूणा उनकी यह हालत देखकर घबरा गयी। बोली - जाकर किसी वैद्य को बुला लाऊँ?

आदित्य ने हाथ के इशारे से उसे मना करके कहा- व्यर्थ है करूणा! अब तुमसे छिपाना व्यर्थ है, मुझे तपेदिक हो गया है। कई बार मरते-मरते बच गया हूँ। तुम लोगों के दर्शन बदे थे,इसलिए प्राण न निकलते थे। देखो प्रिये, रोओ मत।

करूणा ने सिसकियों को दबाते हुए कहा- मैं वैद्य को लेकर अभी आती हूँ।

आदित्य ने फिर सिर हिलाया - नहीं करूणा, केवल मेरे पास बैठी रहो। अब किसी से कोई आशा नहीं है। डाक्टरों ने जवाब दे दिया है। मुझे तो यह आश्चर्य है कि यहाँ पहुँच कैसे गया। न जाने कौन दैवी शक्ति मुझे वहाँ से खींच लायी। कदाचित् यह इस बुझते हुए दीपक की अन्तिम झलक थी। आह! मैंने तुम्हारे साथ बड़ा अन्याय किया। इसका मुझे हमेशा दु:ख रहेगा! मैं तुम्हें कोई आराम न दे सका। तुम्हारे लिए कुछ न कर सका। केवल सोहाग का दाग लगाकर और एक बालक के पालन का भार छोड़कर चला जा रहा हूँ। आह!

करूणा ने हृदय को दृढ़ करके कहा- तुम्हें कहीं दर्द तो नहीं है? आग बना लाऊँ? कुछ बताते क्यों नहीं?

आदित्य ने करवट बदलकर कहा- कुछ करने की जरूरत नहीं प्रिये! कहीं दर्द नहीं। बस, ऐसा मालूम हो रहा है कि दिल बैठा जाता है, जैसे पानी में डूबा जाता हूँ। जीवन की लीला समाप्त हो रही है। दीपक को बुझते हुए देख रहा हूँ। कह नहीं सकता, कब आवाज बन्द हो जाये। जो कुछ कहना है, वह कह डालना चाहता हूँ, क्यों वह लालसा ले जाऊँ। मेरे एक प्रश्न का जवाब दोगी, पूछूँ?

करूणा के मन की सारी दुर्बलता, सारा शोक, सारी वेदना मानो लुप्त हो गयी और उनकी जगह उस आत्मबल का उदय हुआ, जो मृत्यु पर हँसता है और विपत्ति के साँपों से खेलता है। रत्नजटित मखमली म्यान में जैसे तेज तलवार छिपी रहती है, जल के कोमल प्रवाह में जैसे असीम शक्ति छिपी रहती है, वैसे ही रमणी का कोमल हृदय साहस और धैर्य को अपनी गोद में छिपाये रहता है। क्रोध जैसे तलवार को बाहर खींच लेता है, विज्ञान जैसे जल-शक्ति का उद्घाटन कर लेता है, वैसे ही प्रेम रमणी के साहस और धैर्य को प्रदीप्त कर देता है।

करूणा ने पति के सिर पर हाथ रखते हुए कहा- पूछते क्यों नहीं प्यारे!

आदित्य ने करूणा के हाथों के कोमल स्पर्श का अनुभव करते हुए कहा- तुम्हारे विचार में मेरा जीवन कैसा था? बधाई के योग्य? देखो, तुमने मुझसे कभी पर्दा नहीं रखा। इस समय भी स्पष्ट कहना। तुम्हारे विचार में मुझे अपने जीवन पर हँसना चाहिए या रोना चाहिए?

करूणा ने उल्लास के साथ कहा- यह प्रश्न क्यों करते हो प्रियतम? क्या मैंने तुम्हारी उपेक्षा कभी की है? तुम्हारा जीवन देवताओं का-सा जीवन था, नि:स्वार्थ, निर्लिप्त और आदर्श! विघ्न-बाधाओं से तंग आकर मैंने तुम्हें कितनी ही बार संसार की ओर खींचने की चेष्टा की है; पर उस समय भी मैं मन में जानती थी कि मैं तुम्हें ऊँचे आसन से गिरा रही हूँ। अगर तुम माया-मोह में फँसे होते, तो कदाचित् मेरे मन को अधिक संतोष होता; लेकिन मेरी आत्मा को वह गर्व और उल्लास न होता, जो इस समय हो रहा है। मैं अगर किसी को बड़े-से-बड़ा आर्शीवाद दे सकती हूँ, तो वह यही होगा कि उसका जीवन तुम्हारे जैसा हो।

यह कहते-कहते करूणा का आभाहीन मुखमंडल ज्योतिर्मय हो गया, मानो उसकी आत्मा दिव्य हो गयी हो। आदित्य ने सगर्व नेत्रों से करूणा को देखकर कहा बस, अब मुझे संतोष हो गया, करूणा, इस बच्चे की ओर से मुझे कोई शंका नहीं है, मैं उसे इससे अधिक कुशल हाथों में नहीं छोड़ सकता। मुझे विश्वास है कि जीवन-भर यह ऊँचा और पवित्र आदर्श सदैव तुम्हारे सामने रहेगा। अब मैं मरने को तैयार हूँ।

2

सात वर्ष बीत गये।

बालक प्रकाश अब दस साल का रूपवान, बलिष्ठ, प्रसन्नमुख कुमार था, बल का तेज, साहसी और मनस्वी। भय तो उसे छू भी नहीं गया था। करूणा का संतप्त हृदय उसे देखकर शीतल हो जाता। संसार करूणा को अभागिनी और दीन समझे। वह कभी भाग्य का रोना नहीं रोती। उसने उन आभूषणों को बेच डाला, जो पति के जीवन में उसे प्राणों से प्रिय थे, और उस धन से कुछ गायें और भैंसे मोल ले लीं। वह कृषक की बेटी थी, और गो-पालन उसके लिए कोई नया व्यवसाय न था। इसी को उसने अपनी जीविका का साधन बनाया। विशुद्ध दूध कहाँ मयस्सर होता है? सब दूध हाथों-हाथ बिक जाता। करूणा को पहर रात से पहर रात तक काम में लगा रहना पड़ता, पर वह प्रसन्न थी। उसके मुख पर निराशा या दीनता की छाया नहीं, संकल्प और साहस का तेज है। उसके एक-एक अंग से आत्मगौरव की ज्योति-सी निकल रही है; आँखों में एक दिव्य प्रकाश है, गंभीर, अथाह और असीम। सारी वेदनाएँ-वैधव्य का शोक और विधि का निर्मम प्रहार-सब उस प्रकाश की गहराई में विलीन हो गया है।

प्रकाश पर वह जान देती है। उसका आनंद, उसकी अभिलाषा, उसका संसार उसका स्वर्ग सब प्रकाश पर न्यौछावर है; पर यह मजाल नहीं कि प्रकाश कोई शरारत करे और करूणा आँखें बंद कर ले। नहीं, वह उसके चरित्र की बड़ी कठोरता से देख-भाल करती है। वह प्रकाश की माँ नहीं, माँ-बाप दोनों हैं। उसके पुत्र-स्नेह में माता की ममता के साथ पिता की कठोरता भी मिली हुई है। पति के अन्तिम शब्द अभी तक उसके कानों में गूँज रहे हैं। वह आत्मोल्लास, जो उनके चेहरे पर झलकने लगा था, वह गर्वमय लाली, जो उनकी आँखो में छा गयी थी,अभी तक उसकी आँखों में फिर रही है। निरंतर पति-चिन्तन ने आदित्य को उसकी आँखों में प्रत्यक्ष कर दिया है। वह सदैव उनकी उपस्थिति का अनुभव किया करती है। उसे ऐसा जान पड़ता है कि आदित्य की आत्मा सदैव उसकी रक्षा करती रहती है। उसकी यही हार्दिक अभिलाषा है कि प्रकाश जवान होकर पिता का पथगामी हो।

संध्या हो गयी थी। एक भिखारिन द्वार पर आकर भीख माँगने लगी। करूणा उस समय गउओं को पानी दे रही थी। प्रकाश बाहर खेल रहा था। बालक ही तो ठहरा! शरारत सूझी।

घर में गया और कटोरे में थोड़ा-सा भूसा लेकर बाहर निकला। भिखारिन ने अबकी झेली फैला दी। प्रकाश ने भूसा उसकी झोली में डाल दिया और जोर-जोर से तालियाँ बजाता हुआ भागा।

भिखारिन ने अग्निमय नेत्रों से देखकर कहा- वाह रे लाड़ले! मुझसे हँसी करने चला है! यही माँ-बाप ने सिखाया है! तब तो खूब कुल का नाम जगाओगे!

करूणा उसकी बोली सुनकर बाहर निकल आयी और पूछा - क्या है माता? किसे कह रही हो?

भिखारिन ने प्रकाश की तरफ इशारा करके कहा- वह तुम्हारा लड़का है न। देखो, कटोरे में भूसा भरकर मेरी झोली में डाल गया है। चुटकी-भर आटा था, वह भी मिट्टी में मिल गया। कोई इस तरह दुखियों को सताता है? सबके दिन एक-से नहीं रहते! आदमी को घमंड न करना चाहिए।

करूणा ने कठोर स्वर में पुकारा - प्रकाश?

प्रकाश लज्जित न हुआ। अभिमान से सिर उठाए हुए आया और बोला - वह हमारे घर भीख क्यों माँगने आयी है? कुछ काम क्यों नहीं करती?

करुणा ने उसे समझाने की चेष्टा करके कहा- शर्म नहीं आती, उल्टे और आँख दिखाते हो।

प्रकाश - शर्म क्यों आए? यह क्यों रोज भीख माँगने आती है? हमारे यहाँ क्या कोई चीज मुफ्त आती है?

करूणा - तुम्हें कुछ न देना था तो सीधे से कह देते; जाओ। तुमने यह शरारत क्यों की?

प्रकाश - उनकी आदत कैसे छूटती?

करूणा ने बिगड़कर कहा- तुम अब पिटोगे मेरे हाथों।

प्रकाश - पिटूँगा क्यों? आप जबरदस्ती पीटेंगी? दूसरे मुल्कों में अगर कोई भीख माँगे, तो कैद कर लिया जाय। यह नहीं कि उल्टे भिखमंगों को और शह दी जाय।

करूणा - जो अपंग है, वह कैसे काम करे?

प्रकाश - तो जाकर डूब मरे, जिन्दा क्यों रहती है?

करूणा निरूत्तर हो गयी। बुढ़िया को तो उसने आटा-दाल देकर विदा किया, किन्तु प्रकाश का कुतर्क उसके हृदय में फोड़े के समान टीसता रहा। उसने यह धृष्टता, यह अविनय कहाँ सीखी? रात को भी उसे बार-बार यही ख्याल सताता रहा।

आधी रात के समीप एकाएक प्रकाश की नींद टूटी। लालटेन जल रही है और करुणा बैठी रो रही है। उठ बैठा और बोला - अम्माँ, अभी तुम सोयी नहीं?

करूणा ने मुँह फेरकर कहा- नींद नहीं आयी। तुम कैसे जग गये? प्यास तो नहीं लगी है?

प्रकाश - नहीं अम्माँ, न जाने क्यों आँख खुल गयी। मुझसे आज बड़ा अपराध हुआ, अम्माँ!

करूणा ने उसके मुख की ओर स्नेह के नेत्रों से देखा।

प्रकाश - मैंने आज बुढ़िया के साथ बड़ी नटखट की। मुझे क्षमा करो, फिर कभी ऐसी शरारत न करूँगा।

यह कहकर रोने लगा। करूणा ने स्नेहार्द्र होकर उसे गले लगा लिया और उसके कपोलों का चुम्बन करके बोली - बेटा, मुझे खुश करने के लिए यह कह रहे हो या तुम्हारे मन में सचमुच पछतावा हो रहा है?

प्रकाश ने सिसकते हुए कहा- नहीं अम्माँ, मुझे दिल से अफसोस हो रहा है। अबकी वह बुढ़िया आयेगी, तो मैं उसे बहुत-से पैसे दूँगा।

करूणा का हृदय मतवाला हो गया। ऐसा जान पड़ा, आदित्य सामने खड़े बच्चे को आर्शीवाद दे रहे हैं और कह रहे हैं, करूणा, क्षोभ मत कर, प्रकाश अपने पिता का नाम रोशन करेगा। तेरी संपूर्ण कामनाएँ पूरी हो जाएँगी।

3

लेकिन प्रकाश के कर्म और वचन में मेल न था और दिनों के साथ उसके चरित्र का अंग प्रत्यक्ष होता जाता था। जहीन था ही, विश्वविद्यालय से उसे वजीफे मिलते थे, करूणा भी उसकी यथेष्ट सहायता करती थी, फिर भी उसका खर्च पूरा न पड़ता था। वह मितव्ययिता और सरल जीवन पर विद्वत्ता से भरे हुए व्याख्यान दे सकता था, पर उसका रहन-सहन फैशन के अंधभक्तों से जौ-भर घटकर न था। प्रदर्शन की धुन उसे हमेशा सवार रहती थी। उसके मन और बुद्धि में निरंतर द्वन्द्व होता रहता था। मन जाति की ओर था, बुद्धि अपनी ओर। बुद्धि मन को दबाये रहती थी। उसके सामने मन की एक न चलती थी। जाति-सेवा ऊसर की खेती है, वहाँ बड़े-से-बड़ा उपहार जो मिल सकता है, वह है गौरव और यश; पर वह भी स्थायी नहीं, इतना अस्थिर कि क्षण में जीवन-भर की कमाई पर पानी फिर सकता है। अतएव उसका अंत:करण अनिवार्य वेग के साथ विलासमय जीवन की ओर झुकता था। यहाँ तक कि धीरे-धीरे उसे त्याग और निग्रह से घृणा होने लगी। वह दुरावस्था और दरिद्रता को हेय समझता था। उसके हृदय न था, भाव न थे, केवल मस्तिष्क था। मस्तिष्क में दर्द कहाँ? वहाँ तो तर्क हैं, मनसूबे हैं।

सिंध में बाढ़ आयी। हजारों आदमी तबाह हो गये। विद्यालय ने वहाँ एक सेवा समिति भेजी। प्रकाश के मन में द्वंद्व होने लगा - जाऊँ या न जाऊँ? इतने दिनों अगर वह परीक्षा की तैयारी करे, तो प्रथम श्रेणी में पास हो। चलते समय उसने बीमारी का बहाना कर दिया। करूणा ने लिखा, तुम सिन्ध न गये, इसका मुझे दुख है। तुम बीमार रहते हुए भी वहाँ जा सकते थे। समिति में चिकित्सक भी तो थे! प्रकाश ने पत्र का उत्तर न दिया।

उड़ीसा में अकाल पड़ा। प्रजा मक्खियों की तरह मरने लगी। कांग्रेस ने पीड़ितों के लिए एक मिशन तैयार किया। उन्हीं दिनों विद्यालयों ने इतिहास के छात्रों को ऐतिहासिक खोज के लिए लंका भेजने का निश्चय किया। करूणा ने प्रकाश को लिखा-तुम उड़ीसा जाओ। किन्तु प्रकाश लंका जाने को लालायित था। वह कई दिन इसी दुविधा में रहा। अंत को सीलोन ने उड़ीसा पर विजय पायी। करुणा ने अबकी उसे कुछ न लिखा। चुपचाप रोती रही।

सीलोन से लौटकर प्रकाश छुट्टियों में घर गया। करुणा उससे खिंची-खिंची रहीं। प्रकाश मन में लज्जित हुआ और संकल्प किया कि अबकी कोई अवसर आया, तो अम्माँ को अवश्य प्रसन्न करूँगा। यह निश्चय करके वह विद्यालय लौटा। लेकिन यहाँ आते ही फिर परीक्षा की फिक्र सवार हो गयी। यहाँ तक कि परीक्षा के दिन आ गये; मगर इम्तहान से फुरसत पाकर भी प्रकाश घर न गया। विद्यालय के एक अध्यापक काश्मीर सैर करने जा रहे थे। प्रकाश उन्हीं के साथ काश्मीर चल खड़ा हुआ। जब परीक्षा-फल निकला और प्रकाश प्रथम आया, तब उसे घर की याद आयी! उसने तुरन्त करूणा को पत्र लिखा और अपने आने की सूचना दी। माता को प्रसन्न करने के लिए उसने दो-चार शब्द जाति-सेवा के विषय में भी लिखे - अब मैं आपकी आज्ञा का पालन करने को तैयार हूँ। मैंने शिक्षा-सम्बन्धी कार्य करने का निश्चय किया है इसी विचार से मैंने वह विशिष्ट स्थान प्राप्त किया है। हमारे नेता भी तो विद्यालयों के आचार्यों ही का सम्मान करते हैं। अभी तक इन उपाधियों के मोह से वे मुक्त नहीं हुए हैं। हमारे नेता भी योग्यता, सदुत्साह, लगन का उतना सम्मान नहीं करते, जितना उपाधियों का! अब मेरी इज्जत करेंगे और जिम्मेदारी का काम सौपेंगें, जो पहले माँगे भी न मिलता।

करूणा की आस फिर बँधी।

4

विद्यालय खुलते ही प्रकाश के नाम रजिस्ट्रार का पत्र पहुँचा। उन्होंने प्रकाश को इंग्लैंड जाकर विद्याभ्यास करने के लिए सरकारी वजीफे की मंजूरी की सूचना दी थी। प्रकाश पत्र हाथ में लिये हर्ष के उन्माद में जाकर माँ से बोला - अम्माँ, मुझे इंग्लैंड जाकर पढ़ने के लिए सरकारी वजीफा मिल गया।

करूणा ने उदासीन भाव से पूछा - तो तुम्हारा क्या इरादा है?

प्रकाश - मेरा इरादा? ऐसा अवसर पाकर भला कौन छोड़ता है!

करूणा - तुम तो स्वयंसेवकों में भरती होने जा रहे थे?

प्रकाश - तो आप समझती हैं, स्वयंसेवक बन जाना ही जाति-सेवा है? मैं इंग्लैंड से आकर भी तो सेवा-कार्य कर सकता हूँ और अम्माँ, सच पूछो, तो एक मजिस्ट्रेट अपने देश का जितना उपकार कर सकता है, उतना एक हजार स्वयंसेवक मिलकर भी नहीं कर सकते। मैं तो सिविल सर्विस की परीक्षा में बैठूँगा और मुझे विश्वास है कि सफल हो जाऊँगा।

करूणा ने चकित होकर पूछा - तो क्या तुम मजिस्ट्रेट हो जाओगे?

प्रकाश - सेवा-भाव रखनेवाला एक मजिस्ट्रेट कांग्रेस के एक हजार सभापतियों से ज्यादा उपकार कर सकता है। अखबारों में उसकी लम्बी-लम्बी तारीफें न छपेंगी, उसकी वकृताओं पर तालियाँ न बजेंगी, जनता उसके जुलूस की गाड़ी न खींचेगी और न विद्यालयों के छात्र उसको अभिनंदन-पत्र देंगे; पर सच्ची सेवा मजिस्ट्रेट ही कर सकता है।

करूणा ने आपत्ति के भाव से कहा- लेकिन यही मजिस्ट्रेट तो जाति के सेवकों को सजाएँ देते हैं, उन पर गोलियाँ चलाते हैं?

प्रकाश - अगर मजिस्ट्रेट के हृदय में परोपकार का भाव है, तो वह नरमी से वही काम करता है, जो दूसरे गोलियाँ चलाकर भी नहीं कर सकते।

करूणा - मैं यह नहीं मानूँगी। सरकार अपने नौकरों को इतनी स्वाधीनता नहीं देती। वह एक नीति बना देती है और हर एक सरकारी नौकर को उसका पालन करना पड़ता है। सरकार की पहली नीति यह है कि वह दिन-दिन अधिक संगठित और दृढ़ हों। इसके लिए स्वाधीनता के भावों का दमन करना जरूरी है; अगर कोई मजिस्ट्रेट इस नीति के विरूद्ध काम करता है, तो वह मजिस्ट्रेट न रहेगा। वह हिन्दुस्तानी था, जिसने तुम्हारे बाबूजी को जरा-सी बात पर तीन साल की सजा दे दी। इसी सजा ने उनके प्राण लिये बेटा, मेरी इतनी बात मानो। सरकारी पदों पर न गिरो। मुझे यह मंजूर है कि तुम मोटा खाकर और मोटा पहनकर देश की कुछ सेवा करो, इसके बदले कि तुम हाकिम बन जाओ और शान से जीवन बिताओ। यह समझ लो कि जिस दिन तुम हाकिम की कुरसी पर बैठोगे, उस दिन से तुम्हारा दिमाग हाकिमों का-सा हो जाएगा। तुम यही चाहोगे कि अफसरों में तुम्हारी नेकनामी और तरक्की हो। एक गँवारू मिसाल लो। लड़की जब तक मैके में क्वाँरी रहती है, वह अपने को उसी घर की समझती है, लेकिन जिस दिन ससुराल चली जाती है, वह अपने घर को दूसरों का घर समझने लगती है। माँ-बाप, भाई-बंद सब वही रहते हैं, लेकिन वह घर अपना नहीं रहता। यही दुनिया का दस्तूर है।

प्रकाश ने खीझकर कहा- तो क्या आप यही चाहती हैं कि मैं जिंदगी-भर चारों तरफ ठोकरें खाता फिरूँ ?

करुणा कठोर नेत्रों से देखकर बोली - अगर ठोकर खाकर आत्मा स्वाधीन रह सकती है, तो मैं कहूँगी, ठोकर खाना अच्छा है।

प्रकाश ने निश्चयात्मक भाव से पूछा - तो आपकी यही इच्छा है ?

करूणा ने उसी स्वर में उत्तर दिया - हाँ, मेरी यही इच्छा है।

प्रकाश ने कुछ जवाब न दिया। उठकर बाहर चला गया और तुरन्त रजिस्ट्रार को इनकारी-पत्र लिख भेजा; मगर उसी क्षण से मानों उसके सिर पर विपत्ति ने आसन जमा लिया। विरक्त और विमन अपने कमरें में पड़ा रहता, न कहीं घूमने जाता, न किसी से मिलता। मुँह लटकाये भीतर आता और फिर बाहर चला जाता, यहाँ तक महीना गुजर गया। न चेहरे पर वह लाली रही, न वह ओज; आँखें अनाथों के मुख की भाँति याचना से भरी हुई, ओठ हँसना भूल गये, मानों उस इनकारी-पत्र के साथ उसकी सारी सजीवता, और चपलता, सारी सरलता बिदा हो गयी। करूणा उसके मनोभाव समझती थी और उसके शोक को भुलाने की चेष्टा करती थी, पर रूठे देवता प्रसन्न न होते थे।

आखिर एक दिन उसने प्रकाश से कहा- बेटा, अगर तुमने विलायत जाने की ठान ही ली है, तो चले जाओ। मना न करूँगी। मुझे खेद है कि मैंने तुम्हें रोका। अगर मैं जानती कि तुम्हें इतना आघात पहुँचेगा, तो कभी न रोकती। मैंने तो केवल इस विचार से रोका था कि तुम्हें जाति-सेवा में मग्न देखकर तुम्हारे बाबूजी की आत्मा प्रसन्न होगी। उन्होंने चलते समय यही वसीयत की थी।

प्रकाश ने रूखाई से जवाब दिया - अब क्या जाऊँगा! इनकारी-खत लिख चुका। मेरे लिए कोई अब तक बैठा थोड़े ही होगा। कोई दूसरा लड़का चुन लिया होगा और फिर करना ही क्या है ? जब आपकी मर्जी है कि गाँव-गाँव की खाक छानता फिरूँ, तो वही सही।

करूणा का गर्व चूर-चूर हो गया। इस अनुमति से उसने बाधा का काम लेना चाहा था; पर सफल न हुई। बोली - अभी कोई न चुना गया होगा। लिख दो, मैं जाने को तैयार हूँ।

प्रकाश ने झुँझलाकर कहा- अब कुछ नहीं हो सकता। लोग हँसी उड़ायेंगे। मैंने तय कर लिया है कि जीवन को आपकी इच्छा के अनुकूल बनाऊँगा।

करूणा - तुमने अगर शुद्ध मन से यह इरादा किया होता, तो यों न रहते। तुम मुझसे सत्याग्रह कर रहे हो; अगर मन को दबाकर, मुझे अपनी राह का काँटा समझकर तुमने मेरी इच्छा पूरी भी की, तो क्या ? मैं तो जब जानती कि तुम्हारे मन में आप-ही-आप सेवा का भाव उत्पन्न होता। तुम आज ही रजिस्ट्रार साहब को पत्र लिख दो।

प्रकाश - अब मैं नहीं लिख सकता।

'तो इसी शोक में तने बैठे रहोगे?'

'लाचारी है।'

करूणा ने और कुछ न कहा। जरा देर में प्रकाश ने देखा कि वह कहीं जा रही है; मगर वह कुछ बोला नहीं। करूणा के लिए बाहर आना-जाना कोई असाधारण बात न थी; लेकिन जब संध्या हो गयी और करुणा न आयी, तो प्रकाश को चिन्ता होने लगी। अम्मा कहाँ गयीं? यह प्रश्न बार-बार उसके मन में उठने लगा।

प्रकाश सारी रात द्वार पर बैठा रहा। भाँति-भाँति की शंकाएँ मन में उठने लगीं। उसे अब याद आया, चलते समय करूणा कितनी उदास थी; उसकी आँखें कितनी लाल थी। यह बातें प्रकाश को उस समय क्यों न नजर आयी? वह क्यों स्वार्थ में अंधा हो गया था?

हाँ, अब प्रकाश को याद आया - माता ने साफ-सुथरे कपड़े पहने थे। उनके हाथ में छतरी भी थी। तो क्या वह कहीं बहुत दूर गयी हैं? किससे पूछे? अनिष्ट के भय से प्रकाश रोने लगा।

श्रावण की अंधेरी भयानक रात थी। आकाश में श्याम मेघमालाएँ, भीषण स्वप्न की भाँति छायी हुई थीं। प्रकाश रह-रहकर आकाश की ओर देखता था, मानो करूणा उन्हीं मेघमालाओं में छिपी बैठी हो। उसने निश्चय किया, सवेरा होते ही माँ को खोजने चलूँगा और अगर...

किसी ने द्वार खटखटाया। प्रकाश ने दौड़कर खोला, तो देखा, करूणा खड़ी है। उसका मुख-मंडल इतना खोया हुआ, इतना करूण था, जैसे आज ही उसका सुहाग उठ गया है, जैसे संसार में अब उसके लिए कुछ नहीं रहा, जैसे वह नदी के किनारे खड़ी अपनी लदी हुई नाव को डूबते देख रही है और कुछ कर नहीं सकती।

प्रकाश ने अधीर होकर पूछा - अम्माँ कहाँ चली गयी थीं? बहुत देर लगायी?

करूणा ने भूमि की ओर ताकते हुए जवाब दिया - एक काम से गयी थी। देर हो गयी।

यह कहते हुए उसने प्रकाश के सामने एक बंद लिफाफा फेंक दिया। प्रकाश ने उत्सुक होकर लिफाफा उठा लिया। ऊपर ही विद्यालय की मुहर थी। तुरन्त ही लिफाफा खोलकर पढ़ा। हलकी-सी लालिमा चेहरे पर दौड़ गयी। पूछा - यह तुम्हें कहाँ मिल गया अम्मा?

करूणा - तुम्हारे रजिस्ट्रार के पास से लायी हूँ।

'क्या तुम वहाँ चली गयी थी?'

'और क्या करती।'

'कल तो गाड़ी का समय न था?'

'मोटर ले ली थी।'

प्रकाश एक क्षण तक मौन खड़ा रहा, फिर कुंठित स्वर में बोला - जब तुम्हारी इच्छा नहीं है तो मुझे क्यों भेज रही हो?

करूणा ने विरक्त भाव से कहा- इसलिए कि तुम्हारी जाने की इच्छा है। तुम्हारा यह मलिन वेश नहीं देखा जाता। अपने जीवन के बीस वर्ष तुम्हारी हितकामना पर अर्पित कर दिये; अब तुम्हारी महत्त्वाकांक्षा की हत्या नहीं कर सकती। तुम्हारी यात्रा सफल हो, यही हमारी हार्दिक अभिलाषा है।

करूणा का कंठ रूँध गया और कुछ न कह सकी।

5

प्रकाश उसी दिन से यात्रा की तैयारियाँ करने लगा। करूणा के पास जो कुछ था, वह सब खर्च हो गया। कुछ ऋण भी लेना पड़ा। नये सूट बने, सूटकेस लिए गये। प्रकाश अपनी धुन में मस्त था। कभी किसी चीज की फरमाइश लेकर आता, कभी किसी चीज की।

करूणा इस एक सप्ताह में इतनी दुर्बल हो गयी है, उसके बालों पर कितनी सफेदी आ गयी है, चेहरे पर कितनी झुर्रियाँ पड़ गयी हैं, यह उसे कुछ न नजर आता। उसकी आँखों में इंगलैंड के दृश्य समाये हुए थे। महत्त्वाकांक्षा आँखों पर परदा डाल देती है।

प्रस्थान का दिन आया। आज कई दिनों के बाद धूप निकली थी। करूणा स्वामी के पुराने कपड़ों को बाहर निकाल रही थी। उनकी गाढ़े की चादरें, खद्दर के कुरते, पाजामें और लिहाफ अभी तक सन्दूक में संचित थे। प्रतिवर्ष वे धूप में सुखाये जाते और झाड़-पोंछकर रख दिये जाते थे। करूणा ने आज फिर उन कपड़ों को निकाला, मगर सुखाकर रखने के लिए नहीं गरीबों में बाँट देने के लिए। वह आज पति से नाराज है। वह लुटिया, डोर और घड़ी, जो आदित्य की चिरसंगिनी थीं और जिनकी बीस वर्ष से करूणा ने उपासना की थी, आज निकालकर आँगन में फेंक दी गयी; वह झोली जो बरसों आदित्य के कन्धों पर आरूढ़ रह चुकी थी, आप कूड़े में डाल दी गयी; वह चित्र जिसके सामने बीस वर्ष से करूणा सिर झुकाती थी, आज वही निर्दयता से भूमि पर डाल दिया गया। पति का कोई स्मृति-चिन्ह वह अब अपने घर में नहीं रखना चाहती। उसका अंत:करण शोक और निराशा से विदीर्ण हो गया है और पति के सिवा वह किस पर क्रोध उतारे? कौन उसका अपना हैं? वह किससे अपनी व्यथा कहे? किसे अपनी छाती चीरकर दिखाए? वह होते तो क्या प्रकाश दासता की जंजीर गले में डालकर फूला न समाता? उसे कौन समझाये कि आदित्य भी इस अवसर पर पछताने के सिवा और कुछ न कर सकते।

प्रकाश के मित्रों ने आज उसे विदाई का भोज दिया था। वहाँ से वह संध्या समय कई मित्रों के साथ मोटर पर लौटा। सफर का सामान मोटर पर रख दिया गया, तब वह अन्दर आकर

माँ से बोला - अम्मा, जाता हूँ। बम्बई पहुंचकर पत्र लिखूँगा। तुम्हें मेरी कसम, रोना मत और मेरे खतों का जवाब बराबर देना।

जैसे किसी लाश को बाहर निकालते समय सम्बन्धियों का धैर्य छूट जाता है, रूके हुए आँसू निकल पड़ते हैं और शोक की तरंगें उठने लगती हैं, वही दशा करूणा की हुई। कलेजे में एक हाहाकार हुआ, जिसने उसकी दुर्बल आत्मा के एक-एक अणु को कंपा दिया। मालूम हुआ, पाँव पानी में फिसल गया है और वह लहरों में बही जा रही है। उसके मुख से शोक या आर्शीवाद का एक शब्द भी न निकला। प्रकाश ने उसके चरण छुए, अश्रु-जल से माता के चरणों को पखारा, फिर बाहर चला। करूणा पाषाण मूर्ति की भाँति खड़ी थी।

सहसा ग्वाले ने आकर कहा- बहूजी, भैया चले गये। बहुत रोते थे।

तब करूणा की समाधि टूटी। देखा, सामने कोई नहीं है। घर में मृत्यु का-सा सन्नाटा छाया हुआ है, और मानो हृदय की गति बन्द हो गयी है।

सहसा करूणा की दृष्टि ऊपर उठ गयी। उसने देखा कि आदित्य अपनी गोद में प्रकाश की निर्जीव देह लिए खड़े हो रहे हैं। करूणा पछाड़ खाकर गिर पड़ी।

6

करूणा जीवित थी, पर संसार से उसका कोई नाता न था। उसका छोटा-सा संसार, जिसे उसने अपनी कल्पनाओं के हृदय में रचा था, स्वप्न की भाँति अनन्त में विलीन हो गया था। जिस प्रकाश को सामने देखकर वह जीवन की अंधेरी रात में भी हृदय में आशाओं की सम्पत्ति लिये जी रही थी, वह बुझ गया और सम्पत्ति लुट गयी। अब न कोई आश्रय था और न उसकी जरूरत। जिन गउओं को वह दोनों वक्त अपने हाथों से दाना-चारा देती और सहलाती थी, वे अब खूँटे पर बँधी निराश नेत्रों से द्वार की ओर ताकती रहती थीं। बछड़ों को गले लगाकर पुचकारने वाला अब कोई न था, जिसके लिए दूध दुहे, मट्ठा निकाले। खानेवाला कौन था? करूणा ने अपने छोटे-से संसार को अपने ही अंदर समेट लिया था।

किन्तु एक ही सप्ताह में करूणा के जीवन ने फिर रंग बदला। उसका छोटा-सा संसार फैलते-फैलते विश्वव्यापी हो गया। जिस लंगर ने नौका को तट से एक केन्द्र पर बाँध रखा था, वह उखड़ गया। अब नौका सागर के अशेष विस्तार में भ्रमण करेगी, चाहे वह उद्दाम तरंगों के वक्ष में ही क्यों न विलीन हो जाए।

करूणा द्वार पर आ बैठती और मुहल्ले-भर के लड़कों को जमा करके दूध पिलाती। दोपहर तक मक्खन निकालती और वह मक्खन मुहल्ले के लड़के खाते। फिर भाँति-भाँति के पकवान बनाती और कुत्तों को खिलाती। अब यही उसका नित्य का नियम हो गया।

चिड़ियाँ, कुत्ते, बिल्लियाँ चींटे-चीटियाँ सब अपने हो गये। प्रेम का वह द्वार अब किसी के लिए बन्द न था। उस अंगुल-भर जगह में, जो प्रकाश के लिए भी काफी न थी, अब समस्त संसार समा गया था।

एक दिन प्रकाश का पत्र आया। करूणा ने उसे उठाकर फेंक दिया। फिर थोड़ी देर के बाद उसे उठाकर फाड़ डाला और चिड़ियों को दाना चुगाने लगी; मगर जब निशा-योगिनी ने अपनी धूनी जलायी और वेदनाएँ उससे वरदान माँगने के लिए विकल हो-होकर चलीं, तो करूणा की मनोवेदना भी सजग हो उठी - प्रकाश का पत्र पढ़ने के लिए उसका मन व्याकुल हो उठा। उसने सोचा, प्रकाश मेरा कौन है? मेरा उससे क्या प्रयोजन? हाँ, प्रकाश मेरा कौन है? हाँ, प्रकाश मेरा कौन है? हृदय ने उत्तर दिया, प्रकाश तेरा सर्वस्व है, वह तेरे उस अमर प्रेम की निशानी है, जिससे तू सदैव के लिए वंचित हो गयी। वह तेरा प्राण है, तेरे जीवन-दीपक का प्रकाश, तेरी वंचित कामनाओं का माधुर्य, तेरे अश्रु-जल में विहार करने वाला करने वाला हँस। करूणा उस पत्र के टुकड़ों को जमा करने लगी, माना उसके प्राण बिखर गये हों। एक-एक टुकड़ा उसे अपने खोये हुए प्रेम का एक पदचिन्ह-सा मालूम होता था। जब सारे पुरजे जमा हो गये, तो करूणा दीपक के सामने बैठकर उसे जोड़ने लगी, जैसे कोई वियोगी हृदय प्रेम के टूटे हुए तारों को जोड़ रहा हो। हाय री ममता! वह अभागिन सारी रात उन पुरजों को जोड़ने में लगी रही। पत्र दोनों ओर लिखा था, इसलिए पुरजों को ठीक स्थान पर रखना और भी कठिन था। कोई शब्द, कोई वाक्य बीच में गायब हो जाता। उस एक टुकड़े को वह फिर खोजने लगती। सारी रात बीत गयी, पर पत्र अभी तक अपूर्ण था।

दिन चढ़ आया, मुहल्ले के लौंडे मक्खन और दूध की चाह में एकत्र हो गये, कुत्तों ओर बिल्लियों का आगमन हुआ, चिड़ियाँ आ-आकर आँगन में फुदकने लगीं, कोई ओखली पर बैठी,कोई तुलसी के चौतरे पर, पर करूणा को सिर उठाने तक की फुरसत नहीं।

दोपहर हुआ, करुणा ने सिर न उठाया। न भूख थी, न प्यास। फिर संध्या हो गयी। पर वह पत्र अभी तक अधूरा था। पत्र का आशय समझ में आ रहा था - प्रकाश का जहाज कहीं-से-कहीं जा रहा है। उसके हृदय में कुछ उठा हुआ है। क्या उठा हुआ है, यह करुणा न सोच सकी? करूणा पुत्र की लेखनी से निकले हुए एक-एक शब्द को पढ़ना और उसे हृदय पर अंकित कर लेना चाहती थी।

इस भाँति तीन दिन गुजर गये। संध्या हो गयी थी। तीन दिन की जागी आँखें जरा झपक गयी। करूणा ने देखा, एक लम्बा-चौड़ा कमरा है, उसमें मेजें और कुर्सियाँ लगी हुई हैं, बीच में ऊँचे मंच पर कोई आदमी बैठा हुआ है। करूणा ने ध्यान से देखा, प्रकाश था।

एक क्षण में एक कैदी उसके सामने लाया गया, उसके हाथ-पाँव में जंजीर थी, कमर झुकी हुई, यह आदित्य थे।

करूणा की आँखें खुल गयीं। आँसू बहने लगे। उसने पत्र के टुकड़ों को फिर समेट लिया और उसे जलाकर राख कर डाला। राख की एक चुटकी के सिवा वहाँ कुछ न रहा, जो उसके हृदय में विदीर्ण किए डालती थी। इसी एक चुटकी राख में उसका गुड़ियोंवाला बचपन, उसका संतप्त यौवन और उसका तृष्णामय वैधव्य सब समा गया।

प्रातःकाल लोगों ने देखा, पक्षी पिंजड़े से उड़ चुका था! आदित्य का चित्र अब भी उसके शून्य हृदय से चिपटा हुआ था। भग्नहृदय पति की स्नेह-स्मृति में विश्राम कर रहा था और प्रकाश का जहाज योरप चला जा रहा था।

•••

मंत्र

संध्या का समय था। डाक्टर चड्ढा गोल्फ खेलने के लिए तैयार हो रहे थे। मोटर द्वार के सामने खड़ी थी कि दो कहार एक डोली लिये आते दिखायी दिये। डोली के पीछे एक बूढ़ा लाठी टेकता चला आता था। डोली औषाधालय के सामने आकर रूक गयी। बूढ़े ने धीरे-धीरे आकर द्वार पर पड़ी हुई चिक से झाँका। ऐसी साफ-सुथरी जमीन पर पैर रखते हुए भय हो रहा था कि कोई घुड़क न बैठे। डाक्टर साहब को खड़े देख कर भी उसे कुछ कहने का साहस न हुआ।

डाक्टर साहब ने चिक के अंदर से गरज कर कहा– कौन है? क्या चाहता है?

डाक्टर साहब ने हाथ जोड़कर कहा– हुजूर बड़ा गरीब आदमी हूँ। मेरा लड़का कई दिन से...

डाक्टर साहब ने सिगार जला कर कहा– कल सबेरे आओ, कल सबेरे, हम इस वक्त मरीजों को नहीं देखते।

बूढ़े ने घुटने टेक कर जमीन पर सिर रख दिया और बोला– दुहाई है सरकार की, लड़का मर जायगा! हुजूर, चार दिन से आंखें नहीं...

डाक्टर चड्ढा ने कलाई पर नजर डाली। केवल दस मिनट समय और बाकी था। गोल्फ-स्टिक खूँटी से उतारने हुए बोले– कल सबेरे आओ, कल सबेरे; यह हमारे खेलने का समय है।

बूढ़े ने पगड़ी उतार कर चौखट पर रख दी और रो कर बोला– हूजुर, एक निगाह देख लें। बस, एक निगाह! लड़का हाथ से चला जायगा हुजूर, सात लड़कों में यही एक बच रहा है, हुजूर। हम दोनों आदमी रो-रोकर मर जायेंगे, सरकार! आपकी बढ़ती होय, दीनबंधु!

ऐसे उजड्ड देहाती यहाँ प्राय: रोज आया करते थे। डाक्टर साहब उनके स्वभाव से खूब परिचित थे। कोई कितना ही कुछ कहे; पर वे अपनी ही रट लगाते जाएंगे। किसी की सुनेंगे नहीं। धीरे से चिक उठाई और बाहर निकल कर मोटर की तरफ चले। बूढ़ा यह कहता हुआ उनके पीछे दौड़ा– सरकार, बड़ा धरम होगा। हुजूर, दया कीजिए, बड़ा दीन-दुखी हूँ; संसार में कोई और नहीं है, बाबू जी!

मगर डाक्टर साहब ने उसकी ओर मुँह फेर कर देखा तक नहीं। मोटर पर बैठ कर बोले– कल सबेरे आना।

मोटर चली गयी। बूढ़ा कई मिनट तक मूर्ति की भांति निश्चल खड़ा रहा। संसार में ऐसे मनुष्य भी होते हैं, जो अपने आमोद-प्रमोद के आगे किसी की जान की भी परवाह नहीं करते, शायद इसका उसे अब भी विश्वास न आता था। सभ्य संसार इतना निर्मम, इतना कठोर है, इसका ऐसा मर्मभेदी अनुभव अब तक न हुआ था। वह उन पुराने जमाने की जीवों में था, जो लगी हुई आग को बुझाने, मुर्दे को कंधा देने, किसी के छप्पर को उठाने और किसी कलह को शांत करने के लिए सदैव तैयार रहते थे। जब तक बूढ़े को मोटर दिखायी दी, वह खड़ा टकटकी लागाये उस ओर ताकता रहा। शायद उसे अब भी डाक्टर साहब के लौट आने की आशा थी। फिर उसने कहारों से डोली उठाने को कहा। डोली जिधर से आयी थी, उधर ही चली गयी। चारों ओर से निराश हो कर वह डाक्टर चड्ढा के पास आया था। इनकी बड़ी तारीफ सुनी थी। यहाँ से निराश हो कर फिर वह किसी दूसरे डाक्टर के पास न गया। किस्मत ठोक ली!

उसी रात उसका हँसता-खेलता सात साल का बालक अपनी बाल-लीला समाप्त करके इस संसार से सिधार गया। बूढ़े माँ-बाप के जीवन का यही एक आधार था। इसी का मुँह देख कर जीते थे। इस दीपक के बुझते ही जीवन की अँधेरी रात भांय-भांय करने लगी। बुढ़ापे की विशाल ममता टूटे हुए हृदय से निकल कर अंधकार आर्त-स्वर से रोने लगी।

2

कई साल गुजर गये। डाक्टर चड्ढा ने खूब यश और धन कमाया; लेकिन इसके साथ ही अपने स्वास्थ्य की रक्षा भी की, जो एक साधारण बात थी। यह उनके नियमित जीवन का आर्शीवाद था कि पचास वर्ष की अवस्था में उनकी चुस्ती और फुर्ती युवकों को भी लज्जित करती थी। उनके हरएक काम का समय नियत था, इस नियम से वह जौ-भर भी न टलते थे। बहुधा लोग स्वास्थ्य के नियमों का पालन उस समय करते हैं, जब रोगी हो जाते हैं। डाक्टर चड्ढा उपचार और संयम का रहस्य खूब समझते थे। उनकी संतान-संध्या भी इसी नियम के अधीन थी। उनके केवल दो बच्चे हुए, एक लड़का और एक लड़की। तीसरी संतान न हुई, इसीलिए श्रीमती चड्ढा भी अभी जवान मालूम होती थीं। लड़की का तो विवाह हो चुका था। लड़का कालेज में पढ़ता था। वही माता-पिता के जीवन का आधार था। शील और विनय का पुतला, बड़ा ही रसिक, बड़ा ही उदार, विद्यालय का गौरव, युवक-समाज की शोभा। मुखमंडल से तेज की छटा-सी निकलती थी। आज उसकी बीसवीं सालगिरह थी।

संध्या का समय था। हरी-हरी घास पर कुर्सियाँ बिछी हुई थी। शहर के रईस और हुक्काम एक तरफ, कालेज के छात्र दूसरी तरफ बैठे भोजन कर रहे थे। बिजली के प्रकाश से सारा मैदान जगमगा रहा था। आमोद-प्रमोद का सामान भी जमा था। छोटा-सा प्रहसन खेलने की

तैयारी थी। प्रहसन स्वयं कैलाशनाथ ने लिखा था। वही मुख्य एक्टर भी था। इस समय वह एक रेशमी कमीज पहने, नंगे सिर, नंगे पांव, इधर से उधर मित्रों की आव भगत में लगा हुआ था। कोई पुकारता– कैलाश, जरा इधर आना; कोई उधर से बुलाता– कैलाश, क्या उधर ही रहोगे? सभी उसे छोड़ते थे, चुहलें करते थे, बेचारे को जरा दम मारने का अवकाश न मिलता था। सहसा एक रमणी ने उसके पास आकर पूछा– क्यों कैलाश, तुम्हारे सांप कहां हैं? जरा मुझे दिखा दो।

कैलाश ने उससे हाथ मिला कर कहा– मृणालिनी, इस वक्त क्षमा करो, कल दिखा दूंगा।

मृणालिनी ने आग्रह किया– जी नहीं, तुम्हें दिखाना पड़ेगा, मैं आज नहीं मानने की। तुम रोज 'कल-कल' करते हो।

मृणालिनी और कैलाश दोनों सहपाठी थे ओर एक-दूसरे के प्रेम में पगे हुए। कैलाश को सांपों के पालने, खेलाने और नचाने का शौक था। तरह-तरह के साँप पाल रखे थे। उनके स्वभाव और चरित्र की परीक्षा करता रहता था। थोड़े दिन हुए, उसने विद्यालय में 'साँपों' पर एक मार्के का व्याख्यान दिया था। साँपों को नचा कर दिखाया भी था! प्राणिशास्त्र के बड़े-बड़े पंडित भी यह व्याख्यान सुन कर दंग रह गये थे! यह विद्या उसने एक बड़े सँपेरे से सीखी थी। साँपों की जड़ी-बूटियाँ जमा करने का उसे मरज था। इतना पता भर मिल जाय कि किसी व्यक्ति के पास कोई अच्छी जड़ी है, फिर उसे चैन न आता था। उसे लेकर ही छोड़ता था। यही व्यसन था। इस पर हजारों रूपये फूँक चुका था। मृणालिनी कई बार आ चुकी थी; पर कभी सांपों को देखने के लिए इतनी उत्सुक न हुई थी। कह नहीं सकते, आज उसकी उत्सुकता सचमुच जाग गयी थी, या वह कैलाश पर अपने अधिकार का प्रदर्शन करना चाहती थी; पर उसका आग्रह बेमौका था। उस कोठरी में कितनी भीड़ लग जाएगी, भीड़ को देख कर साँप कितने चौकेंगें और रात के समय उन्हें छेड़ा जाना कितना बुरा लगेगा, इन बातों का उसे जरा भी ध्यान न आया।

कैलाश ने कहा– नहीं, कल जरूर दिखा दूँगा। इस वक्त अच्छी तरह दिखा भी तो न सकूँगा, कमरे में तिल रखने को भी जगह न मिलेगी।

एक महाशय ने छेड़ कर कहा– दिखा क्यों नहीं देते, जरा-सी बात के लिए इतना टाल-मटोल कर रहे हो? मिस गोविंद, हर्गिज न मानना। देखें कैसे नहीं दिखाते!

दूसरे महाशय ने और रद्दा चढ़ाया– मिस गोविंद इतनी सीधी और भोली हैं, तभी आप इतना मिजाज करते हैं; दूसरे सुंदरी होती, तो इसी बात पर बिगड़ खड़ी होती।

तीसरे साहब ने मजाक उड़ाया– अजी बोलना छोड़ देती। भला, कोई बात है! इस पर आपका दावा है कि मृणालिनी के लिए जान हाजिर है।

मृणालिनी ने देखा कि ये शोहदे उसे रंग पर चढ़ा रहे हैं, तो बोली– आप लोग मेरी वकालत न करें, मैं खुद अपनी वकालत कर लूँगी। मैं इस वक्त सांपों का तमाशा नहीं देखना चाहती। चलो, छुट्टी हुई।

इस पर मित्रों ने ठट्टा लगाया। एक साहब बोले– देखना तो आप सब कुछ चाहें, पर दिखाये भी तो?

कैलाश को मृणालिनी की झेंपी हुई सूरत को देखकर मालूम हुआ कि इस वक्त उनका इनकार वास्तव में उसे बुरा लगा है। ज्योंही प्रीति-भोज समाप्त हुआ और गाना शुरू हुआ, उसने मृणालिनी और अन्य मित्रों को साँपों के दड़बे के सामने ले जाकर महुअर बजाना शुरू किया। फिर एक-एक खाना खोलकर एक-एक साँप को निकालने लगा। वाह! क्या कमाल था! ऐसा जान पड़ता था कि वे कीड़े उसकी एक-एक बात, उसके मन का एक-एक भाव समझते हैं। किसी को उठा लिया, किसी को गरदन में डाल लिया, किसी को हाथ में लपेट लिया। मृणालिनी बार-बार मना करती कि इन्हें गर्दन में न डालों, दूर ही से दिखा दो। बस, जरा नचा दो। कैलाश की गरदन में साँपों को लिपटते देख कर उसकी जान निकली जाती थी। पछता रही थी कि मैंने व्यर्थ ही इनसे साँप दिखाने को कहा; मगर कैलाश एक न सुनता था। प्रेमिका के सम्मुख अपने सर्प-कला-प्रदर्शन का ऐसा अवसर पाकर वह कब चूकता! एक मित्र ने टीका की– दाँत तोड़ डाले होंगे।

कैलाश हँसकर बोला– दाँत तोड़ डालना मदारियों का काम है। किसी के दाँत नहीं तोड़ गये। कहिए तो दिखा दूँ? कह कर उसने एक काले साँप को पकड़ लिया और बोला– 'मेरे पास इससे बड़ा और जहरीला साँप दूसरा नहीं है, अगर किसी को काट ले, तो आदमी आनन-फानन में मर जाय। लहर भी न आये। इसके काटे पर मन्त्र नहीं। इसके दाँत दिखा दूँ?'

मृणालिनी ने उसका हाथ पकड़कर कहा– नहीं-नहीं, कैलाश, ईश्वर के लिए इसे छोड़ दो। तुम्हारे पैरों पड़ती हूँ।

इस पर एक-दूसरे मित्र बोले– मुझे तो विश्वास नहीं आता, लेकिन तुम कहते हो, तो मान लूँगा।

कैलाश ने साँप की गरदन पकड़कर कहा– नहीं साहब, आप आंखों से देख कर मानिए। दाँत तोड़कर वश में किया, तो क्या। साँप बड़ा समझदार होता हैं! अगर उसे विश्वास हो जाय कि इस आदमी से मुझे कोई हानि न पहुँचेगी, तो वह उसे हर्गिज न काटेगा।

मृणालिनी ने जब देखा कि कैलाश पर इस वक्त भूत सवार है, तो उसने यह तमाशा न करने के विचार से कहा– अच्छा भाई, अब यहाँ से चलो। देखा, गाना शुरू हो गया है। आज मैं भी कोई चीज सुनाऊँगी। यह कहते हुए उसने कैलाश का कंधा पकड़ कर

चलने का इशारा किया और कमरे से निकल गयी; मगर कैलाश विरोधियों का शंका-समाधान करके ही दम लेना चाहता था। उसने साँप की गरदन पकड़ कर जोर से दबायी, इतनी जोर से दबायी कि उसका मुँह लाल हो गया, देह की सारी नसें तन गयीं। साँप ने अब तक उसके हाथों ऐसा व्यवहार न देखा था। उसकी समझ में न आता था कि यह मुझसे क्या चाहते हैं। उसे शायद भ्रम हुआ कि मुझे मार डालना चाहते हैं, अतएव वह आत्मरक्षा के लिए तैयार हो गया।

कैलाश ने उसकी गर्दन खूब दबा कर मुँह खोल दिया और उसके जहरीले दाँत दिखाते हुए बोला– जिन सज्जनों को शक हो, आकर देख लें। आया विश्वास या अब भी कुछ शक है? मित्रों ने आकर उसके दाँत देखें और चकित हो गये। प्रत्यक्ष प्रमाण के सामने सन्देह को स्थान कहाँ। मित्रों का शंका-निवारण करके कैलाश ने साँप की गर्दन ढीली कर दी और उसे जमीन पर रखना चाहा, पर वह काला गेहूँवन क्रोध से पागल हो रहा था। गर्दन नरम पड़ते ही उसने सिर उठा कर कैलाश की उँगली में जोर से काटा और वहां से भागा। कैलाश की ऊँगली से टप-टप खून टपकने लगा। उसने जोर से उँगली दबा ली और अपने कमरे की तरफ दौड़ा। वहाँ मेज की दराज में एक जड़ी रखी हुई थी, जिसे पीस कर लगा देने से घातक विष भी रफू हो जाता था। मित्रों में हलचल पड़ गई। बाहर महफिल में भी खबर हुई। डाक्टर साहब घबरा कर दौड़े। फौरन उँगली की जड़ कस कर बाँधी गयी और जड़ी पीसने के लिए दी गयी। डाक्टर साहब जड़ी के कायल न थे। वह उँगली का डसा भाग नश्तर से काट देना चाहते, मगर कैलाश को जड़ी पर पूर्ण विश्वास था। मृणालिनी प्यानों पर बैठी हुई थी। यह खबर सुनते ही दौड़ी, और कैलाश की उँगली से टपकते हुए खून को रूमाल से पोंछने लगी। जड़ी पीसी जाने लगी; पर उसी एक मिनट में कैलाश की आँखें झपकने लगीं, ओठों पर पीलापन दौड़ने लगा। यहां तक कि वह खड़ा न रह सका। फर्श पर बैठ गया। सारे मेहमान कमरे में जमा हो गए। कोई कुछ कहता था। कोई कुछ। इतने में जड़ी पीसकर आ गयी। मृणालिनी ने उँगली पर लेप किया। एक मिनट और बीता। कैलाश की आंखें बन्द हो गयीं। वह लेट गया और हाथ से पंखा झलने का इशारा किया। माँ ने दौड़कर उसका सिर गोद में रख लिया और बिजली का टेबुल-फैन लगा दिया।

डाक्टर साहब ने झुक कर पूछा कैलाश, कैसी तबीयत है? कैलाश ने धीरे से हाथ उठा लिए; पर कुछ बोल न सका। मृणालिनी ने करुण स्वर में कहा– क्या जड़ी कुछ असर न करेंगी? डाक्टर साहब ने सिर पकड़ कर कहा– क्या बतलाऊँ, मैं इसकी बातों में आ गया। अब तो नश्तर से भी कुछ फायदा न होगा।

आध घंटे तक यही हाल रहा। कैलाश की दशा प्रतिक्षण बिगड़ती जाती थी। यहां तक कि उसकी आंखें पथरा गयी, हाथ-पांव ठंडे पड़ गये, मुख की कांति मलिन पड़ गयी, नाड़ी का

कहीं पता नहीं। मौत के सारे लक्षण दिखायी देने लगे। घर में कुहराम मच गया। मृणालिनी एक ओर सिर पीटने लगी; मां अलग पछाड़ खाने लगी। डाक्टर चड्ढा को मित्रों ने पकड़ लिया, नहीं तो वह नश्तर अपनी गर्दन पर मार लेते।

एक महाशय बोले– कोई मंत्र झाड़ने वाला मिले, तो सम्भव है, अब भी जान बच जाय।

एक मुसलमान सज्जन ने इसका समर्थन किया– अरे साहब कब्र में पड़ी हुई लाशें जिन्दा हो गयी हैं। ऐसे-ऐसे बाकमाल पड़े हुए हैं।

डाक्टर चड्ढा बोले– मेरी अक्ल पर पत्थर पड़ गया था कि इसकी बातों में आ गया। नश्तर लगा देता, तो यह नौबत ही क्यों आती। बार-बार समझाता रहा कि बेटा, साँप न पालो, मगर कौन सुनता था! बुलाइए, किसी झाड़-फूँक करने वाले ही को बुलाइए। मेरा सब कुछ ले ले, मैं अपनी सारी जायदाद उसके पैरों पर रख दूँगा। लँगोटी बांध कर घर से निकल जाऊँगा; मगर मेरा कैलाश, मेरा प्यारा कैलाश उठ बैठे। ईश्वर के लिए किसी को बुलवाइए।

एक महाशय का किसी झाड़ने वाले से परिचय था। वह दौड़कर उसे बुला लाये; मगर कैलाश की सूरत देखकर उसे मंत्र चलाने की हिम्मत न पड़ी। बोला– अब क्या हो सकता है, सरकार? जो कुछ होना था, हो चुका?

अरे मूर्ख, यह क्यों नहीं कहता कि जो कुछ न होना था, वह कहां हुआ? माँ-बाप ने बेटे का सेहरा कहां देखा? मृणालिनी का कामना-तरू क्या पल्लव और पुष्प से रंजित हो उठा? मन के वह स्वर्ण-स्वप्न जिनसे जीवन आनंद का स्रोत बना हुआ था, क्या पूरे हो गये? जीवन के नृत्यमय तारिका-मंडित सागर में आमोद की बहार लूटते हुए क्या उनकी नौका जलमग्न नहीं हो गयी? जो न होना था, वह हो गया।

वही हरा-भरा मैदान था, वही सुनहरी चाँदनी एक नि:शब्द संगीत की भांति प्रकृति पर छायी हुई थी; वही मित्र-समाज था। वही मनोरंजन के सामान थे। मगर जहाँ हास्य की ध्वनि थी, वहां करूण क्रन्दन और अश्रु-प्रवाह था।

3

शहर से कई मील दूर एक छोटे-से घर में एक बूढ़ा और बुढ़िया अंगीठी के सामने बैठे जाड़े की रात काट रहे थे। बूढ़ा नारियल पीता था और बीच-बीच में खाँसता था। बुढ़िया दोनों घुटनियों में सिर डाले आग की ओर ताक रही थी। एक मिट्टी के तेल की कुप्पी ताक पर जल रही थी। घर में न चारपाई थी, न बिछौना। एक किनारे थोड़ी-सी पुआल पड़ी हुई थी। इसी कोठरी में एक चूल्हा था। बुढ़िया दिन-भर उपले और सूखी लकड़ियाँ बटोरती

थी। बूढ़ा रस्सी बट कर बाजार में बेच आता था। यही उनकी जीविका थी। उन्हें न किसी ने रोते देखा, न हँसते। उनका सारा समय जीवित रहने में कट जाता था। मौत द्वार पर खड़ी थी, रोने या हँसने की कहाँ फुरसत! बुढ़िया ने पूछा– कल के लिए सन तो है नहीं, काम क्या करोगे?

'जा कर झगडू साह से दस सेर सन उधार लाऊँगा?'

'उसके पहले के पैसे तो दिये ही नहीं, और उधार कैसे देगा?'

'न देगा न सही। घास तो कहीं नहीं गयी। दोपहर तक क्या दो आने की भी न काटूँगा?'

इतने में एक आदमी ने द्वार पर आवाज दी– भगत, भगत, क्या सो गये? जरा किवाड़ खोलो।

भगत ने उठकर किवाड़ खोल दिये। एक आदमी ने अन्दर आकर कहा– कुछ सुना, डाक्टर चड्ढा बाबू के लड़के को साँप ने काट लिया।

भगत ने चौंक कर कहा– चड्ढा बाबू के लड़के को! वही चड्ढा बाबू हैं न, जो छावनी में बँगले में रहते हैं?

'हाँ-हाँ वही। शहर में हल्ला मचा हुआ है। जाते हो तो जाओ, आदमी बन जाओगे।

बूढ़े ने कठोर भाव से सिर हिला कर कहा– मैं नहीं जाता! मेरी बला जाए! वही चड्ढा है। खूब जानता हूँ। भैया लेकर उन्हीं के पास गया था। खेलने जा रहे थे। पैरों पर गिर पड़ा कि एक नजर देख लीजिए; मगर सीधे मुँह से बात तक न की। भगवान बैठे सुन रहे थे। अब जान पड़ेगा कि बेटे का गम कैसा होता है। कई लड़के हैं।

'नहीं जी, यही तो एक लड़का था। सुना है, सबने जवाब दे दिया है।'

'भगवान बड़ा कारसाज है। उस बखत मेरी आँखों से आंसू निकल पड़े थे, पर उन्हें तनिक भी दया न आयी थी। मैं तो उनके द्वार पर होता, तो भी बात न पूछता।'

'तो न जाओगे? हमने जो सुना था, सो कह दिया।'

'अच्छा किया– अच्छा किया। कलेजा ठंडा हो गया, आंखें ठंडी हो गयीं। लड़का भी ठंडा हो गया होगा! तुम जाओ। आज चैन की नींद सोऊँगा। (बुढ़िया से) जरा तम्बाकू ले ले! एक चिलम और पीऊँगा। अब मालूम होगा लाला को! सारी साहबी निकल जाएगी, हमारा क्या बिगड़ा। लड़के के मर जाने से कुछ राज तो नहीं चला गया? जहां छः बच्चे गये थे, वहां एक और चला गया, तुम्हारा तो राज सुना हो जायगा। उसी के वास्ते सबका गला दबा-दबा कर जोड़ा था न। अब क्या करोगे? एक बार देखने जाऊँगा; पर कुछ दिन बाद मिजाज का हाल पूछूँगा।'

आदमी चला गया। भगत ने किवाड़ बन्द कर लिये, तब चिलम पर तम्बाखू रख कर पीने लगा।

बुढ़िया ने कहा– इतनी रात गए जाड़े-पाले में कौन जायगा?

'अरे, दोपहर ही होता तो मैं न जाता। सवारी दरवाजे पर लेने आती, तो भी न जाता। भूल नहीं गया हूँ। पन्ना की सूरत आँखों में फिर रही है। इस निर्दयी ने उसे एक नजर देखा तक नहीं। क्या मैं न जानता था कि वह न बचेगा? खूब जानता था। चड्ढा भगवान नहीं थे, कि उनके एक निगाह देख लेने से अमृत बरस जाता। नहीं, खाली मन की दौड़ थी। अब किसी दिन जाऊँगा और कहूँगा– क्यों साहब, कहिए, क्या रंग है? दुनिया बुरा कहेगी, कहे; कोई परवाह नहीं। छोटे आदमियों में तो सब ऐब है। बड़ों में कोई ऐब नहीं होता, देवता होते हैं।'

भगत के लिए यह जीवन में पहला अवसर था कि ऐसा समाचार पा कर वह बैठा रह गया हो। अस्सी वर्ष के जीवन में ऐसा कभी न हुआ था कि साँप की खबर पाकर वह दौड़ न गया हो। माघ-पूस की अँधेरी रात, चैत-बैसाख की धूप और लू, सावन-भादों की चढ़ी हुई नदी और नाले, किसी की उसने कभी परवाह न की। वह तुरन्त घर से निकल पड़ता था– निःस्वार्थ, निष्काम! लेन-देन का विचार कभी दिल में आया नहीं। यह सा काम ही न था। जान का मूल्य कोन दे सकता है? यह एक पुण्य-कार्य था। सैकड़ों निराशों को उसके मंत्रों ने जीवन-दान दे दिया था; पर आप वह घर से कदम नहीं निकाल सका। यह खबर सुन कर सोने जा रहा है।

बुढ़िया ने कहा– तम्बाखू अँगीठी के पास रखी हुई है। उसके भी आज ढाई पैसे हो गये। देती ही न थी।

बुढ़िया यह कह कर लेटी। बूढ़े ने कुप्पी बुझायी, कुछ देर खड़ा रहा, फिर बैठ गया। अन्त को लेट गया; पर यह खबर उसके हृदय पर बोझ की भाँति रखी हुई थी। उसे मालूम हो रहा था, उसकी कोई चीज खो गयी है, जैसे सारे कपड़े गीले हो गये है या पैरों में कीचड़ लगा हुआ है, जैसे कोई उसके मन में बैठा हुआ उसे घर से निकालने के लिए कुरेद रहा है। बुढ़िया जरा देर में खर्राटे लेनी लगी। बूढ़े बातें करते-करते सोते है और जरा-सा खट होते ही जागते हैं। तब भगत उठा, अपनी लकड़ी उठा ली, और धीरे से किवाड़ खोले।

बुढ़िया ने पूछा– कहां जाते हो?

'कहीं नहीं, देखता था कि कितनी रात है।'

'अभी बहुत रात है, सो जाओ।'

'नींद, नहीं आतीं।'

'नींद काहे आवेगी? मन तो चड्ढा के घर पर लगा हुआ है।'

'चड्ढा ने मेरे साथ कौन-सी नेकी कर दी है, जो वहां जाऊँ? वह आ कर पैरों पड़े, तो भी न जाऊँ।'

'उठे तो तुम इसी इरादे से ही?'

'नहीं री, ऐसा पागल नहीं हूँ कि जो मुझे कांटे बोये, उसके लिए फूल बोता फिरूँ।'

बुढ़िया फिर सो गयी। भगत ने किवाड़ लगा दिए और फिर आकर बैठा। पर उसके मन की कुछ ऐसी दशा थी, जो बाजे की आवाज कान में पड़ते ही उपदेश सुनने वालों की होती हैं। आंखें चाहे उपदेशक की ओर हों; पर कान बाजे ही की ओर होते हैं। दिल में भी बाजे की ध्वनि गूँजती रहती हे। शर्म के मारे जगह से नहीं उठता। निर्दयी प्रतिघात का भाव भगत के लिए उपदेशक था, पर हृदय उस अभागे युवक की ओर था, जो इस समय मर रहा था, जिसके लिए एक-एक पल का विलम्ब घातक था।

उसने फिर किवाड़ खोले, इतने धीरे से कि बुढ़िया को खबर भी न हुई। बाहर निकल आया। उसी वक्त गांव को चौकीदार गश्त लगा रहा था, बोला– कैसे उठे भगत? आज तो बड़ी सर्दी है! कहीं जा रहे हो क्या?

भगत ने कहा– नहीं जी, जाऊँगा कहां! देखता था, अभी कितनी रात है। भला, के बजे होंगे।

चौकीदार बोला– एक बजा होगा और क्या, अभी थाने से आ रहा था, तो डाक्टर चड्ढा बाबू के बंगले पर बड़ी भीड़ लगी हुई थी। उनके लड़के का हाल तो तुमने सुना होगा, कीड़े ने छू लिया है। चाहे मर भी गया हो। तुम चले जाओ तो शायद बच जाए। सुना है, दस हजार तक देने को तैयार हैं।

भगत– मैं तो न जाऊँ चाहे वह दस लाख भी दें। मुझे दस हजार या दस लाख लेकर करना क्या हैं? कल मर जाऊँगा, फिर कौन भोगनेवाला बैठा हुआ है।

चौकीदार चला गया। भगत ने आगे पैर बढ़ाया। जैसे नशे में आदमी की देह अपने काबू में नहीं रहती, पैर कहीं रखता है, पड़ता कहीं है, कहता कुछ हे, जबान से निकलता कुछ है, वही हाल इस समय भगत का था। मन में प्रतिकार था; पर कर्म मन के अधीन न था। जिसने कभी तलवार नहीं चलायी, वह इरादा करने पर भी तलवार नहीं चला सकता। उसके हाथ काँपते हैं, उठते ही नहीं।

भगत लाठी खट-खट करता लपका चला जाता था। चेतना रोकती थी, पर उपचेतना ठेलती थी। सेवक स्वामी पर हावी था।

आधी राह निकल जाने के बाद सहसा भगत रुक गया। हिंसा ने क्रिया पर विजय पायी– मैं यों ही इतनी दूर चला आया। इस जाड़े-पाले में मरने की मुझे क्या पड़ी थी? आराम से सोया क्यों नहीं? नींद न आती, न सही; दो-चार भजन ही गाता। व्यर्थ इतनी दूर दौड़ा आया। चड्ढा का लड़का रहे या मरे, मेरी कला से। मेरे साथ उन्होंने ऐसा कौन-सा सलूक किया था कि मैं उनके लिए मरूँ? दुनिया में हजारों मरते हैं, हजारों जीते हैं। मुझे किसी के मरने-जीने से मतलब!

मगर उपचेतन ने अब एक दूसरा रूप धारण किया, जो हिंसा से बहुत कुछ मिलता-जुलता था– वह झाड़-फूँक करने नहीं जा रहा है; वह देखेगा, कि लोग क्या कर रहे हैं। डाक्टर साहब का रोना-पीटना देखेगा, किस तरह सिर पीटते हैं, किस तरह पछाड़ खाते हैं! वे लोग तो विद्वान होते हैं, सबर कर जाते होंगे! हिंसा-भाव को यों धीरज देता हुआ वह फिर आगे बढ़ा।

इतने में दो आदमी आते दिखायी दिये। दोनों बातें करते चले आ रहे थे– चड्ढा बाबू का घर उजड़ गया, वही तो एक लड़का था। भगत के कान में यह आवाज पड़ी। उसकी चाल और भी तेज हो गयी। थकान के मारे पाँव न उठते थे। शिरोभाग इतना बढ़ा जाता था, मानों अब मुँह के बल गिर पड़ेगा। इस तरह वह कोई दस मिनट चला होगा कि डाक्टर साहब का बँगला नजर आया। बिजली की बत्तियाँ जल रही थीं; मगर सन्नाटा छाया हुआ था। रोने-पीटने के आवाज भी न आती थी। भगत का कलेजा धक-धक करने लगा। कहीं मुझे बहुत देर तो नहीं हो गयी? वह दौड़ने लगा। अपनी उम्र में वह इतना तेज कभी न दौड़ा था। बस, यही मालूम होता था, मानो उसके पीछे मौत दौड़ी आ री है।

4

दो बज गये थे। मेहमान विदा हो गये। रोने वालों में केवल आकाश के तारे रह गये थे। और सभी रो-रो कर थक गये थे। बड़ी उत्सुकता के साथ लोग रह-रह आकाश की ओर देखते थे कि किसी तरह सुबह हो और लाश गंगा की गोद में दी जाय।

सहसा भगत ने द्वार पर पहुँच कर आवाज दी। डाक्टर साहब समझे, कोई मरीज आया होगा। किसी और दिन उन्होंने उस आदमी को दुत्कार दिया होता; मगर आज बाहर निकल आये। देखा एक बूढ़ा आदमी खड़ा है– कमर झुकी हुई, पोपला मुँह, भौहें तक सफेद हो गयी थीं। लकड़ी के सहारे काँप रहा था। बड़ी नम्रता से बोले– क्या है भई, आज तो हमारे ऊपर ऐसी मुसीबत पड़ गयी है कि कुछ कहते नहीं बनता, फिर कभी आना। इधर एक महीना तक तो शायद मैं किसी भी मरीज को न देख सकूँगा।

भगत ने कहा– सुन चुका हूँ बाबू जी, इसीलिए आया हूँ। भैया कहाँ है? जरा मुझे दिखा दीजिए। भगवान बड़ा कारसाज है, मुरदे को भी जिला सकता है। कौन जाने, अब भी उसे दया आ जाय।

चड्ढा ने व्यथित स्वर से कहा– चलो, देख लो; मगर तीन-चार घंटे हो गये। जो कुछ होना था, हो चुका। बहुतेर झाड़ने-फूंकने वाले देख-देख कर चले गये।

डाक्टर साहब को आशा तो क्या होती। हाँ बूढ़े पर दया आ गयी। अन्दर ले गये। भगत ने लाश को एक मिनट तक देखा। तब मुस्करा कर बोला– अभी कुछ नहीं बिगड़ा है, बाबू जी! यह नारायण चाहेंगे, तो आध घंटे में भैया उठ बैठेंगे। आप नाहक दिल छोटा कर रहे है। जरा कहारों से कहिए, पानी तो भरें।

कहारों ने पानी भर-भर कर कैलाश को नहलाना शुरू किया पाइप बन्द हो गया था। कहारों की संख्या अधिक न थी, इसलिए मेहमानों ने अहाते के बाहर के कुंए से पानी भर-भर कर कहारों को दिया, मृणालिनी कलसा लिए पानी ला रही थी। बूढ़ा भगत खड़ा मुस्करा-मुस्करा कर मंत्र पढ़ रहा था, मानो विजय उसके सामने खड़ी है। जब एक बार मंत्र समाप्त हो जाता, तब वह एक जड़ी कैलाश के सिर पर डाले गये और न-जाने कितनी बार भगत ने मंत्र फूँका। आखिर जब उषा ने अपनी लाल-लाल आंखें खोलीं तो कैलाश की भी लाल-लाल आंखें खुल गयी। एक क्षण में उसने अंगड़ाई ली और पानी पीने को मांगा। डाक्टर चड्ढा ने दौड़ कर नारायणी को गले लगा लिया। नारायणी दौड़कर भगत के पैरों पर गिर पड़ी और मणालिनी कैलाश के सामने आंखों में आंसू - भरे पूछने लगी– अब कैसी तबियत है!

एक क्षण में चारों तरफ खबर फैल गयी। मित्रगण मुबारकबाद देने आने लगे। डाक्टर साहब बड़े श्रद्धा-भाव से हर एक के सामने भगत का यश गाते फिरते थे। सभी लोग भगत के दर्शनों के लिए उत्सुक हो उठे; मगर अन्दर जा कर देखा, तो भगत का कहीं पता न था। नौकरों ने कहा– अभी तो यहीं बैठे चिलम पी रहे थे। हम लोग तम्बाखू देने लगे, तो नहीं ली, अपने पास से तम्बाखू निकाल कर भरी।

यहाँ तो भगत की चारों ओर तलाश होने लगी, और भगत लपका हुआ घर चला जा रहा था कि बुढ़िया के उठने से पहले पहुँच जाऊँ!

जब मेहमान लोग चले गये, तो डाक्टर साहब ने नारायणी से कहा– बुड्ढा न-जाने कहाँ चला गया। एक चिलम तमाखू का भी रवादार न हुआ।

नारायणी– मैंने तो सोचा था, इसे कोई बड़ी रकम दूँगी।

चड्ढा– रात को तो मैंने नहीं पहचाना, पर जरा साफ हो जाने पर पहचान गया। एक बार यह एक मरीज को लेकर आया था। मुझे अब याद आता हे कि मैं खेलने जा रहा था और मरीज को देखने से इनकार कर दिया था। आज उस दिन की बात याद करके मुझे जितनी ग्लानि हो रही है, उसे प्रकट नहीं कर सकता। मैं उसे अब खोज निकालूँगा और उसके पैरों पर गिर कर अपना अपराध क्षमा कराऊँगा। वह कुछ लेगा नहीं, यह जानता हूँ, उसका जन्म यश की वर्षा करने ही के लिए हुआ है। उसकी सज्जनता ने मुझे ऐसा आदर्श दिखा दिया है, जो अब से जीवनपर्यन्त मेरे सामने रहेगा।

•••

कफ़न

झोपड़े के द्वार पर बाप और बेटा दोनों एक बुझे हुए अलाव के सामने चुपचाप बैठे हुए हैं और अन्दर बेटे की जवान बीबी बुधिया प्रसव-वेदना में पछाड़ खा रही थी। रह-रहकर उसके मुँह से ऐसी दिल हिला देने वाली आवाज़ निकलती थी, कि दोनों कलेजा थाम लेते थे। जाड़ों की रात थी, प्रकृति सन्नाटे में डूबी हुई, सारा गाँव अन्धकार में लय हो गया था।

घीसू ने कहा-मालूम होता है, बचेगी नहीं। सारा दिन दौड़ते हो गया, जा देख तो आ।

माधव चिढक़र बोला-मरना ही तो है जल्दी मर क्यों नहीं जाती? देखकर क्या करूँ?

'तू बड़ा बेदर्द है बे! साल-भर जिसके साथ सुख-चैन से रहा, उसी के साथ इतनी बेवफाई!'

'तो मुझसे तो उसका तड़पना और हाथ-पाँव पटकना नहीं देखा जाता।'

चमारों का कुनबा था और सारे गाँव में बदनाम। घीसू एक दिन काम करता तो तीन दिन आराम करता। माधव इतना काम-चोर था कि आध घण्टे काम करता तो घण्टे भर चिलम पीता। इसलिए उन्हें कहीं मजदूरी नहीं मिलती थी। घर में मुठ्ठी-भर भी अनाज मौजूद हो, तो उनके लिए काम करने की कसम थी। जब दो-चार फाके हो जाते तो घीसू पेड़ पर चढ़कर लकड़ियाँ तोड़ लाता और माधव बाजार से बेच लाता और जब तक वह पैसे रहते, दोनों इधर-उधर मारे-मारे फिरते। गाँव में काम की कमी न थी। किसानों का गाँव था, मेहनती आदमी के लिए पचास काम थे। मगर इन दोनों को उसी वक्त बुलाते, जब दो आदमियों से एक का काम पाकर भी सन्तोष कर लेने के सिवा और कोई चारा न होता। अगर दोनों साधु होते, तो उन्हें सन्तोष और धैर्य के लिए, संयम और नियम की बिलकुल जरूरत न होती। यह तो इनकी प्रकृति थी। विचित्र जीवन था इनका! घर में मिट्टी के दो-चार बर्तन के सिवा कोई सम्पत्ति नहीं। फटे चीथड़ों से अपनी नग्नता को ढाँके हुए जिये जाते थे। संसार की चिन्ताओं से मुक्त कर्ज से लदे हुए। गालियाँ भी खाते, मार भी खाते, मगर कोई गम नहीं। दीन इतने कि वसूली की बिलकुल आशा न रहने पर भी लोग इन्हें कुछ-न-कुछ कर्ज दे देते थे। मटर, आलू की फसल में दूसरों के खेतों से मटर या आलू उखाड़ लाते और भून-भानकर खा लेते या दस-पाँच ऊख उखाड़ लाते और रात को चूसते। घीसू ने इसी आकाश-वृत्ति से साठ साल की उम्र काट दी और माधव भी सपूत बेटे की तरह बाप ही के पद-चिह्नों

पर चल रहा था, बल्कि उसका नाम और भी उजागर कर रहा था। इस वक्त भी दोनों अलाव के सामने बैठकर आलू भून रहे थे, जो कि किसी खेत से खोद लाये थे। घीसू की स्त्री का तो बहुत दिन हुए, देहान्त हो गया था। माधव का ब्याह पिछले साल हुआ था। जब से यह औरत आयी थी, उसने इस खानदान में व्यवस्था की नींव डाली थी और इन दोनों बे-गैरतों का दोजख भरती रहती थी। जब से वह आयी, यह दोनों और भी आरामतलब हो गये थे। बल्कि कुछ अकड़ने भी लगे थे। कोई कार्य करने को बुलाता, तो निर्बाध भाव से दुगुनी मजदूरी माँगते। वही औरत आज प्रसव-वेदना से मर रही थी और यह दोनों इसी इन्तजार में थे कि वह मर जाए, तो आराम से सोयें।

घीसू ने आलू निकालकर छीलते हुए कहा-जाकर देख तो, क्या दशा है उसकी? चुड़ैल का फिसाद होगा, और क्या? यहाँ तो ओझा भी एक रुपया माँगता है!

माधव को भय था, कि वह कोठरी में गया, तो घीसू आलुओं का बड़ा भाग साफ कर देगा। बोला-मुझे वहाँ जाते डर लगता है।

'डर किस बात का है, मैं तो यहाँ हूँ ही।'

'तो तुम्हीं जाकर देखो न?'

'मेरी औरत जब मरी थी, तो मैं तीन दिन तक उसके पास से हिला तक नहीं; और फिर मुझसे लजाएगी कि नहीं? जिसका कभी मुँह नहीं देखा, आज उसका उघड़ा हुआ बदन देखूँ! उसे तन की सुध भी तो न होगी? मुझे देख लेगी तो खुलकर हाथ-पाँव भी न पटक सकेगी!'

'मैं सोचता हूँ कोई बाल-बच्चा हुआ, तो क्या होगा? सोंठ, गुड़, तेल, कुछ भी तो नहीं है घर में!'

'सब कुछ आ जाएगा। भगवान् दें तो! जो लोग अभी एक पैसा नहीं दे रहे हैं, वे ही कल बुलाकर रुपये देंगे। मेरे नौ लड़के हुए, घर में कभी कुछ न था; मगर भगवान् ने किसी-न-किसी तरह बेड़ा पार ही लगाया।'

जिस समाज में रात-दिन मेहनत करने वालों की हालत उनकी हालत से कुछ बहुत अच्छी न थी, और किसानों के मुकाबले में वे लोग, जो किसानों की दुर्बलताओं से लाभ उठाना जानते थे, कहीं ज्यादा सम्पन्न थे, वहाँ इस तरह की मनोवृत्ति का पैदा हो जाना कोई अचरज की बात न थी। हम तो कहेंगे, घीसू किसानों से कहीं ज्यादा विचारवान् था और किसानों के विचार-शून्य समूह में शामिल होने के बदले बैठकबाजों की कुत्सित मण्डली में जा मिला था। हाँ, उसमें यह शक्ति न थी, कि बैठकबाजों के नियम और नीति का पालन

करता। इसलिए जहाँ उसकी मण्डली के और लोग गाँव के सरगना और मुखिया बने हुए थे, उस पर सारा गाँव उँगली उठाता था। फिर भी उसे यह तसकीन तो थी ही कि अगर वह फटेहाल है तो कम-से-कम उसे किसानों की-सी जी-तोड़ मेहनत तो नहीं करनी पड़ती, और उसकी सरलता और निरीहता से दूसरे लोग बेजा फायदा तो नहीं उठाते! दोनों आलू निकाल-निकालकर जलते-जलते खाने लगे। कल से कुछ नहीं खाया था। इतना सब्र न था कि ठण्डा हो जाने दें। कई बार दोनों की जबानें जल गयीं। छिल जाने पर आलू का बाहरी हिस्सा जबान, हलक और तालू को जला देता था और उस अंगारे को मुँह में रखने से ज्यादा खैरियत इसी में थी कि वह अन्दर पहुँच जाए। वहाँ उसे ठण्डा करने के लिए काफी सामान थे। इसलिए दोनों जल्द-जल्द निगल जाते। हालाँकि इस कोशिश में उनकी आँखों से आँसू निकल आते।

घीसू को उस वक्त ठाकुर की बरात याद आयी, जिसमें बीस साल पहले वह गया था। उस दावत में उसे जो तृप्ति मिली थी, वह उसके जीवन में एक याद रखने लायक बात थी, और आज भी उसकी याद ताजी थी, बोला-वह भोज नहीं भूलता। तब से फिर उस तरह का खाना और भरपेट नहीं मिला। लड़की वालों ने सबको भर पेट पूड़ियां खिलाई थीं, सबको! छोटे-बड़े सबने पूड़ियां खायीं और असली घी की! चटनी, रायता, तीन तरह के सूखे साग, एक रसेदार तरकारी, दही, चटनी, मिठाई, अब क्या बताऊँ कि उस भोज में क्या स्वाद मिला, कोई रोक-टोक नहीं थी, जो चीज चाहो, माँगो, जितना चाहो, खाओ। लोगों ने ऐसा खाया, ऐसा खाया, कि किसी से पानी न पिया गया। मगर परोसने वाले हैं कि पत्तल में गर्म-गर्म, गोल-गोल सुवासित कचौड़ियाँ डाल देते हैं। मना करते हैं कि नहीं चाहिए, पत्तल पर हाथ रोके हुए हैं, मगर वह हैं कि दिये जाते हैं। और जब सबने मुँह धो लिया, तो पान-इलायची भी मिली। मगर मुझे पान लेने की कहाँ सुध थी? खड़ा हुआ न जाता था। चटपट जाकर अपने कम्बल पर लेट गया। ऐसा दिल-दरियाव था वह ठाकुर!

माधव ने इन पदार्थों का मन-ही-मन मजा लेते हुए कहा-अब हमें कोई ऐसा भोज नहीं खिलाता।

'अब कोई क्या खिलाएगा? वह जमाना दूसरा था। अब तो सबको किफायत सूझती है। सादी-ब्याह में मत खर्च करो, क्रिया-कर्म में मत खर्च करो। पूछो, गरीबों का माल बटोर-बटोरकर कहाँ रखोगे? बटोरने में तो कमी नहीं है। हाँ, खर्च में किफायत सूझती है!'

'तुमने एक बीस पूरियाँ खायी होंगी?'

'बीस से ज्यादा खायी थीं!'

'मैं पचास खा जाता!'

‘पचास से कम मैंने न खायी होंगी। अच्छा पका था। तू तो मेरा आधा भी नहीं है।’

आलू खाकर दोनों ने पानी पिया और वहीं अलाव के सामने अपनी धोतियाँ ओढ़कर पाँव पेट में डाले सो रहे। जैसे दो बड़े-बड़े अजगर गेंडुलिया मारे पड़े हों।

और बुधिया अभी तक कराह रही थी।

2

सबेरे माधव ने कोठरी में जाकर देखा, तो उसकी स्त्री ठण्डी हो गयी थी। उसके मुँह पर मक्खियाँ भिनक रही थीं। पथराई हुई आँखें ऊपर टँगी हुई थीं। सारी देह धूल से लथपथ हो रही थी। उसके पेट में बच्चा मर गया था।

माधव भागा हुआ घीसू के पास आया। फिर दोनों जोर-जोर से हाय-हाय करने और छाती पीटने लगे। पड़ोस वालों ने यह रोना-धोना सुना, तो दौड़े हुए आये और पुरानी मर्यादा के अनुसार इन अभागों को समझाने लगे।

मगर ज्यादा रोने-पीटने का अवसर न था। कफ़न की और लकड़ी की फिक्र करनी थी। घर में तो पैसा इस तरह गायब था, जैसे चील के घोंसले में माँस?

बाप-बेटे रोते हुए गाँव के जमींदार के पास गये। वह इन दोनों की सूरत से नफ़रत करते थे। कई बार इन्हें अपने हाथों से पीट चुके थे। चोरी करने के लिए, वादे पर काम पर न आने के लिए। पूछा-क्या है बे घिसुआ, रोता क्यों है? अब तो तू कहीं दिखलाई भी नहीं देता! मालूम होता है, इस गाँव में रहना नहीं चाहता।

घीसू ने जमीन पर सिर रखकर आँखों में आँसू भरे हुए कहा-सरकार! बड़ी विपत्ति में हूँ। माधव की घरवाली रात को गुजर गयी। रात-भर तड़पती रही सरकार! हम दोनों उसके सिरहाने बैठे रहे। दवा-दारू जो कुछ हो सका, सब कुछ किया, मुदा वह हमें दगा दे गयी। अब कोई एक रोटी देने वाला भी न रहा मालिक! तबाह हो गये। घर उजड़ गया। आपका गुलाम हूँ, अब आपके सिवा कौन उसकी मिट्टी पार लगाएगा। हमारे हाथ में तो जो कुछ था, वह सब तो दवा-दारू में उठ गया। सरकार ही की दया होगी, तो उसकी मिट्टी उठेगी। आपके सिवा किसके द्वार पर जाऊँ।

जमींदार साहब दयालु थे। मगर घीसू पर दया करना काले कम्बल पर रंग चढ़ाना था। जी में तो आया, कह दें, चल, दूर हो यहाँ से। यों तो बुलाने से भी नहीं आता, आज जब गरज पड़ी तो आकर खुशामद कर रहा है। हरामखोर कहीं का, बदमाश! लेकिन यह क्रोध या दण्ड देने का अवसर न था। जी में कुढ़ते हुए दो रुपये निकालकर फेंक दिए।

मगर सान्त्वना का एक शब्द भी मुँह से न निकला। उसकी तरफ ताका तक नहीं। जैसे सिर का बोझ उतारा हो।

जब जमींदार साहब ने दो रुपये दिये, तो गाँव के बनिये-महाजनों को इनकार का साहस कैसे होता? घीसू जमींदार के नाम का ढिंढोरा भी पीटना जानता था। किसी ने दो आने दिये, किसी ने चारे आने। एक घण्टे में घीसू के पास पाँच रुपये की अच्छी रकम जमा हो गयी। कहीं से अनाज मिल गया, कहीं से लकड़ी। और दोपहर को घीसू और माधव बाज़ार से कफ़न लाने चले। इधर लोग बाँस-वाँस काटने लगे।

गाँव की नर्मदिल स्त्रियाँ आ-आकर लाश देखती थीं और उसकी बेकसी पर दो बूँद आँसू गिराकर चली जाती थीं।

3

बाज़ार में पहुँचकर घीसू बोला-लकड़ी तो उसे जलाने-भर को मिल गयी है, क्यों माधव!

माधव बोला-हाँ, लकड़ी तो बहुत है, अब कफ़न चाहिए।

'तो चलो, कोई हलका-सा कफ़न ले लें।'

'हाँ, और क्या! लाश उठते-उठते रात हो जाएगी। रात को कफ़न कौन देखता है?'

'कैसा बुरा रिवाज है कि जिसे जीते जी तन ढाँकने को चीथड़ा भी न मिले, उसे मरने पर नया कफ़न चाहिए।'

'कफ़न लाश के साथ जल ही तो जाता है।'

'और क्या रखा रहता है? यही पाँच रुपये पहले मिलते, तो कुछ दवा-दारू कर लेते।'

दोनों एक-दूसरे के मन की बात ताड़ रहे थे। बाजार में इधर-उधर घूमते रहे। कभी इस बजाज की दूकान पर गये, कभी उसकी दूकान पर! तरह-तरह के कपड़े, रेशमी और सूती देखे, मगर कुछ जँचा नहीं। यहाँ तक कि शाम हो गयी। तब दोनों न जाने किस दैवी प्रेरणा से एक मधुशाला के सामने जा पहुँचे। और जैसे किसी पूर्व निश्चित व्यवस्था से अन्दर चले गये। वहाँ जरा देर तक दोनों असमंजस में खड़े रहे। फिर घीसू ने गद्दी के सामने जाकर कहा-साहूजी, एक बोतल हमें भी देना।

उसके बाद कुछ चिखौना आया, तली हुई मछली आयी और दोनों बरामदे में बैठकर शान्तिपूर्वक पीने लगे।

कई कुज्जियाँ ताबड़तोड़ पीने के बाद दोनों सरूर में आ गये।

घीसू बोला-कफ़न लगाने से क्या मिलता? आखिर जल ही तो जाता। कुछ बहू के साथ तो न जाता।

माधव आसमान की तरफ देखकर बोला, मानों देवताओं को अपनी निष्पापता का साक्षी बना रहा हो-दुनिया का दस्तूर है, नहीं लोग बाँभनों को हजारों रुपये क्यों दे देते हैं? कौन देखता है, परलोक में मिलता है या नहीं!

'बड़े आदमियों के पास धन है, फूंके। हमारे पास फूँकने को क्या है?'

'लेकिन लोगों को जवाब क्या दोगे? लोग पूछेंगे नहीं, कफ़न कहाँ है?'

घीसू हँसा-अबे, कह देंगे कि रुपये कमर से खिसक गये। बहुत ढूँढ़ा, मिले नहीं। लोगों को विश्वास न आएगा, लेकिन फिर वही रुपये देंगे।

माधव भी हँसा-इस अनपेक्षित सौभाग्य पर। बोला-बड़ी अच्छी थी बेचारी! मरी तो खूब खिला-पिलाकर!

आधी बोतल से ज्यादा उड़ गयी। घीसू ने दो सेर पूड़ियाँ मँगाई। चटनी, अचार, कलेजियाँ। शराबखाने के सामने ही दूकान थी। माधव लपककर दो पत्तलों में सारे सामान ले आया। पूरा डेढ़ रुपया खर्च हो गया। सिर्फ थोड़े से पैसे बच रहे हैं।

दोनों इस वक्त इस शान में बैठे पूड़ियां खा रहे थे जैसे जंगल में कोई शेर अपना शिकार उड़ा रहा हो। न जवाबदेही का खौफ था, न बदनामी की फ़िक्र। इन सब भावनाओं को उन्होंने बहुत पहले ही जीत लिया था।

घीसू दार्शनिक भाव से बोला-हमारी आत्मा प्रसन्न हो रही है तो क्या उसे पुन्न न होगा?

माधव ने श्रद्धा से सिर झुकाकर तसदीक़ की-जरूर-से-जरूर होगा। भगवान्, तुम अन्तर्यामी हो। उसे बैकुण्ठ ले जाना। हम दोनों हृदय से आशीर्वाद दे रहे हैं। आज जो भोजन मिला वह कभी उम्र-भर न मिला था।

एक क्षण के बाद माधव के मन में एक शंका जागी। बोला-क्यों दादा, हम लोग भी एक-न-एक दिन वहाँ जाएँगे ही?

घीसू ने इस भोले-भाले सवाल का कुछ उत्तर न दिया। वह परलोक की बातें सोचकर इस आनन्द में बाधा न डालना चाहता था।

'जो वहाँ हम लोगों से पूछे कि तुमने हमें कफ़न क्यों नहीं दिया तो क्या कहोगे?'

'कहेंगे तुम्हारा सिर!'

'पूछेगी तो जरूर!'

‘तू कैसे जानता है कि उसे कफ़न न मिलेगा? तू मुझे ऐसा गधा समझता है? साठ साल क्या दुनिया में घास खोदता रहा हूँ? उसको कफ़न मिलेगा और बहुत अच्छा मिलेगा!’

माधव को विश्वास न आया। बोला-कौन देगा? रुपये तो तुमने चट कर दिये। वह तो मुझसे पूछेगी। उसकी माँग में तो सेंदुर मैंने डाला था।

‘कौन देगा, बताते क्यों नहीं?’

‘वही लोग देंगे, जिन्होंने अबकी दिया। हाँ, अबकी रुपये हमारे हाथ न आएँगे।’

‘ज्यों-ज्यों अँधेरा बढ़ता था और सितारों की चमक तेज होती थी, मधुशाला की रौनक भी बढ़ती जाती थी। कोई गाता था, कोई डींग मारता था, कोई अपने संगी के गले लिपटा जाता था। कोई अपने दोस्त के मुँह में कुल्हड़ लगाये देता था।

वहाँ के वातावरण में सरूर था, हवा में नशा। कितने तो यहाँ आकर एक चुल्लू में मस्त हो जाते थे। शराब से ज्यादा यहाँ की हवा उन पर नशा करती थी। जीवन की बाधाएँ यहाँ खींच लाती थीं और कुछ देर के लिए यह भूल जाते थे कि वे जीते हैं या मरते हैं। या न जीते हैं, न मरते हैं।

और यह दोनों बाप-बेटे अब भी मजे ले-लेकर चुसकियाँ ले रहे थे। सबकी निगाहें इनकी ओर जमी हुई थीं। दोनों कितने भाग्य के बली हैं! पूरी बोतल बीच में है।

भरपेट खाकर माधव ने बची हुई पूड़ियों का पत्तल उठाकर एक भिखारी को दे दिया, जो खड़ा इनकी ओर भूखी आँखों से देख रहा था। और देने के गौरव, आनन्द और उल्लास का अपने जीवन में पहली बार अनुभव किया।

घीसू ने कहा-ले जा, खूब खा और आशीर्वाद दे! जिसकी कमाई है, वह तो मर गयी। मगर तेरा आशीर्वाद उसे जरूर पहुँचेगा। रोयें-रोयें से आशीर्वाद दो, बड़ी गाढ़ी कमाई के पैसे हैं!

माधव ने फिर आसमान की तरफ देखकर कहा-वह बैकुण्ठ में जाएगी दादा, बैकुण्ठ की रानी बनेगी।

घीसू खड़ा हो गया और जैसे उल्लास की लहरों में तैरता हुआ बोला-हाँ, बेटा बैकुण्ठ में जाएगी। किसी को सताया नहीं, किसी को दबाया नहीं। मरते-मरते हमारी जिन्दगी की सबसे बड़ी लालसा पूरी कर गयी। वह न बैकुण्ठ जाएगी तो क्या ये मोटे-मोटे लोग जाएँगे, जो गरीबों को दोनों हाथों से लूटते हैं, और अपने पाप को धोने के लिए गंगा में नहाते हैं और मन्दिरों में जल चढ़ाते हैं?

श्रद्धालुता का यह रंग तुरन्त ही बदल गया। अस्थिरता नशे की खासियत है। दु:ख और निराशा का दौरा हुआ।

माधव बोला-मगर दादा, बेचारी ने जिन्दगी में बड़ा दु:ख भोगा। कितना दु:ख झेलकर मरी!

वह आँखों पर हाथ रखकर रोने लगा। चीखें मार-मारकर।

घीसू ने समझाया-क्यों रोता है बेटा, खुश हो कि वह माया-जाल से मुक्त हो गयी, जंजाल से छूट गयी। बड़ी भाग्यवान थी, जो इतनी जल्द माया-मोह के बन्धन तोड़ दिये।

और दोनों खड़े होकर गाने लगे-

'ठगिनी क्यों नैना झमकावे! ठगिनी।'

पियक्कड़ों की आँखें इनकी ओर लगी हुई थीं और यह दोनों अपने दिल में मस्त गाये जाते थे। फिर दोनों नाचने लगे। उछले भी, कूदे भी। गिरे भी, मटके भी। भाव भी बताये, अभिनय भी किये। और आखिर नशे में मदमस्त होकर वहीं गिर पड़े।

•••

www.ingramcontent.com/pod-product-compliance
Lightning Source LLC
LaVergne TN
LVHW100027181026
850499LV00025B/219/J